MEMÓRIA DO CHÃO

MARCELO LABES

Memória do chão
Romance

Copyright © 2025 by Marcelo Labes

Grafia atualizada segundo o Acordo Ortográfico da Língua Portuguesa de 1990, que entrou em vigor no Brasil em 2009.

Capa
Mariana Metidieri

Imagem de capa
Pirata, de Fabio Dudas, 2015. Acrílica sobre papel, 42 × 29,7 cm.

Preparação
Márcia Copola

Revisão
Carmen T. S. Costa
Gabriele Fernandes

Os personagens e as situações desta obra são reais apenas no universo da ficção; não se referem a pessoas e fatos concretos, e não emitem opinião sobre eles.

Dados Internacionais de Catalogação na Publicação (CIP)
(Câmara Brasileira do Livro, SP, Brasil)

Labes, Marcelo
    Memória do chão : Romance / Marcelo Labes. — 1ª ed. — São
Paulo : Companhia das Letras, 2025.

    ISBN 978-85-359-4165-4

    1. Romance brasileiro I. Título.

25-269466   CDD-B869.3

Índice para catálogo sistemático:
1. Romance : Literatura brasileira B869.3

Eliete Marques da Silva – Bibliotecária – CRB-8/9380

Todos os direitos desta edição reservados à
EDITORA SCHWARCZ S.A.
Rua Bandeira Paulista, 702, cj. 32
04532-002 — São Paulo — SP
Telefone: (11) 3707-3500
www.companhiadasletras.com.br
www.blogdacompanhia.com.br
facebook.com/companhiadasletras
instagram.com/companhiadasletras
x.com/cialetras

Não era absurdo pensar que nunca seriam felizes de novo daquela maneira.

Antônio Xerxenesky

PARTE I

1.

É dia de semana, e dia de semana é bom. Ninguém desconfiaria que entre um dia e outro de aulas nos arriscaríamos a cruzar o território entre o Internato Masculino e o Internato Feminino. O plano, o mesmo de algum tempo — porque as rotas mudam, embora o destino seja sempre igual: sair pela janela do banheiro (uma janela pivotante vertical, quadrada, com uma pesada folha de vidro envolta numa armação de metal, de setenta por setenta centímetros), caminhar abaixados, rente ao prédio, até os fundos do internato, pular o muro para o lado de fora da Escola, caminhar pela calçada externa rente ao muro até a hora de retornar, pular novamente para dentro, caminhar atentos até os fundos do Feminino, encontrar a janela exata do quarto das gurias (por acaso, apenas por acaso, Branco e eu namoramos meninas que dividem o quarto) e ficar por lá até o amanhecer.

Temos entre dezesseis e dezessete anos. Elas, entre quinze e dezesseis. Foram nossas novatas, e agora estão no segundo ano. Em geral, não ficamos com colegas de ano e de aula, e foi preciso passar um ano inteiro para que chegasse uma nova remessa de gente que nos possibilitasse encontrar alguém para trocar uns beijos, uns dedos, às vezes até um sexo, para quem tem essa sorte. É o que buscamos nessa noite antes de podermos retornar.

A volta, Branco foi quem descobriu, tem que ser às seis em ponto. É assim: em silêncio deixamos o quarto das gurias, saímos pela porta da frente do Feminino, que dá para o corredor imenso que atravessa a Escola, entramos na primeira salinha de música logo à esquerda de quem sai do internato e lá ficamos, à espera da funcionária que vem abrindo as portas. Essas salas de música são tão pequenas que mal cabemos nelas, Branco e eu. Servem mesmo para abrigar uma só pessoa, a fim de que violinistas e violistas ensaiem as peças de sempre. A funcionária certamente não pode imaginar que haja alguém ali àquela hora.

Vista de cima, a Evangélica parece uma letra E, sendo que a grande linha vertical é o longo corredor que a atravessa, e cada uma das linhas horizontais representa, a começar por cima: o Masculino, o Prédio Central e o auditório, e por fim o Feminino. A funcionária abre primeiro a porta do corredor próxima ao Masculino, no extremo oposto de onde estamos: pelo lado de fora, abre a porta que dá para o corredor (que faz as vezes de espinha dorsal da Escola), atravessando-o de norte a sul, ou de lado a lado, que ninguém aqui tem bússola, até chegar à próxima porta do corredor para a rua, e em seguida abrir as duas portas que limitam o acesso ao saguão do Prédio Central (essas que nos impedem de cruzar livremente de um internato ao outro), e continua no sentido do corredor para abrir mais três portas que dão para a rua: aquela próxima à porta do saguão, a porta defronte ao refeitório e uma última, próxima à entrada do Feminino, pela qual ela sai em direção às casas 3 e 4. Depois que a ouvimos destrancar a porta, esperamos coisa de minuto para deixar a sala de música, encarar com desdém o corredor vazio, sair pela porta que acabou de ser aberta e caminhar pelas calçadas da Escola, em liberdade, de volta ao Masculino e ao nosso quarto.

Mas não é isso que se passa essa noite.

Primeiro, porque a caganeira nervosa de sempre se abate sobre mim. Sempre isso. Cago e rio, porque Branco está aqui do lado me dizendo para parar com isso, que já fizemos o mesmo trajeto dezenas de vezes, e aí eu rio mais, porque mais nervoso.

— Vamo, piá! Vamo, cagão! — fica repetindo.

— Vai na frente, porra! — digo, entre risos e sussurros.

A tarefa não é simples. Estamos no térreo do prédio. Para alcançar a janela do banheiro, é preciso apoiar um dos pés no mictório, projetar o corpo pelo vão entre o vidro e a parede (girando o corpo cento e oitenta graus), sentar nesse espaço com os pés virados para dentro do banheiro, passar as duas pernas para o lado de fora e, segurando no batente da janela, deixar o corpo descer a parede externa com seu próprio peso, tomando cuidado para não cair de vez, valendo-se, para isso, dos pés contra a parede, triangulando o peso para o conforto da descida.

É o que Branco faz. É o que eu quase faço, mas estou nervoso, não gosto dessa rota de ida — embora não haja muitas outras —, mesmo que mais segura, e por ter as mãos trêmulas e os braços enfraquecidos, tão logo começo a descida, não consigo manter o meu próprio peso, fazer a triangulação com os pés, acalmar a queda, e logo se ouve um arrasto na parede e uma massa de capim sendo pisada, mais um ou dois passos para lado e outro a fim de manter o equilíbrio.

— Porra, piá. Assim tu me fode! — diz Branco, um sussurro que equivale a um grito cheio de raiva e de razão.

— Calma, calma — eu digo.

Nem termino de falar, uma luz é acesa no andar de cima do Masculino. Nessa luz que nos ilumina aparece também uma sombra: Goering, o professor de música, identificado não pela sombra mas pela voz, vai para a varanda de seu pequeno apartamento — um quarto com banheiro privativo, cozinha e escada interna (suponho, pois nunca entrei ali) dentro do internato, um espaço só dele — ver o que está acontecendo e nos descobre. Somos nós, somos nós que estamos acontecendo.

— Quem tá aí?

— (silêncio)

— Quem tá aí? Vou chamar o guarda!

— (silêncio)

Assim que a luz é apagada e o professor vai em busca de um telefone, Branco tenta retornar pela janela. Cagado de medo, como eu. Mas mais forte ou mais corajoso, não é possível assegurar, não agora. Dou as costas para que ele se apoie nelas e consiga subir até lá. Está lançando seu corpo para a frente, penso, porque é realmente o que deve ser feito. Em vez disso, alcança a parte mais alta da armação de metal que enquadra o vidro e faz força para erguer seu corpo e assim passar uma das pernas pelo vão. Nunca tínhamos tentado esse trajeto inverso, nunca havia sido necessário. Nesse momento, o estrondo: seu peso força a armação e rompe o vidro, que cai inteiro para o lado de dentro do banheiro, fazendo ecoar pelos corredores do Masculino, que já é uma casa de ecos, uns bons quilos de cacos.

— Fodeu, Cabelo! Corre!

Branco salta da janela para o chão e lidera a corrida.

Quase todas as janelas dos fundos do internato estão fechadas, inclusive a nossa, menos uma, a do quarto 18, que fica exatamente em frente à portaria, onde deve haver um guarda acordado, embora não nos seja um problema se ele estiver dormindo. Saltamos janela adentro. Primeira coisa que faço é ficar só de cueca; minhas roupas, jogo embaixo da cama. Abro a porta do 18 e encaro o corredor escuro, caminho trêmulo imaginando o diálogo que teria se encontrasse alguém. E esse barulho?, Que terá sido isso?, A gente nem consegue dormir direito! Sem encontrar ninguém, entro no quarto que divido com Branco e tomo meu lugar na parte de cima do beliche.

O que acontece agora?, me pergunto. Um sermão sem fim, uma conta a mais pra mãe pagar (a janela, a janela, que ideia de merda tentar subir por ali), uma suspensão, a expulsão justamente agora, no terceiro ano?

Vozes no corredor. Goldameir, o diretor de tudo. Glório, o diretor do Masculino. Goering, o professor de música. O guarda, que estava de fato acordado. Eu em minha cama, no quarto 10, escutando e reconhecendo as vozes de todos, e me perguntando Cadê o Branco, meu Deus? Cadê aquele filho da puta?

2.

Não acontece de uma hora pra outra, e não demora muito a acontecer. Quando se vê, já se está diante de uma planilha de cálculos irresolúveis para os quais não pode haver resultado nem saída. Penso que também não é coisa que se decida — sim, é questão de decisão — de todo, de pronto, como algo que se resolve. É mais um deixar-se embalar pela ideia e aquecer-se pelo conforto de uma ideia de redenção. O que não se sabe, nem nunca se saberá, pois aqui podem constar inúmeros debates, é como dar fim a tudo isso. Outro dia, Paulo Ricardo afirmou numa entrevista que Renato Russo morreu em 1996 porque desistiu de tomar o AZT.

Do contrário teria vivido até quando, 1997? E no que isso teria ajudado todas as pessoas que não eram ele?

Eu quis parar com os reguladores de humor. A médica, uma residente em psiquiatria, muito bonita, com nome de ex-namorada e sobrenome de ex-amigo, alertou apenas uma vez: Tu podes parar com esse e esse, a gente faz o desmame aos poucos. Mas tu não podes parar com esses dois aqui porque daí seria *perigoso*.

Ela não precisou explicar, e por isso também não perguntei qual seria o perigo. Agora está claro. A mania, essa jovem sedutora, me agarra pelos pés e me gira consigo em seu próprio eixo, como em algum momento alguém deve ter feito comigo quando eu pesava um punhado de quilos. Mas eu não peso mais tão pouco, e fico tonto com facilidade.

De tudo que poderia ter decidido, aqui vão duas coisas: uma está clara, a janela; a outra, essa história, que ninguém sabe bem do que se trata. Poderia apenas dizer: Trata-se desse sotaque adquirido ou Trata-se de ter aprendido a enxergar o mundo sob outras perspectivas ou ainda Trata-se da sorte e do azar que tive de ter ido parar numa certa escola no Rio Grande do Sul, já lá se vão tantos anos, e tudo que aconteceu em decorrência disso. O diabo é retornar àqueles dias para falar a respeito. Àqueles e a todos os subsequentes, visto que um fato vivido não se limita ao tempo em que o vivemos, mas vai adiante. Como aquela moça que conheci numa noite de pó em Blumenau. Dia de semana, posto de gasolina, Vê e eu bêbados. Cheirei, travei, a mulher riu na minha cara. Depois, sóbrio, limpo, como se queira chamar, todo dia tomávamos o mesmo ônibus logo cedo para irmos trabalhar, a moça e eu. E todo dia eu me perguntava se ela se lembrava que eu era o cara do Travou, né, lindo, enquanto pensava que havia sido ela quem me dissera essas palavras. Mas isso são pormenores.

Já faz tanto tempo que aconteceu, que nem parece ter sido assim tão importante como de fato foi. Ora a memória daqueles anos é simplesmente soterrada pelo tanto que aconteceu depois, ora é diminuída pelo que aconteceu antes. Não importa o tamanho, já que não se mede uma memória assim. O que importa é que daqui a pouco eu vou cumprir a promessa que fiz a mim mesmo de saltar desta janela de nono andar, de minha casa, e se quero deixar algo é para que as pessoas não pensem que somente vivi o trágico, o desgosto, o sórdido.

Outro apontamento, ainda, sobre o impacto do que foi vivido. De imediato, é estarrecedor e dali somente resta o silêncio. Aos poucos, porém, é possível falar a respeito, e conforme se vai falando, a história vai ganhando novos contornos, encadeamentos, soluções. Depois é que vem novamente o silêncio, mas o silêncio cansado de quem já se cansou de tocar no assunto e contar, novamente, mas para gente nova, a mesma, a mesmíssima história.

A janela de casa é antiga, como é antigo o prédio. Basculante de quinze graus. Imensa. Idêntica às outras cinco — há três como essa na sala e três no quarto. Escolhi a do canto esquerdo da sala, mais próxima de onde escrevo e onde os gatos se revezam para tomar sol numa tábua que fixei na parede. O sol da tarde chega ali com a força de derrubar muros, mas os felinos gostam.

Há mais de vinte anos as pessoas do meu entorno perguntam de onde eu venho. Respondo simplesmente que daqui mesmo, que falo assim por um acidente de percurso — as razões para essa fala agauchada sempre mudaram com o tempo — que me levou a morar num internato aos pés da Serra Gaúcha, mas perto ainda de Porto Alegre. Minhas próprias razões para ter ido estudar na Evangélica mudaram com o tempo, e até hoje não sei exatamente o que foi que houve, embora especule bastante. Seria mais fácil, de início, contar como tudo aconteceu.

3.

Fugir de casa é fácil, penso hoje. Difícil é alcançar reconhecer o caminho de volta, caso ainda haja um, caso ainda se pretenda voltar. Há muitas razões para um jovem querer sair de casa, e eu conhecia algumas delas. Os pais separados e o decorrente conflito num subúrbio em que as famílias se conheciam por seus sobrenomes (o sobrenome do pai, evidentemente), a mudança brusca da escola do bairro para a escola do centro da cidade, a puberdade e as punhetinhas neuróticas, meus irmãos e minha mãe trabalhando a três por quatro, a falta de ar, a falta de ar.

Para não ficar em casa naquelas tardes ansiosas, sempre arrumava algo que fazer. Minha mãe assentia com meus compromissos, chamemos assim, porque ela também tinha os seus deveres para cumprir: cuidar da casa e dos filhos alheios como se fossem seus. Minha mãe limpava casas, e limpou esta última, em específico, por mais de dez anos.

Eu estava na sexta série quando convenci uma professora de ciências de que eu era muito bom naquela disciplina. Na verdade, mantinha o livro sobre os joelhos, debaixo da carteira, enquanto respondia às suas perguntas sobre platelmintos e outras viscosidades. Numa sala de aula claustrofóbica com quarenta alunos de doze anos, aquele era um detalhe que certamente lhe escapava. Antes da metade do ano, fui convidado a conhecer sua casa. A professora tinha visto em mim alguém que ainda não estava condenado a uma vida de trabalho duro e nenhum gozo. Em seguida, fui convidado a conhecer a universidade onde ela trabalhava. Ali, conheci um monte de gente querida e interessante e me deixei ficar, ou me deixaram ficar, no setor de taxidermia da faculdade de ciências biológicas.

Existem dois tipos de taxidermia: a científica, em que o espécime é disposto esticado, como um monturo de pelos, para estudos posteriores, e a artística, que todos conhecemos de filmes e dos museus, em que o espécime é, bem ou mal, montado sobre uma estrutura de arame que procura imitar sua corpulência original, além de ganhar olhos de vidro e receber generosas doses de formol nas partes à vista, como língua e patas. Nunca empalhei um bicho, tampouco me tomaram como espécime a ser empalhado, Olha ali um menino, passe aqui os instrumentos, pronto, pode colocar para exposição.

Agora, enquanto escrevo, penso que talvez as portas fechadas nas várias vezes que fui ao laboratório de taxidermia fossem um aviso para eu não retornar. De uma forma ou de outra, funcionou. Mas isso não me fez querer desistir de ser um cientista. Com os meninos do bairro, bicicletas furiosas tentando romper a falta de fatos, limpei o pombal desocupado de meu pai agora ausente. Primeiro foi preciso retirar toda a merda petrificada nas paredes e no chão, depois lavar com creolina e água sanitária, depois pintar com cal. Se eu estava tentando limpar dali as doenças que os pombos transmitem ou apenas a imagem do pai, isso resta em dúvida. No fim, organizamos as coisas lá dentro: umas tábuas para servirem de balcão, umas seringas com agulhas conseguidas sei lá onde, e um sapo que nunca morreu, apesar das injeções de desinfetante de pinho que tentamos aplicar em sua coluna vertebral.

Com o sumiço dos meninos do laboratório, era o momento de alçar voos mais sérios. Já era inverno de 1997 quando consegui me inscrever na reunião especial da Sociedade Brasileira para o Progresso da Ciência, que eu não sabia do que se tratava, e nem mesmo imaginava a respeito do que falariam tantos cientistas, e tão conhecidos (não por mim), naqueles três ou quatro dias (ou uma semana, tanto faz). E como falaram! De abelhas sem ferrão a contenção de enchentes, de reflorestamento a ciência holística.

Como eu estivesse dando sopa, ou porque o seminário tivesse acabado e já fosse hora de voltar para casa — adiando o momento, como sempre —, veio ter comigo um homem mais velho em quem só reparei depois de ele me dirigir a palavra:

— Oi, tudo bem? Posso sentar aqui?

Respondi que sim. Eu estava de olho numa menina cujo pai vendia livros científicos e que era de São Carlos, no estado de São Paulo, ela me dissera. Mas agora havia um homem sentado ao meu lado.

— Posso te fazer uma pergunta?

— Pode, claro.

— O que você faz aqui?

Respondi contando que gostava de ciências e me alonguei. O homem me convidou para comer um pastel. Eu tinha mais fome do que vontade de continuar a conversa com a filha do vendedor de livros. Saímos do hotel da convenção e nos sentamos ali ao lado, numa lanchonete. O homem me pedia que não tivesse medo, mostrou suas credenciais, contou histórias, abriu seus mapas, todos dobrados até então, falou de como o mundo era grande.

Trocamos telefones. Dali a uns meses, nos veríamos mais uma vez, novamente em Blumenau. Professor precisava vir a Santa Catarina resolver questões de seu doutorado e eu o convidei para minha confirmação na Igreja Luterana. Confirmação é quando meninas e meninos comungam pela primeira vez, com trajes de noivinhas e de noivinhos, diante de uma cruz e de um pastor, tendo a comunidade inteira como testemunha, melhor dizendo, plateia. No fim da cerimônia, é costume haver uma festa na casa de cada confirmando. Nesse dia, fomos esquecidos, Professor e eu, na igreja. Chegamos caminhando à minha casa.

Foi a última vez que o vi. Depois, falamos e falamos por muitas horas, por cartas e por telefone. Professor me dizia que eu precisava sair de Blumenau o quanto antes, tentar uma escola técnica, um colégio em outro canto, algum que me preparasse para uma universidade bem-conceituada. Foi nisso que passei boas horas do ano de 1998 pensando.

Professor, é preciso que eu diga antes de mais nada, nunca me fez mal algum. Nunca me tocou, nunca me disse palavras ao pé do ouvido, nunca tentou me seduzir. Acho, hoje, que ele via em mim o menino que ele um dia fora: perdido mais que acertado no mundo. Não lembro qual foi sua reação quando lhe disse que havia sido admitido num colégio interno luterano no Rio Grande do Sul, não lembro de seus conselhos, admoestações, felicitações e nem mesmo se houve algo de tudo isso.

Só lembro, e com uma tristeza um tanto profunda, como me senti quando parou de me telefonar e de me escrever. Foi de uma hora para outra. Num dia, eu chorava no telefone lhe dizendo que não conseguiria passar mais tempo longe de casa — porque se houve o planejamento da minha fuga, sua execução se mostrou verdadeiramente difícil nos primeiros meses. No outro, chorava porque estava cada vez mais distante de sua companhia e percebera isso.

Acontece que eu tinha tido ajuda para criar um plano de fuga, pusera-o em prática, e não havia mais um cúmplice com quem dividir minhas vitórias, que foram muitas, considerando o lugar para onde eu tinha ido. Foram muitas e tardias, mas aconteceram. Uma delas é o fato de eu conseguir falar sobre isso. Se lá se vão mais de vinte anos, tudo bem. É da vida ter que esperar que a carne se acostume aos espinhos.

4.

São dois momentos distantes quase três anos um do outro. Para cada um há uma fotografia. Na primeira, estamos minha mãe, minha irmã, seu marido e eu. Os quatro sorrimos ao lado do totem fincado no portão de entrada da Evangélica. Eu ainda não sabia direito o que havia do lado de dentro, mas isso não é assunto para agora. Não sei, sem olhar para essa foto, se todos estávamos realmente sorrindo. Creio que eu estava. Era março de 1999.

A outra foto ainda não foi tirada, mas dá para adiantar: há velhacos, nós, e há novatas, e todos temos a cara triste.

Poderia ser matéria especulativa esse interesse por novatas, mas a questão passa longe de ser simples. Quando entramos na Escola, os meninos éramos vistos como peixes frescos através da vidraça de uma peixaria imaginária. E porque os hormônios, e porque a ausência de vícios, ou talvez somente o que pode querer dizer *juventude*, éramos carregados para os braços e para os quartos das velhacas do terceiro ano, de onde, ainda que ninguém transasse, saíamos todos cansados como se depois de uma maratona sexual cheia de inventividades e desassossego. O mesmo, decerto, se passava com as nossas colegas, que eram visitadas por velhacos do terceiro ano e apareciam, de hora para outra, com olheiras e hematomas no pescoço.

O segundo ano não conta. Não agora.

No terceiro ano, quando se está no cume da hierarquia, em se tratando de um colégio interno, é a vez de mirar nas novatas — é quando se entende o mecanismo —, mas porque não nos agradavam as meninas do primeiro ou porque nossas velhacas fizeram muito bem seu trabalho quando os novatos éramos nós, agora mirávamos nas meninas do segundo ano. Era dali que vinham nossas olheiras, marcas de arranhões, hematomas de sucção no pescoço e todo tipo de sinal que se poderia esconder facilmente mas que de maneira provocativa se deixava à vista para mostrar que, sim, havíamos estado juntos, estávamos apaixonados, o amor, o amor, o amor.

5.

Antes da entrada, à direita, há uma igreja; à esquerda, um cemitério. A rua que dá na Escola é de asfalto e termina num portão. À direita tem uma guarita; à esquerda, um totem onde se lê Escola Evangélica. A partir do portão, a estrada de asfalto dá lugar ao calçamento de pedras desiguais de basalto (somente no entorno da praça o calçamento é de paralelepípedos de granito, mas nisso só reparei agora). Já do lado de dentro do portão é possível ver, à direita, um enorme gramado, árvores dispostas irregularmente, uma casa de dois andares com um Voyage branco na garagem, e mais ao longe a silhueta de outra casa, idêntica à primeira; à esquerda, um descampado rodeado por cercas vivas com traves de um lado e do outro.

Damos poucos passos pela calçada e vemos, à direita, o Masculino: primeiro, os fundos e suas janelas com venezianas que vão até o final do prédio, lá longe; mais uns passos, e vemos sua fachada, que tem menos janelas com venezianas e quatro pivotantes, mais altas, que demarcam o que é o lavatório.

Imagine a letra B. Agora imagine que a linha reta é a estradinha principal da Escola. As duas curvas que formam o B são as estradas secundárias. Enquanto a estrada por onde entramos segue uma linha reta, uma via secundária surge noventa graus à direita, costeia o prédio de dois andares do Masculino até o início do corredor, onde faz uma curva de ângulo reto à esquerda, acompanha o corredor até o Prédio Central e, por fim, retorna numa curva à esquerda costeando o Prédio Central até a estrada principal. No interior desse quadrilátero formado pelas duas vias está a praça. Praça Central. Essa é a primeira volta do B.

A praça, talvez o coração da Evangélica, é cortada por dois caminhos perpendiculares que se cruzam sob uma figueira debaixo da qual há um par de bancos em que as pessoas se sentam para tomar chimarrão e falar amenidades. Aqui e ali há plátanos, cujas folhas amarelecem no outono e caem no inverno. Há também ipês-amarelos, salgueiros-chorões e outras árvores.

Logo após o Prédio Central, novamente a estrada principal segue em linha reta enquanto uma estradinha secundária surge a partir daquela, formando a segunda curva do B: curva de noventa graus à direita para costear o prédio de três andares até tocar o corredor — mais longo desse lado —, onde dobra à esquerda e fica paralela à estrada principal, e segue até o Feminino, ao lado do qual há uma pequena praça cercada por árvores, quando então faz mais uma curva à esquerda e se reencontra com a via principal. No espaço formado entre essas duas estradinhas paralelas há um vasto gramado, com algumas plantas ornamentais e poucas árvores.

O que se ignorou até aqui foi a estradinha principal, que logo depois de passar pelo Masculino começa num leve declive para a parte baixa da Escola. Enquanto do lado direito há esses prédios, do lado esquerdo há um campo de futebol sem grama, uma quadra poliesportiva e uma enorme pista de atletismo que vemos da arquibancada de pedra construída no desnível do terreno. A pista é ladeada por árvores no fundo do terreno, por mais uma casa do lado direito, pela arquibancada e pela quadra poliesportiva. Em seu interior de gramado há estruturas afins ao atletismo: um gradeado semicircular de onde são feitos os arremessos de dardo, martelo e peso; uma estrutura de metal que guarda os colchões utilizados para o pouso de quem pratica salto com vara e, margeando a pista numa das retas, a cancha de areia para quem pratica salto em distância e salto triplo.

A estradinha ainda não terminou. Seguimos. No fim dela é possível ver outra casa, ao lado daquela que se limita com a pista de atletismo. Essa estrada faz uma curva à direita e não podemos ver o que há ali.

De volta à Praça Central: ao redor dela, na estradinha secundária, há marcas no chão que delimitam onde se pode estacionar. Foi numa dessas vagas que paramos naquele 1º de março de 1999. Do carro saímos minha mãe, minha irmã, meu cunhado e eu. Olhei para a fachada do Masculino e reconheci ali a fotografia que estampava o material publicitário da Escola recebido por correspondência após um telefonema em que pedi informações e passei meu endereço. Numa das janelas do segundo piso, moços e moças sorriam, como se em festa. Pensei que estava no lugar certo: não havia pais, mães, pastores, guardas, policiais, juízes. Apenas moços e moças sorridentes, jovens musicistas, crianças muito loiras, atletas. Consigo sentir ainda hoje o gosto do papel daquela impressão.

Pego minhas duas malas, a família ajudando, e adentramos o prédio pela única entrada possível, a do corredor. Logo à direita, a porta do internato. Já ali, alguém dizendo que novatos vão para cima. Dois lances de escada. Sou avisado de que meu quarto é o 38, último à direita, no segundo piso, final do corredor.

O corredor: longo, estreito, com piso sextavado vermelho, armários embutidos dos dois lados, um para cada novato. Na sequência, em meio a um conjunto de portas de armários, uma porta de quarto: 32, 34, 36, 38; 31, 33, 35, 37. A porta está aberta no 38. Numa das quatro camas ali dispostas, há um rapaz sentado, os cotovelos sobre os joelhos, as mãos contra a boca como se estivesse orando. À minha entrada, se levanta daquela posição reflexiva, olha muito sério em meus olhos e diz, antes de qualquer bom-dia, boa-tarde, o que fosse:

— Piá, não faz barulho! Os velhaco vão bater em nós!

— Tá bom, calma, fica frio. — O que se diz numa ocasião dessas? O sujeito está aterrorizado.

(Os quartos de novatos, no segundo andar, contam com quatro camas e cobrem dois quartos de velhacos do segundo ano, que dividem seus quartos entre duas pessoas. Para cada quatro novatos em cima há quatro velhacos embaixo.)

Largo minhas coisas sobre a que seria minha cama e saio à procura do banheiro. À porta do recinto, esbarro na figura pitoresca de Fofão, que após o impacto de nossos ombros volta a rir. Na lata do mictório de lata, grãos de milho intactos vão para lá e para cá com o fluxo da água enquanto brigam para serem puxados pelo ralo.

Volto ao quarto. Ali estão um sujeito de alcunha Zorba e outro, seu colega de quarto, de alcunha Zorrilho, mais o guri, o Cleber, que havia me advertido para não fazer barulho. Mandam-me sentar na cama, o que faço imediatamente. É então que reparo que cada um tem um sarrafo roliço na mão. Dizem que não querem incômodo, que a gente deve pisar leve, senão eles vão meter pesado.

— Entendeu, novato? — E aponta o sarrafo pra mim. — Entendeu? — E aponta o pau para o Cleber.

Sim, entendemos. E tão logo foram aparecendo os novos moradores do quarto 38, o Tadinho e o Iralci, eu já me somava ao angustiado Cleber nas advertências severas, até imitando seu sotaque com os ee muito claros (leite quente faz mal pros dente), que depois soube ser do norte e do noroeste do Rio Grande do Sul.

Para quem vê o 38 da entrada: à direita da porta, uma cama de solteiro com a cabeceira encostada na parede que divide o 38 do 36, com o lado encostado na parede da porta; à esquerda, uma cama na mesma posição, mas com a cabeceira encostada na parede que divide o dentro e o fora do internato, e a lateral encostada na parede da porta; uma outra, com a cabeceira na mesma parede, mas encostada na parede das janelas; e uma terceira entre essas duas. Somente uma escrivaninha, de serventia para quem dorme na cama da janela; os outros três meninos precisam dividir uma mesa longarina de pínus fixada à parede que vai da cama à direita, a minha, até a janela, sem divisórias mas com nichos que acabam tendo esse fim.

Os internatos Masculino e Feminino apresentam a mesma disposição na planta, ainda que o Feminino tenha mais quartos. Em ambos há banheiros nos dois pisos, embora o banho seja possível somente num deles. No Masculino, o banho é no andar de baixo. No Feminino, no de cima.

A lista de roupas que nos pediram que trouxéssemos na mudança incluía, entre todas as que normalmente se vestem, roupão e chinelo de dedo para o banho. Mais os itens de higiene. Meu roupão é azul, como meus chinelos, e é assim que entro pela primeira vez no lavatório: dez chuveiros, cinco de cada lado, sem cortinas ou portas, apenas com paredes entre eles. No meio, o que nos impede de ver completamente quem toma banho em frente, é o lavatório de pés.

Eu já tinha escutado que havia um lado para novatos e um para velhacos, mas não lembrava qual era qual. Quando entro no banheiro, por medo ou prudência, espero que o velhaco que toma banho ali me diga para onde ir. Xandão é seu nome. Ele me diz que eu vá para lá mesmo, no lado onde estou, e que tome banho quieto. Busco um chuveiro, deposito meu roupão à vista, abro as duas torneiras — até então, nunca tinha tomado banho que não fosse de chuveiro elétrico — e depois de me queimar e de passar frio, alcanço uma temperatura boa.

Costeleta vem em seguida. É do noroeste do Paraná, e hoje, nesse dia, ainda não carrega a alcunha de Costeleta. Mas se é como me lembro dele, assim vocês também terão de se lembrar. Costeleta entra sorridente no banheiro, parece feliz com a chegada à Escola ou apenas tem o riso fácil. Tão fácil que ignora as advertências e sorri quando Xandão diz a ele que seu lado é o outro, que novato toma banho do outro lado. Sorri e mantém o riso até Xandão avançar para cima dele e lhe meter meia dúzia de socos nas costelas, fazendo o guri quase cair no chão de tanta dor. Mas ele não cai. Em vez disso, vem tomar banho no chuveiro ao lado do meu. Através da divisória maciça de tijolos, não dá para saber se está sério ou se chora. Mas sorrir, tenho certeza, ele não sorri.

Isso acontece no primeiro fim de tarde na Escola. À noite, depois do banho, ligo para casa e converso com minha mãe, minha irmã e meu irmão. Mas é com meu cunhado que me permito chorar. Digo a ele três vezes Tá foda, tá foda, tá foda, e ele me diz para ter calma, que ainda nem terminou o primeiro dia.

6.

Amor e adrenalina são dois velhos amigos, e é raro que essas duas substâncias não tenham seguido juntas em cada uma das relações em que me meti na vida antes e depois da Escola, e também durante. Começou com uma fuga, já no primeiro ano: Fofão, Tadinho e eu escapamos numa noite de sábado para beber do lado de fora. Para mim, o álcool era uma novidade — a dormência na parte frontal da cabeça, o riso solto, a tontura incontrolável —, e isso me lembra a primeira vez que topei com Fofão, ainda nas primeiras horas dentro da Evangélica. Pois bem: marcamos de fugir e fugimos, tendo acabado num bar logo a uma quadra da Escola onde havia umas árvores sob as quais nos escondemos para não sermos vistos e delatados. Ninguém soube o quanto foi bebido, mas também ninguém conseguia voltar para a Escola naquele estado. Em algum momento, o dono do bar anunciou seu fechamento. Reclamamos. Ele disse que poderia deixar algumas cervejas para nós, desde que pagássemos adiantado. Assim fizemos.

Não éramos apenas os três, claro. No bar conhecemos gente de fora da Escola, gente que tinha passado por ela, e como sempre acontecia, ela foi o principal assunto: costumes, professores, nomes e datas, datas e nomes. Começou a chover cedo, e forte. Passei mal. Enquanto vomitava, pedi que me dessem água, mas a única água que havia ali era a que descia pelas calhas. Pode ser, eu disse.

A chuva cessou, as pessoas foram embora (de volta para casa, muito provavelmente), e nós não tínhamos como voltar para casa, a Escola, antes das seis da manhã. Por isso caminhamos pelas ruas, já quase sóbrios, à procura de um abrigo. Foi Fofão quem deu a ideia: nos recolhermos sob uns arbustos de um terreno ali perto.

Tado tinha saído de bermuda e camiseta, eu tinha saído de calça e camiseta, e Fofão, de calça e blusão de moletom. A solução foi dormirmos os três abraçados, debaixo dos arbustos protegidos da chuva. Humilhados, de certa forma (exige-se dos homens outra coisa), mas felizes pelo registro. Dia raiando, retornamos pelo portão da frente a tempo de tomar café.

— Rafael, a gente precisa ter uma conversinha — diz Glório, entre um sorriso meio sério e uma seriedade meio risonha.

É de tarde. Nunca dá para saber o que o desgraçado está pensando.

— Então vamos conversar, professor.

— Não, não. Hoje não. Durante a semana. Te aviso.

Pronto. Ele descobriu. Alguém contou. Tado ou Fofão, alguém escorregou com a língua e contou que fugimos, que passamos a noite fora, que vomitei e bebi água da calha, que dormimos de conchinha. Não pergunto a eles, claro que não. Antes, ligo para casa: Mãe, aconteceu uma coisa aqui!

Ela me pergunta o que fazer, e eu dou informações torpes, que ela segue: ligar para a Escola, falar com Glório, dizer que estou arrependido e que nunca mais voltarei a fazer algo parecido. Já no dia seguinte Glório aparece, e não está mais sorrindo.

— Quero tu, o Tado e o Fofão lá na diretoria. Leva eles e me espera.

— Sim, senhor.

O que vem a seguir é uma sequência de ameaças proferidas por Glório e por Goldameir (só agora percebo como esse homem é vermelho), mas só. Eu tampouco sou revelado como o delator. Saímos bem da reunião, prometendo nunca fazer aquilo de novo. Nem bem entramos no internato, e dali no quarto 38, chamo Tado de canto e lhe digo que fui eu que me apressei e tentei consertar as coisas antes.

— Tu tá louco? Podia ter nos fodido, pô.

— Achei que era melhor me antecipar, só isso.

— Então não tenta mais nada. Não tenta nem fugir de novo.

Demoro uns dias para ligar para casa, e quando o faço, a mãe conta da conversa que havia tido com Glório.

— Ele só queria falar sobre tu fumar numa esquina junto com outros alunos. Onde tu consegue cigarro? Tu tá fumando?

— Não tô, mãe. E foi só essa vez. Tem gente aqui que fuma.

O cigarrinho pós-janta tinha sido o estopim dessa crise. Toda noite, que era quando podíamos sair, fumávamos o cigarrinho pós-janta. Glório sabia que eu fumava e queria falar sobre os malefícios do cigarro. Sem querer, me ensinou sobre os malefícios de si próprio.

7.

A Evangélica cumpriu, em nosso primeiro ano lá, noventa anos de existência. Lembro do dia em que participamos do Grande Abraço: alunos de todas as séries de mãos dadas em torno do Prédio Central. Ainda hoje encontro ex-alunos e ex-alunas da Escola, e quando pergunto em que ano estudaram, as respostas são sempre variadas, mas sempre ditas com certeza: 1962 a 1964, 1984 a 1986, 1973 a 1975, e é então que percebo que estudamos em escolas diferentes, e não somente porque eram diferentes os hábitos em cada momento, pelo menos um pouco, mas porque eram diferentes as personagens que compunham o cenário, este sim pouco ou nada alterado com o passar dos anos. Logo, ainda que muita gente tenha andado pelos corredores, se reconfortado nos dormitórios, lagarteado nos gramados ao longo do tempo, não o fez na companhia das mesmas pessoas.

O cálculo é simples: não eram três anos de Escola, mas cinco. Porque os anos em que não estudamos e as turmas de que não fizemos parte somavam-se à nossa experiência entre aquelas paredes e aqueles muros. Assim: uma turma de novatos tinha outras duas turmas para quem abaixar a cabeça, um segundo e um terceiro ano; quando íamos ao segundo ano, tínhamos uma nova turma na Escola e ainda a mesma turma que havia estado no segundo e que agora ostentava seu lugar no terceiro; quando, por fim, alcançávamos o terceiro, tínhamos mais uma turma do primeiro ano. São cinco anos, cinco turmas, muita gente.

Um erro aqui (e houve muitos) ou um bom acerto (que houve também), e tudo estaria fadado ao fracasso pleno ou ao incompreensível sucesso. Como aquele moleque, nosso colega, que nos primeiros dias do primeiro ano foi pego levando um canivete para a aula a fim de se proteger dos velhacos e foi imediatamente expulso. Ou se eu não tivesse tido aquela mesma vontade de cagar antes de fugir do internato com Branco: enquanto estávamos no banheiro, Branco me pressionando para acelerar o que era impossível de ser acelerado, a bomba explodiu. Foi o tempo de voltarmos para nossos quartos atravessando aquele ar irrespirável antes que a coisa toda se desse: diretores, guarda, curiosos e a confusão dali decorrente. Mas aqui já vou me adiantando.

Muita gente de quem lembrar, claro, mas também muita gente que fica simplesmente esquecida em algum canto da memória até que haja uma provocação.

— Lembra de fulana, que estudava com a gente e entrou no segundo ano?

— Não lembro. Tem foto?

A pessoa manda uma foto de fulana tirada nos dias atuais.

— Não lembro, mesmo. Será que não tem foto daquela época?

Vem outra foto, e aí sim, ou e aí não.

— Desculpa, não lembro dela.

E a pessoa da foto se afoga num esquecimento incalculado.

8.

Os sinos da igreja ao lado da Escola batem às seis da manhã. Nos primeiros dias, o barulho era ensurdecedor, mas com o passar dos meses apenas ouvimos o soar do bronze — sensação estranha não ouvir o ribombar, somente o zunido grave. Outro sino, mais fraco, ecoa às seis e meia e às dez pras sete anunciando a hora do café, e seu som vem de outro lugar: está pendurado diante da porta do refeitório. Todos devem estar ali às sete em ponto, quando alguém, sempre um velhaco do terceiro ano, toca levemente o badalo contra a lateral do sino permitindo a entrada no local. Invariavelmente pão com chimia, manteiga ou margarina, às vezes queijo e presunto, se são doados pela distribuidora de alimentos da cidade. Ninguém se importa se doam quando já está na hora ou quando já passou da hora de vencer. Nós agradecemos.

O café é a única refeição com saída livre do refeitório. Quem termina pode voltar para o seu quarto, escovar os dentes e dirigir-se à sua sala de aula, no Prédio Central. É o que faço no primeiro dia, imagino, porque já então me lembro de estar numa aula de língua portuguesa em que a professora fala sobre o magistério, sobre a importância da docência e outras mesmices. Mas eu não estou aqui para ser professor, meu plano é outro. Não saí de casa para isso: o personagem que havia construído corre risco, e por essa razão, tão logo pude, fui em busca de Pastor, que é como chamam um estudante do segundo ano que pretende fazer faculdade de teologia e que mente mais do que qualquer pastor de verdade é capaz de mentir. Uma história famosa que Pastor conta tem a ver com atravessar o rio Uruguay a nado (ida e volta) num trecho de quilômetros; outra faz referência ao dia em que ele deu um fora naquela modelo brasileira mais famosa que existe. É um pé-rapado que não tem onde cair morto, e é nele que eu tenho de amarrar meu burro.

Um ano antes, Professor havia me dado uma série de tarefas, e uma delas era conseguir um jeito de sair de casa. Como não sobrassem alternativas, escolhi logo a primeira que me apareceu, o Colégio Agrícola de Camboriú. Liguei para lá algumas vezes, enviaram material impresso, mas eu precisava que minha mãe consentisse com meu plano, coisa que deu errado, muito errado, a ponto de eu ter sido proibido, nessas palavras, Proibido de tentar achar uma escola onde tu não vais sobreviver sem mim! Deveria seguir a vida como meus irmãos faziam: estudar à noite, trabalhar durante o dia, me foder para pagar uma universidade particular, um dia, se eu quisesse, se visse sentido nisso.

Assim que veio a negativa para o Colégio Agrícola, contei ao filho do pastor da nossa comunidade, amigos que éramos, que eu precisava de uma saída, e precisava para logo, porque já estava na oitava série e sabia bem que caminho eu teria de percorrer dali em diante. Mathias foi categórico:

— Tu não tem um primo que é pastor? — disse, enquanto cavoucava a terra com um galhinho de sei lá o quê.

— Tenho, sim. Ele mora em Porto Alegre, acho.

— Sabia que tem uma escola que prepara pra faculdade de teologia?

— Não sabia. O que mais?

Ele então me contou da Evangélica. Pelas descrições, parecia ter tido acesso ao mesmo material que em poucas semanas chegaria às minhas mãos: jovens alegres, escola muito boa.

— Mas pra isso precisa querer ser pastor.

— Se for assim, eu quero.

Um pastor numa família luterana de fodidos quer dizer duas coisas, para começar: uma mudança radical de status para a família e uma mudança radical na vida de um sujeito que cresceu tentando suportar o sufocamento dos morros, dos riachos, da mata úmida e da moral luterana.

Resumindo: contei pra mãe que tinha ouvido o *chamado*, que queria ser pastor, que havia uma escola assim e assado, que a pensão que o pai pagava daria jeito nas contas — eu seria bolsista —, que eu tinha algum tempo até o exame de seleção, que o enxoval, que as malas, que as passagens.

Deu certo. E por ter dado certo é que eu portava uma bíblia nas mãos aonde quer que fosse já dentro da Escola, mas isso não durou muito. O golpe fatal foi saber, no primeiro dia de aula, que o IPT, Instituto Pré-Teológico, não existia mais, e que eu teria de cursar o magistério. Como então eu viria a me tornar pastor? A resposta eu já adianto, porque não faz sentido manter o suspense: não me tornaria.

As aulas começam às sete e meia, e há um intervalo ali pelas dez e pouco — na terceira semana de aula, compramos uma garrafa de Velho Barreiro, e esse intervalo permitia uns goles — e por fim o almoço, ao meio-dia. O sino do refeitório dá as marcações de início e fim das aulas, dos intervalos entre elas, e de trinta e dez minutos antes do almoço, do lanche da tarde e da janta. Com todos amontoados à porta, é esperar dar a hora em ponto — sete, meio-dia, seis e meia — e o toque muito sutil do ribombo no bronze do sino para que entremos no refeitório e ocupemos nossos lugares à mesa.

O almoço é a primeira refeição com começo e com final. Só termina quando o último interno entrega os pratos na passagem secreta para a cozinha. Glório, em seu papel de diretor de internato, levanta-se e dá informes, reclama de alguns pontos, elogia alguns outros, cita nomes de alunos com quem quer falar depois do almoço, conclama turmas para a jardinagem.

Costuma terminar antes de uma da tarde. Se demora muito, o último almoçante passa a ser sistematicamente fuzilado pelos olhos do professor Glório. Olhos gigantes, nervosos, íris muito azuis em globos avermelhados.

As aulas da tarde, em geral optativas, começam à uma e meia. Costumam ir até as quatro, que é a hora do lanche: sempre pão com chimia (cujo sabor varia de semana para semana). Depois, entre quatro e meia e seis, é hora do que mais exista para fazer: aula de teatro, aula de música, treinamento de atletismo, contrabando de garrafas de álcool, beijos e agarramentos e mãos dentro das calças e dedos dentro de cuecas e de calcinhas e mãos segurando pauzinhos jovens e vontade de foder mesmo sem saber direito como fazer isso.

Nós temos catorze, quinze anos.

Às cinco, o banho quente é liberado no Masculino. No Feminino, pelo fato de a água quente vir da caldeira da cozinha, pode-se tomar banho a qualquer hora do dia. Às seis e meia já estamos todos diante do refeitório para a janta. A mesma coisa: quem é mais velho, sempre um velhaco do terceiro ano, toca o sino com cuidado. Dessa refeição, pão com frios ou pão com chimia e sopa — verde, de galinha, de alguma outra coisa —, aguardamos ansiosos pelo fim: é a hora de Glório levantar-se solenemente e ler os nomes de quem recebeu correspondência. Mães, pais e irmãos escrevem para contar como foram seus últimos dias, ou apenas respondem a uma carta simples de um dos estudantes que dizia que tudo ia bem na Evangélica, mesmo que fosse mentira.

Após a janta, temos um tempo para sair da Escola. Essa saída também é possível antes, entre quatro e cinco da tarde. Mas depois da janta o intervalo é mais curto, e geralmente já escureceu. Em meia hora, podemos sair e fazer o que quisermos (e o que der para) fazer. Fumar um cigarro, por exemplo. Das sete às dez é o horário de estudos. Apesar de cerrados em nossos quartos, não nos é permitido dormir; volta e meia, o professor de plantão abre a porta de surpresa para ver o que estamos fazendo. Muitas vezes, é capaz até que nos pegue estudando.

9.

Depois do primeiro contato com a Evangélica, recebi em casa um envelope contendo um panfleto com duas dobras, alguns documentos trazendo datas para o exame de seleção e dando instruções sobre como chegar à Escola.

O panfleto, de impressão colorida, tinha algumas fotos da estrutura física da igreja, duas ou três de estudantes, e aquela da qual nunca consegui me recuperar: da janela do andar superior do Masculino, visto da Praça Central, cinco ou seis jovens, moços e moças, abriam os braços e sorriam de forma que pareciam realmente felizes. Eu, que pouco sorria, porque jovem, porque todas as coisas de ser jovem, senti um carinho instantâneo por aquelas pessoas.

O exame aconteceu em dezembro de 1998. Fomos, a mãe e eu, de ônibus para Novo Hamburgo. À exceção do menino que vomitou um frango inteiro enquanto o veículo era embalado pelas curvas da Serra Gaúcha e do motorista que estava sendo treinado por outro mais antigo naquela linha, foi uma viagem de alegria com as paisagens novas.

De Novo Hamburgo até a cidade da Escola foi necessário subir em outro ônibus, este urbano, e atentar para a hora de descer. De repente, estávamos diante de uma praça de onde era possível avistar a torre de uma igreja. Subindo aquela rua, chegava-se lá. Logo eu estaria no quarto 11. Banho, refeição, livros. Café, exame. Almoço, exame. À noitinha, livros. Domingo a mesma coisa, até o meio-dia.

As provas eram realizadas no auditório da Escola. Diante de nós o palco, onde, se bem me recordo, havia alguém inspecionando se colávamos ou tentávamos colar uns dos outros. Era no nível da plateia que estavam as filas de carteiras e cadeiras, alinhadas, cinco ou seis filas, classes e cadeiras do início ao fim do auditório, onde sentamos nós — e muitas pessoas que nunca mais veríamos porque não seriam selecionadas — como se para fazer uma prova de vestibular. A prova era concorrida sobretudo entre os alunos que seriam bolsistas — os do Magistério, maioria dos internos —, pois para cursar o Ensino Médio, pago integralmente por quem tivesse dinheiro para tanto, o exame era apenas protocolar.

Nessa única noite no internato, dividi o quarto com o Krüeger, um menino catarinense, como eu, mas do oeste do estado, totalmente diferente de mim. Como eu não tinha o que dizer sobre a minha cidade — o vale, as cheias, as enxurradas, meu pai ausente etc. —, lhe perguntava sobre ele e sobre o lugar de onde vinha. Foi quando aprendi sobre coelhos: como eram criados, alimentados, cuidados; como se reproduziam, como nasciam, como eram abatidos; que gosto tinham assados, ensopados, e por aí vai. Krüeger foi um rapaz de quem eu gostaria nos três anos seguintes, e era um dos poucos que atravessariam a futura barreira que haveria de *nós* contra *eles*.

Dormi sonhando com coelhos no calor daquele dezembro. Fim de domingo, voltamos, a mãe e eu, para Blumenau. Ela, orgulhosa de ter um filho que viria a ser pastor luterano — não viria, sabemos; eu já afetado pela ansiedade por um resultado que, sim, havia dependido de mim no preenchimento das respostas, nos cálculos, na redação, no teste de QI, mas que não dependia mais no que dizia respeito à sua correção ou às notas alheias, as quais poderiam ser mais altas ou mais baixas que as minhas, e que me posicionariam como aprovado ou não. Não dependia de mim, mas dependia.

O que perguntavam as provas, o que respondemos no exame de seleção, esqueci logo, e também nunca importou. O fato é que dali a pouco mais de um mês chegaria uma correspondência a nossa casa, em Blumenau, dizendo que fui aceito na Escola, e trazendo a lista de itens obrigatórios a ser levados, a saber:

- um roupão
- chinelos
- cuecas e meias
- bermudas e camisetas
- calças e blusas e casacos
- cachecóis
- luvas
- dois jogos de roupa de cama
- travesseiro
- cobertores
- itens de higiene
- material escolar
- coisas diversas

A lista era acompanhada por um rolo de etiquetas contendo um mesmo número que deveria ser costurado em cada peça de roupa. Fundo branco, números em vermelho. Isso permitiria que enviássemos, desde que não nos esquecêssemos, nossas roupas para a lavanderia e as buscássemos depois. Não éramos números na Evangélica, não na maioria do tempo. Mas o 158 que me definia para quem lavava minhas roupas era e ainda é uma tatuagem posta em lugar visível, como eram o 155 de Tadinho, o 85 de Branco, e por aí vai.

10.

Primeiro ano do Ensino Médio, primeiro dia de aula, aquela aula de língua portuguesa. Todos se apresentam dizendo o nome e a cidade de origem, e é aí que descubro que há externas estudando com a gente: meninas da própria cidade e dos arredores que querem ser professoras. A maioria dos internos não parece querer essa profissão ou simplesmente não teve tempo para pensar nisso. A questão sempre foi morar na Escola.

O primeiro espanto com os nomes das coisas: carteira passa a ser classe, penal passa a ser estojo, casa passa a ser moradia escolar, e assim por diante.

A grade escolar é igual à de qualquer Ensino Médio — isso mudará apenas no ano seguinte —, e temos química com um professor que volta e meia repete a mesma aula, matemática com um professor arrogante que não aceita que erremos resultados, história com uma historiadora que nunca chegou a sê-lo, educação física com o mesmo professor pelos três anos e alemão com uma professora acostumada a lecionar para as séries iniciais. De todos e de longe, é a que mais sofre.

A questão: como a Escola recebe verbas da Alemanha para se manter, tem de haver uma contrapartida, e isso quer dizer que os primeiros anos devem ter seis aulas de alemão por semana, além das aulas curriculares, e duas a quatro por semana, no segundo e no terceiro ano. Tenho certeza de que essa professora quer desistir já na primeira segunda-feira, mas tem que aguentar até a sexta, semana após semana, até o fim do ano, para sempre. Vinda do ensino infantil, tenta nos ensinar a cantar os números, as letras do alfabeto, alguns verbos e, vez por outra, alguma palavra de sonoridade realmente interessante, como *Schornsteinfäger* ou *Feuerwehrmann* — as únicas de que me lembro.

Há também a aula de educação e contexto com o professor Mário. Sujeito simpático, usa uma sola mais espessa num dos sapatos para compensar algum problema de coluna ou um encurtamento de fêmur. É, sem dúvida, quem mais nos ensina na Evangélica, pois nos coloca em ônibus fretados para conhecer a cidade. É assim que nos leva para visitar uma escola isolada, situada bem debaixo do Buraco do Diabo, e depois, com um sorriso no rosto, nos põe diante de uma brizoleta, Onde quer que houvesse necessidade de colocar uma escola, Brizola colocava! Nos leva também ao famoso bunker que um morador da cidade construiu para sobreviver a sabe-se lá qual guerra e ainda nos leva à Colônia Japonesa, embora não tenhamos visto nenhum japonês e somente tenhamos desembarcado em frente à propriedade de descendentes de alemães que falavam com o mesmo sotaque carregado do professor Mário. Cinquenta, sessenta adolescentes andando em meio à propriedade e suas galinhas, vacas, porcos, quando nos deparamos com uma criança loira de cabelos muito encaracolados, muito compridos, e Mário, num acesso de ternura, diz para admirarmos o coelhinho da Lila. Diz isso no seu jeito de falar, tão próprio que seria repetido por todos os anos que sucederiam aquele.

* * *

Ao ver no horário de aulas que teremos jardinagem, vou logo idealizando hortas, arbustos, ornamentos, flores. Alguém mais velho ri e diz que sim, que tinha tudo isso. Quando me apresento à primeira aula, logo depois do almoço de sexta-feira, é que conheço os fundos da Evangélica. O lugar não é nada parecido com aquele que podemos ver da Praça Central. Ali fica a parte que sustenta a Escola: cozinha, caldeiras, casa de um e outro funcionário — o homem de feições indígenas que era chamado de Bugre e cujo verdadeiro nome eu nunca soube.

— Tu, tu e tu vão varrer as folhas do pátio da casa 5 — os olhos azuis do professor Glório dizem nossos nomes. — Tu, Jacobino, vai varrer o internato — diz para mim.

— Em cima e embaixo, professor?

Os demais riem de forma contida.

— Não, só o teu quarto. Mas é claro que é pra varrer embaixo e em cima. Aproveita e já passa pano.

É aqui que surge o vocabulário próprio da turma de 1999, ou assim queremos crer, já que nada ou muito pouco na Escola é realmente original. Quando nos referimos às tarefas da jardinagem, empregamos um teuto-português que consiste em terminar os verbos com o infinitivo do alemão, Vou *capinaren*, Vou *limparen*, Vou *varreren*, e rimos, sempre e de novo.

Jardinagem é isso. Uma vez por semana, às sextas-feiras de tarde, por duas horas, temos de cumprir tarefas de manutenção da Escola: varrer corredores e escadas, pátios e praças, coletar folhas e lixo. Quase o mesmo para moças e rapazes, embora as ordens sejam dadas em momentos e lugares diferentes para umas e para outros. Somente a nós, porém, em distinção, cabe a escala de fogo na caldeira: os meninos temos que fazer fogo e sustentá-lo na caldeira a lenha que precisa ser mantida aquecida algumas

46

horas, até as cinco da tarde, horário do banho: há que acender o fogo a partir da uma para ter água quente às cinco. São duas as escalas de trabalho ali: uma, reservada aos novatos, exige transpor a lenha dos arredores da cozinha até a caldeira, que fica nos fundos do corredor que liga o Masculino ao Prédio Central, por isso só pode ser acessada pelo lado de fora, o que é feito com um carrinho de mão. A outra escala, reservada aos velhacos do segundo ano, exige dedicação total: acender o fogo e mantê-lo vivo e forte para garantir que todos tomem banho quente naquele dia. Esses podem acessar a caldeira por uma passagem estreita que liga o corredor do Masculino aos fundos da Escola.

— Ô novatinho, enche de lenha lá! Não esquece! Se não der fogo bom, tu vai ver!

Quatro horas depois, aparece alguém correndo no internato. Correndo e gritando:

— Não vai ter banho quente! Não vai ter banho quente! Dez minutos de água quente! — E todos correm com seus aparatos: roupão, chinelos, xampu e sabonete.

Nesses dias, ainda que haja a fronteira imposta por anos e anos de falta de indagação, ninguém fica sem banho. Debaixo de um chuveiro cabem — eu contei — de quatro a cinco meninos. Giramos numa ciranda ensaboada, mas confortável para todos. É isso ou ficar sem banho, e ninguém ali passaria um dia sem.

No inverno de 1999 faz frio. Mas faz muito frio. Zero grau ao meio-dia às vezes. Por isso, e por tudo que já vivíamos entre as paredes dos quartos e dos corredores, tomar banho juntos não poderia ser visto como algo incomum, coisa de viadinhos, fraqueza das barreiras dos homens que viríamos a ser. Não. Esses boxes compartilhados são demonstrações de amor. E como toda demonstração de amor, tem lá as suas falhas.

Uma delas acontece quando os velhacos decidem, porque se trata de tomar uma decisão, jogar baldes de água fria em nós enquanto estamos sob a névoa do vapor do chuveiro, desprevenidos. Os novatos tomamos banho em silêncio e nos protegemos dos baldes nos virando de costas, até que alguém insinue Se tu te virar não vai ter água quente nunca mais! E é numa dessas ocasiões que não me viro, mas abro os braços para que o Beque — um desgraçado abandonado na Escola pelos pais ainda no Ensino Fundamental — cumpra o que acha ser seu dever. Quando atira em mim o conteúdo do balde, bato com as costas no registro e caio para a frente, boca no chão. Schnapps é quem me levanta, me cobre como pode com meu roupão, põe os chinelos em meus pés e me ajuda a subir as escadas em direção ao 38. Enquanto caminhamos, Schnapps grita no corredor para que nos acudam:

— Ajuda! O Cabelo foi atacado! Ajuda!

Das portas dos quartos surgem cabeças, torsos, de repente corpos inteiros de meninos com os cabelos ainda molhados perguntando o que aconteceu. Atormentado, Schnapps tenta explicar: o filho da puta do Beque havia jogado um balde de água pelando em mim. É a primeira vez que vejo os novatos tomarem nas mãos os sarrafos roliços de pendurar toalhas de banho para exigir um acerto de contas com os velhacos do andar inferior.

Para o bem ou para o mal, professor Glório se posta exatamente diante do último degrau da escada, de modo que um só homem consegue represar uma enxurrada de raiva adolescente apenas com uma face tesa e um par de olhos francos que dizem Por aqui não vai passar ninguém.

11.

Depois de ter chorado com o marido de minha irmã no telefone — e na falta de meus irmãos por perto —, eu choro diretamente com a mãe. Exijo que me tire da Escola, que é insuportável, que não consigo me adaptar, que sinto saudade do Vinícius e da Lígia, que sinto saudade da antiga escola. A mãe se põe irredutível, e com uma boa explicação: existe no contrato entre ela e a Evangélica uma cláusula que diz mais ou menos isto: em caso de desistência, a família do estudante terá de arcar com as despesas INTEGRAIS do ano letivo. Eu sou apenas um bolsista, estou na Evangélica justamente por não ter dinheiro, e eles ameaçam minha mãe na parte que mais lhe dói por esses tempos.

Mas as semanas se somam, os meses se multiplicam, e as ligações em algum momento deixam de ser chorosas, lamentando isso e aquilo, reclamando de cada item de uma rotina preenchida, do tanto de estudo, dos violinos que se esganiçam pelos corredores. Até mesmo os telefonemas vão ficando esparsos.

Há duas maneiras de falar por telefone: no orelhão ao lado da guarita, à entrada da Escola, e nas cabines telefônicas dentro dos internatos, uma em cada um, idênticas: caixas de madeira barata com paredes de vidro para que o usuário possa ser visto. No orelhão, somente é possível falar até o início do horário de estudos, meia hora depois da janta. Já nas cabines, onde apenas recebemos telefonemas, pode-se falar até a hora de dormir, mas com um limite de tempo imposto pelo estudante responsável por atender aos telefonemas. É assim: o telefone toca na cabine, o responsável atende, pergunta com quem a pessoa quer falar e, ao obter sua resposta, sai apressado pelo internato para chamar o menino solicitado.

Não sei se foi durante o espaçamento entre as ligações para casa ou antes, mas houve um momento em que a mãe, sem contar para ninguém, tomou uma decisão. Porém, até isso se revelar, muita água precisaria rolar sob a ponte de Heráclito, sob as pontes do Itajaí-Açu e sob as pontes do rio dos Sinos.

As aulas de segunda a sexta-feira nos tomam mais tempo que o necessário para aquilo ser considerado *escola*, mas talvez seja assim por não haver lado de fora. Numa aula de sociologia ou de língua portuguesa, escrevemos uma redação sobre a situação dos povos indígenas no Brasil. Primeira versão, segunda versão, versão final: a professora promete enviar nossos textos para um concurso nacional.

Semanas se passam até que chegue o resultado. Jovens que somos, ninguém aqui sabe direito calcular o tempo [Por isso as escolas têm tantos tirin-tirins, sinais e sirenes?], mas a resposta vem: cinco de nós tivemos nossos textos selecionados, e assim ganhamos o direito de ir a Santa Catarina, mais precisamente a Rio do Sul, uma cidade perto de Blumenau, para receber nossos prêmios.

Vamos de ônibus, e é engraçado, porque ele percorre o

mesmo caminho que leva até em casa, embora Rio do Sul fique antes de Blumenau. Telefonei para saber se a mãe poderia estar lá para me ver ganhar um prêmio — eu nunca havia ganhado um, muito menos escrevendo, ainda que escrever seja algo tão simples, uma letra após a outra, palavra após palavra.

Ela não pôde.

Então chegamos os cinco — quatro gurias e eu, após uma noite de viagem — à escola de Rio do Sul. Chegamos atrasados, creio que porque embora tivéssemos horários rígidos, os relógios do lado de fora dos muros da Evangélica derretiam ou apenas enguiçavam.

Somos todos levados ao ginásio de esportes. Lideranças originárias fazem seus discursos, alguns mais inflamados que outros, e em seguida nos entregam nossos prêmios: um arco e flecha, uma cumbuca de cerâmica, um certificado, apertos de mão, e logo lhes damos as costas para voltarmos aos nossos lugares.

Depois, a hora do café antes de retornarmos para casa. Mesas com bolos e tortas doces ou salgadas, sucos, refrigerantes, iogurte. Um menino indígena de talvez três anos sai da sombra, ergue-se na ponta dos pés para conseguir ver aquilo, nega com a cabeça tudo que lhe oferecem e no fim pergunta:

— Tem maçã?

Aqui, a minha primeira vergonha com um punhado de palavras. Redação, como eles chamavam. Aqui, minha primeira vergonha como escritor, quando nem sabia que era disso que se tratava. Então uma náusea, um desconforto. Vai demorar muito, professora? Não, não, vamos depois do café. Deve ter sido esse o diálogo que se seguiu à cena.

Todos brancos, que nunca tínhamos visto um indígena de perto, um indígena de verdade, estávamos ali ouvindo discursos, ganhando presentes, recebendo certificados de outras pessoas brancas por causa de um texto escrito na segurança e no conforto de uma sala de aula hermética dentro da Evangélica. Um espetáculo de horror, como aquela dança no *Xou da Xuxa*, os homens e os meninos indígenas sem entender o que acontecia à sua volta enquanto a apresentadora ostentava um cocar que lembrava o do povo Muscogee, sobreviventes da Geórgia e do Alabama, e cantava aquela música bizarra que tantos de nós já cantamos.

Porém, aqui estou eu, trinta anos depois, diante de uma criança com uma maçã, contra a ordem do dia, fincada no meio da manhã, marcando os erros de outrem e os meus próprios, para logo em seguida ser esquecida até ser relembrada, passado tanto tempo, enquanto estas outras palavras são empilhadas em frases para escrever um livro.

12.

Algum tempo depois de ter nos recebido com aquele enfático Piá, os velhaco vão bater em nós!, Cleber é transferido de quarto para morar em outro canto, não importa, mas imagino que num quarto que não tenha outros dois velhacos embaixo, como é no 38, para o pobre conseguir descansar do medo que sente.

No lugar do Cleber põem o Costeleta, o menino do noroeste do Paraná que — mais tarde saberíamos — é neto de uns fazendeiros da soja. Na cama ao seu lado, a do meio, dorme Tadinho. Na última dessa parede, Iralci, este do regime escola--trabalho — uma forma mais humilhante de ser interno, pois exige de quatro a seis horas de trabalho na granja da Escola fazendo todo tipo de esforço pesado — e mais velho do que nós, talvez já tenha dezessete. Ou o tanto de trabalho a que é submetido ou aquele amontoado de regras surte nele repulsa pela Escola, e Iralci deixa o internato logo nos primeiros meses. Então, para ocupar a cama perto da janela, trazem Jean-Luc, um menino muito do esquisito que usa casaco grosso quando faz calor e bermuda e camiseta no frio.

Somos todos caricaturas: eu tenho meu cabelo comprido e logo terei brincos nas orelhas. Tado é o mais baixo, e por isso seu apelido é Tadinho. Gosta de usar bermudas de surfista e camisetas justas. Costeleta, que tem uma penugem espessa descendo pelas laterais das orelhas, já tinha se rendido aos pijamas que todos usavam no cotidiano da Escola, e Jean-Luc é um filho de europeus nascido no Brasil que havia herdado a pior das manias dos habitantes daquele país que, segundo Carlos, fala uma língua de farrapos: a de não tomar banho todo dia.

Cada quarto no Masculino contém a sua própria complexidade: Tadinho e eu viemos de cidades de porte médio e gostamos de ouvir rock, Costeleta tem a sua história de menino de interior, e Jean-Luc foi posto ali pelo pai, um piloto de avião viúvo, e por sua nova esposa, arquiteta, que não tem tempo de aturar um adolescente durante as escalas de serviço do marido. O mesmo acontece nos demais quartos: em frente, no 37, moram o Gaucho (sem acento mesmo) e o Marginal. Gaucho tem um contrabaixo elétrico e uma caixa de som que nos incomodam nas horas de estudos, e o Marginal é integrante de uma torcida organizada de futebol que ele diz ser violenta. Mas lá moram também o Schnapps e o Fofão. O primeiro, vindo de uma cidadezinha do interior catarinense. O segundo, da capital gaúcha, com quase um milhão e meio de habitantes.

Para a sorte dos professores e do próprio Glório, há quartos habitados somente por meninos do interior, lá onde a ética protestante é socada goela abaixo desde a primeira infância, os quais dão menos trabalho e tornam a convivência mais palatável, por assim dizer. Isso nos separa, nós dos outros meninos, chegando esse afastamento a atingir uma distância irreconciliável. Porque se havia ainda uma proximidade possível, penso que tudo foi para o inferno neste sábado.

De manhã tivemos aula de física nos dois primeiros períodos. Depois, o almoço. Ainda as escalas de trabalho de fim de semana, como recolher lixo e outras besteiras. No mais, os sábados eram tediosos porque tínhamos que estar presentes na janta, e por isso não podíamos começar a beber desde cedo. Assim, trabalhos feitos e sem gurias à vista, ficamos nos quartos esperando alguma coisa acontecer.

Fofão, que estava deitado na minha cama, levanta de súbito e sai chutando as portas dos outros quartos. Chuta a do 37, a do 36, a do 35 — todos vazios — e infelizmente chuta a porta do 34, onde Fritz, um menino magro e doce, faz algum dever de casa. "De casa".

— Vou comer teu cu, Fritz!

Fritz nada responde.

— Ô Fofão, sai dessa. Deixa o guri quieto — eu digo, ou gostaria muito de ter dito.

— Eu vou comer o cu dele, Cabelinho. Sai da minha frente!

E na velocidade estranha em que as coisas costumam acontecer quando fogem ao nosso controle, de repente Fofão tem um cilindro de ferro de mais de metro na mão — de onde ele tirou essa merda? — e vai para cima do Fritz, que se segura no assento da cadeira com toda a força que tem para não ser machucado pelo instrumento — de onde, de onde ele tirou? E eu, não sabendo o que fazer (não lembro se fiz algo além de pedir que ele parasse ou se saí do quarto para pedir ajuda), apenas fico observando. De repente entra em cena Erwin, que divide o 34 com Fritz. E Erwin pede uma primeira vez, andando em direção a Fofão:

— Para!

— Para ou o quê?

— Para!

— Parar por quê?

55

— Para!

Um estampido ricocheteia nas paredes do quarto e corre pelos corredores do Masculino. É o impacto do soco que Erwin dá no rosto de Fofão. Apenas um. Nada mais é necessário e já parece suficiente, embora não soe justo (merecia mais). Fofão sai cambaleando do 34, esbarra em mim antes de desaparecer em direção ao seu quarto, e essa imagem me remete ao dia em que nos conhecemos, quando nos cruzamos à entrada do banheiro.

Na segunda-feira, com a cara inchada e a humilhação correndo no sangue, Fofão deixa a Escola no carro dos pais: está suspenso. O fato nos serve de ensinamento por duas razões:

1) os meninos do interior não somente respeitam mais as regras, mas também são mais respeitados pelas diretorias do internato e da Escola;

2) se existe um desencontro natural entre eles e nós, a partir deste dia de outono esse desencontro passará a estar em tudo. Porque somos meninos, sim, mas também porque Fofão é um de nós.

É num dia de chuva que a bruxa invade o 38. Jean-Luc, além de não tomar banho, é esquisito demais para ser aturado ali. Também é arrogante: fala da vida com sua família feliz (grande merda!) e de como virá a ser piloto de avião, tal qual seu pai. Numa dessas conversas, eu já estou de saco cheio. Foi depois de ele ter me desafiado, sem acreditar que eu beberia um tanto de álcool etílico que havia no quarto para sabe-se lá o quê. Bebo na sua frente e vou ao banheiro lavar a boca travada pelo líquido asqueroso. Ao retornar, penso que não há mais razão para mantê--lo ali. Em paz. Sem dizer palavra, parto para cima do guri, que é um tanto mais alto que eu, e mais magro, mas ainda assim mais forte. Passo um braço em volta do seu pescoço e com a outra mão começo a lhe aplicar cascudos na cabeça. Um, dois, dez golpes até que ele se desequilibra e nos atira em minha cama.

É aí que vêm os socos: um, dois, e quando Jean-Luc já está para desistir e se levantar, sobra um pé, o meu pé, em sua nuca, num golpe seco e sem direção. Paralisamos. O guri senta na cama, apoia os cotovelos nos joelhos e coloca uma das mãos sob o nariz. De imediato, me sento também, mais por curiosidade do que por preocupação. Uma, duas, três gotas de sangue pingam na palma de sua mão aberta. A palma da mão inteira coberta de gotas de sangue. Jean-Luc sai em direção ao banheiro e eu me deito na cama à espera de que venham as reprimendas, mas elas nunca chegam.

Dia de sol lá fora, drama nenhum dentro. É de tarde, pois em vez de estudar, escrevo uma carta para casa, sentado à minha parte da mesa de estudos. Costeleta também não tem o que fazer, tampouco Tadinho, que está recostado em sua cama, talvez lendo alguma coisa, talvez tirando uma soneca, mesmo que as sonecas sejam proibidas nesse horário. Costeleta tinha arrumado uma corrente de elos grossos, como aquelas que servem para fechar portões com cadeado ou para segurar um cão muito forte ou um dragão-de-komodo ou coisa parecida.

Costeleta e sua corrente de ferro galvanizado. A bicha já era lustrada pelo tanto que o guri a segurava, fazendo manobras, passando de uma mão a outra pelas costas e acima da cabeça. Às vezes, ficava dando voltas nela como se manejasse um nunchaku sem as pontas de madeira.

Eu escrevo minha carta ouvindo o zum-zum-zum da corrente contra o ar. Avalio a probabilidade de dar merda: acima de mim, um pendente preso no teto segura uma grande lâmpada fluorescente. Olho para Costela, que está a poucos passos, calculo a trajetória, olho novamente para o pendente e digo:

— Costela, se essa merda escapar daí — aponto com os olhos para onde ele está — e bater aqui — olho para o pendente —, essa lâmpada vai quebrar e cair em cima de mim. Se isso acontecer, e vai acontecer, eu vou te matar.

— Calma, Cabelo. Eu sei o que tô fazendo, cara. Fique frio.

— É só pra tu saber.

Isso foi antes de as cartas para casa escassearem. Havia notícias irrelevantes a dar e receber: saber da mãe e dos irmãos, da cunhada e do cunhado, quem tinha morrido e quem tinha nascido lá no Paraízo.

Zum-zum-zum.

— Costela, eu tô falando sério, bicho. A hora que essa corrente bater na lâmpada eu vou te matar de uma vez só. Para, por favor.

— Cabelo, eu sei o que tô fazendo — ele diz, sem parar de dar as voltas no nunchaku incompleto —, eu sou treinado pra isso.

A corrente lhe escapa das mãos e vem direto no pendente, fazendo a lâmpada quebrar e chover vidro fino sobre minha cabeça e meus ombros, sobre a mesa e a carta. Ouço tudo isso olhando para a frente.

Costeleta estaca. Tadinho, que estava deitado em sua cama, pula em cima de mim de um salto, me abraça prendendo-me à cadeira, e grita:

— Corre, Costela! Corre pra ele não te matar! Corre!

Tadinho logo me solta, assim que percebe que eu não farei nada em resposta. Foi por pura sorte que não me machuquei. Tado, para amenizar as coisas, traz vassoura e pá e recolhe os cacos da lâmpada. Costela, por sua vez, não aparece mais no quarto aquela tarde, e quando entra no 38, já depois da janta, o faz com a cabeça baixa:

— Já pedi para trocarem a lâmpada, Cabelo. Desculpe!

— Na próxima eu te mato, Costela. Sorte a tua que o Tadinho tava aqui.

58

13.

A verdade é que ninguém no 38 comerá alguém antes de se tornar velhaco, e isso é tão certo como tudo de certo que temos: os horários, as tarefas, as diferenças entre nós e eles, entre nós e nós mesmos, a distância de casa, a liberdade que cheira a álcool.

Comer alguém: penetrar o pênis na vagina em movimentos mais ou menos circulares, mais ou menos velozes, enquanto as duas partes suam, gemem, se beijam e se mordem, se chupam, se engolem, se amam.

Comer alguém: tirar o pau para fora, passar meio dedo de baba sobre a glande e fazer movimentos repetitivos com a mão nesse pau, simulando uma penetração, até o orgasmo, aqueles dois ou três espirros de porra.

É noite e passa das dez, o professor de plantão já nos deu seu protocolar boa-noite e apagou a luz do quarto. Já fizemos de tudo juntos, passamos os dias inteiros sob a vigilância uns dos outros, mas ainda não fizemos *aquilo*, o que surge, como sempre, na forma de competição.

— E se a gente fizer uma rodada de punheta? — lança alguém.

— Como assim?

— A gente bate uma e quem gozar primeiro, ganha.

— Eu topo!

— Eu topo!

— Eu topo!

De repente, somos os quatro habitantes do 38 no *schlept--schlept* ininterrupto até que:

— Aaaaaah! Ganhei.

— Cala a boca, porra! Tô quase!

— Aiaiaiai — o outro.

O terceiro alcança seu lugar no pódio. O quarto, o francês, já havia desistido e virado para o lado para dormir. Ninguém pôde ver que tinha lágrimas nos olhos.

A cumplicidade entre os homens tem disso: não se toca mais no assunto. Nunca mais se repetiu o momento da punheta e ele nunca foi mencionado, nem entre nós, nem para alguém de outro quarto. Mas nesta manhã tenho certeza de que todos nos lembramos daquela noite em específico.

— Porra, Costeleta. Que porra é essa? — diz Tadinho, assustado.

Costeleta mal consegue abrir os olhos. Não são nem cinco da manhã.

— Que que deu? — resmunga.

— Eu que pergunto. Que que eu tava fazendo aí?

Eu nunca tinha visto Tadinho assim aturdido.

— Vão dormir, caralho — digo. — O que tá acontecendo?

— Vim parar na cama do Costela, pô. E o filho da puta nem pra me avisar que eu tava na cama dele!

— Porra, Costela! Por que não avisou o cara?

— Eu sei lá. Deixei ele dormindo aqui e fui mais pro lado da parede.

Todos rimos. Rimos muito. O sino da igreja vai demorar a bater.

Comer alguém: um dia, Schnapps senta-se ao pé da minha cama enquanto leio qualquer coisa. A essa altura eu já havia adquirido essa doença nova, a da leitura. Senta-se e começa a dizer umas palavras enquanto é peremptoriamente ignorado. Digo que se apresse, Não vê que eu tô lendo?

— Cabelo, eu preciso te contar uma coisa. — E assim que diz essas palavras, chega mais perto, movendo a bunda sobre a cama e vindo em minha direção.

— Então fala.

— Mas é uma coisa muito especial, tu precisa prestar atenção em mim.

Olho para ele. Não é bonito, mas tem algo: cabelos cortados à escovinha e uns olhos muito azuis e muito certeiros.

— Tá. Pode falar — digo.

Eu já empurrava minhas costas contra a cabeceira da cama.

— É que eu gosto de ti, Cabelo.

O cagaço que eu tomo:

— Bicho, acho melhor tu sair daqui. Eu não gosto de ti, tá certo? Toma teu rumo.

— Mas, Cabelo, é que eu quero te beijar, eu preciso te beijar.

De um salto, fico em pé, de frente para ele:

— Vaza daqui, caralho! Some! Vai te foder!

Quando abro a porta para que Schnapps desapareça por ela, me assusto ao ver que todo o primeiro ano estava com os ouvidos grudados ali para saber o que estava se passando. A ideia, me pareceu, foi me pegarem no flagra. Saio vitorioso.

Comer alguém: aos sábados, às vezes trocamos de quarto. Algo como mudar para permanecer igual. Sair de casa para dormir na casa de um colega. Nesse, acabo no quarto do Schnapps, um quarto para dois com somente um beliche. Já é tarde quando ele diz se pode me fazer uma pergunta. Eu estou deitado na parte de cima e ele na parte de baixo do beliche. Respondo que sim.

— Ô Cabelo, não quer deitar aqui comigo?

— Não quero.

— Sabe aquela história no teu quarto, aquela vez? Eu não tava mentindo. Eu gosto de ti.

— Que bom, porque vai ficar gostando.

Comer alguém é muito difícil quando se tem catorze anos.

14.

Comer com alguém é um desafio para quem acaba de chegar à Escola. Primeiro, pelos horários tão bem definidos. No primeiro dia de aula, aquela segunda-feira que sucedeu o domingo da chegada, veio a tarde e eu quis comer, mas não tinha um pacotinho de bolachas, uma pipoca doce, um pé de moleque, nada. Fui até a cozinha, sempre invisível atrás do refeitório, e pedi comida. Assim mesmo: Tem comida?

Mirta, uma mulher que me lembrava muito minha mãe por estar todo o tempo se ocupando das coisas alheias, das refeições às roupas, ensaiou uma repreensão, mas depois de talvez ter pensado em seus próprios filhos, me mandou esperar ali. Saiu e voltou com uma banana nas mãos. O lanche é só às quatro!, disse. Eu agradeci e engoli a banana quase sem mastigá-la.

As refeições acontecem dentro do refeitório, obedecendo ao ritual de sempre: o sino e suas badaladas leves, as falas do professor Glório ou de algum professor plantonista, a entrega das cartas. E respeitando os lugares à mesa.

As mesas são muitas, pouco mais de ou quase vinte. A cada uma sentam-se oito pessoas: nas pontas, velhacos e velhacas do terceiro ano; nos seis lugares restantes, ficamos os novatos e os velhacos do segundo. A mesa já está posta quando entramos no refeitório, de modo que somente é necessário esperar a oração feita por Glório para em seguida iniciar a refeição.

A cada dia, uma pessoa diferente começa a se servir, e essa ordem é em sentido anti-horário. O primeiro do rodízio, claro, é uma das pontas. Depois de todos servidos é que se passa de fato a comer. Às vezes sobra carne, e quem primeiro diz Fitiei! (corruptela do verbo "fitar") fica com aqueles pedaços. Quem primeiro termina de comer puxa assunto com outros da mesa. No final, cabe às duas últimas pessoas que se serviram juntar os pratos, talheres e tigelas e levar tudo ao largo passa-pratos, despejar os restos num cesto próprio para isso, separar louças de talheres e tigelas, e retornar à mesa para aguardar o fim da refeição, que termina apenas para quem está do lado de cá do passa-pratos. Do lado de lá, só termina quando todas as louças e tigelas e panelas e talheres estiverem limpos.

Isso porque a lista de tarefas semanais inclui o trabalho na cozinha para todos os internos, bolsistas ou não, de todos os anos, em sistema de rodízio. Há aqueles que servem as mesas e os que operam na limpeza: tanque 1 para a limpeza grosseira (com escova), tanque 2 para a limpeza direcionada (com esponja), tanque 3 para o enxágue e em seguida a secagem e o armazenamento. Há também aqueles que limpam as grandes panelas industriais em que são cozidos os alimentos, mas nelas nunca me debruço. Quem trabalha na cozinha almoça antes que os demais e sai dali quando todos já almoçaram. Fedendo a gordura, aquele cheiro impregnado como uma nuvem que nos acompanha aonde quer que vamos.

Voltando à organização das mesas: não escolhemos um lugar a nosso bel-prazer. Uma vez em sabe-se lá quanto tempo há um rodízio de lugares, a começar pelas pontas, que avançam ou recuam tantas casas — mesas — para lá e para cá, numa ordem definida pelo professor Glório. Depois, as posições centrais são também alteradas, de modo que após o rodízio aquele pequeno mundo que era uma mesa de refeições deixa de existir para dar à luz outro, diferente, estranho e completamente novo num lugar que já se supunha desbravado.

A organização das mesas talvez seja a síntese de toda a Evangélica, em que cada turma de cada ano, cada quarto de cada ano, cada sala de aula, cada noite de bebedeira, cada invasão de quarto de meninas por meninos, cada cigarro fumado, cada banho tomado, tudo depende de quem compõe a cena, e sempre há pessoas por toda parte. Sempre, em qualquer lugar, há as pessoas, e isso é tão assustador como prazeroso, tão prazeroso como absolutamente aterrorizante.

15.

Do que todos nos lembraremos, mais que das pessoas (que volta e meia são esquecidas por completo), é das lendas: o túmulo da Catarina, que recebe amantes em noites de lua cheia no cemitério ao lado, a caçada da nhonha, um animal parecido com uma toupeira (ou com o que a pessoa que pergunta a respeito quer que seja), que se dá nos fundos da Escola, e a guerra de travesseiros. Esta, ao contrário das outras, absolutamente real. Tão real e tão perigosa que foi proibida anos antes, embora os estudantes tivessem conseguido uma maneira de realizá-la.

As regras: a guerra de travesseiros deve acontecer na noite da última quinta-feira antes das férias de inverno, a partir da meia-noite; todos os alunos, meninos e meninas, devem ir com seus travesseiros ao campo no centro da pista de atletismo; ali, e somente ali, deve se concentrar a guerra. Quando as forças defensivas vierem — professores, diretores, anjos da guarda e sabe-se lá mais quem —, então a batalha estará encerrada.

No 38, estamos todos inquietos, tomados por uma ansiedade que, coletiva, se dilui e se potencializa. De luzes apagadas, inclusive as do corredor, vamos de quarto em quarto saber se está tudo certo, se devemos mesmo sair e por onde.

No 35, Branco e mais dois guris esperam com camisetas enroladas na cabeça enquanto o Germe, que vive nesse mesmo quarto, aparece do lado de fora do internato gritando, lá embaixo:

— Vamo, gurizada! Vamo pra guerra! Desce, desce todo mundo!

Também ele tem uma camiseta enrolada a lhe cobrir o rosto.

Glório entra no quarto e vê não só os guris do 35, mas também nós, do 38, e mais alguns apoiados no batente da janela, rindo à larga do Germe com sua pouca estatura tentando liderar uma revolução.

Glório não nos dá atenção, não de imediato. Antes, vai até a janela:

— Germe, o que tu tá fazendo aí fora? Já pra dentro!

Foda-se se para entrar terá que pular uma janela, talvez a mesma que usou para sair do prédio.

— E vocês?! O que é isso? — diz, apontando para a cabeça de Branco. — E vocês? — diz, olhando para nós. — Aqui é o quarto de vocês? Já pra cama!

É impossível não rir, e é rindo que voltamos para o 38. Na Evangélica, sabemos, e sabemos porque descobrimos por nós mesmos, há o que é realmente proibido e o que é relaxado. Como se a mesma lei tivesse diversos valores a depender de quando fosse infringida. A um dia das férias de inverno, não somente não daria tempo de perseguir estudantes e promover interrogatórios, como já ninguém estava nem aí para isso.

No final, restamos todos inocentes de uma guerra que não chega a acontecer.

16.

Do tanto para aprender, as categorias postas sobre as pessoas são item de primeira importância. Compreender que se pode contar com um velhaco do terceiro ano, mas nunca com um do segundo. Que um guri do primeiro ano pode dar uns beijos numa velhaca do terceiro, mas dificilmente numa do segundo. Que existe uma diferença severa entre quem cursa o Normal e quem cursa o Ensino Médio, pois os primeiros somos majoritariamente bolsistas enquanto os outros costumam ter um bom dinheiro para gastar em mensalidades. E, por fim, compreender que há uma distinção gritante entre internos e externos, já que a Escola não atende somente a nós, mas também aos filhos dos ricos da cidade, gente que sustenta a Escola, uma vez que as parcas mensalidades que as bolsas de estudo, cuja origem nunca é esclarecida, pagam não parecem dar conta de manter a Escola de pé.

Os internos que moram perto vão mais vezes para casa e penso que nunca conseguirão saber o que é viver o internato como nós vivemos. Passam os dias de semana aqui, sim, mas deixam de viver as horas mortas, o tempo lento, as agulhadas da saudade de casa quando ela aparece, ou o tesão entre meninos e meninas, que está sempre presente, mesmo que não encontre via para ser escoado.

Por ser muito fácil esse desprendimento, a Escola tem uma estratégia: uma vez por mês, pelo menos, cabe aos internos que moram perto passar o fim de semana aqui dentro, cumprindo qualquer uma das tarefas da escala de limpeza de fim de semana, seja recolhendo lixo, varrendo folhas, varrendo corredores e o que mais.

17.

Alguns professores e professoras moram dentro da Escola. Outros vivem nas cinco casas onde moram os alunos dos terceiros anos. Outros, ainda, em residências nos próprios internatos, mas apartadas da área dos estudantes. E os demais vivem nos arredores. É importante estar perto para que a vigilância nunca cesse.

Os professores de plantão têm a incumbência de cuidar dos internatos (e dos internos) das seis da manhã até as onze da noite. Às seis e pouquinho passam de quarto em quarto acendendo a luz, dando bom-dia, dizendo a hora exata e chamando para o café. Também ocupam, durante o café, lugar à mesa do diretor de internato junto dele, Glório, que é, na verdade, quem manda na coisa toda durante as refeições.

Depois do almoço, independentemente de quem esteja de plantão no dia, é Glório — com seus olhos esbugalhados, como se de espanto — quem dá os avisos: quem vai fazer o quê, quem está na escala do quê, quem isso e quem aquilo, E não esqueçam que, e assim por diante.

À tarde, ele se recolhe e os plantonistas voltam a dar as caras.

Há o Plantinha, um homem baixinho, teólogo, nordestino da Paraíba, em quem fazemos cócegas — porque com catorze anos é quem conseguimos atacar em bando. Há o Goering, sujeito insuportável, afetado, que usa bermudas curtas e meias de cano alto com seus tênis esportivos, como um tenista, e nos olha de cima, sempre de cima, e que me faz torcer, a cada vez, para que ele tropece e dê com a cara no chão. Há o professor Mauri, de língua portuguesa, que em verdade nunca me deu aula mas foi aquele a quem primeiro mostrei meus poemas e quem primeiro os criticou impiedosamente. Há o professor Berg, de biologia, que talvez tome uns remédios, talvez tome uns tragos, quem sabe os dois juntos, e que um dia responde a uma pergunta minha sobre a existência de Deus apontando o dedo indicador para o botão de sua camisa, Deus é isso aqui, Deus é qualquer coisa. Há o professor de robótica, às vezes, e está tudo bem, porque seus plantões são mais emaranhados do que os robôs que tentamos montar em suas aulas e nunca dá certo. Há o professor Carlão, que é duro como a disciplina que leciona, matemática: poucos sorrisos, nenhuma demonstração de afeto. E há o professor Glório, que leciona geografia, o diretor de internato, e plantonista das quartas-feiras.

Quarta-feira.

— Bom dia, guriçada! — começa logo às seis da manhã. — Bom dia, bom dia! Vamo levantando!

As portas vão sendo abertas de par em par, como se o homem tivesse mais braços do que nos é dado ver. A voz, alta, ecoa pelo Masculino, nos fazendo saber que dia é antes mesmo que ele chegue à nossa porta.

— Mas como? Tão dormindo ainda? Vamo, vamo! O café tá na mesa!

Assim, Glório gruda em nós o dia inteiro. Está no café, todo sorrisos; está no almoço, quando alterna sorrir para nós e ralhar com os filhos (sua família faz quase todas as refeições no refeitório); está na janta, quando ainda sorri e, no final, lê os destinatá-rios das cartas que chegaram naquela quarta-feira. Como apren-demos, porque isso é coisa que se aprende, é melhor encontrá-lo em dias de sorrisos do que em dias de seriedade.

Às sextas-feiras, Glório anuncia, na hora do almoço, quem será o professor plantonista do Masculino e a professora planto-nista do Feminino no fim de semana. É talvez a hora mais espe-rada, já que dependem desses nomes os nossos planos: beber, fugir, beber mais, namorar ou explodir alguma coisa. Também às sextas saem as escalas de trabalho (recolhimento de lixo, tarefas na cozinha), e temos de colocar nossos nomes nas listas de re-feições que vamos fazer — café, almoço e janta — no sábado e no domingo. São muitos os estudantes que vão para casa, e não é raro ficarmos em poucas almas no internato quase vazio e nos gramados e praças da Evangélica.

Bl. 25/08/99

Rafael
Oi! Tudo bem?
Bom, a mãe vive me enchendo o saco p/ escrever para ti, aí eu *escrevi.*

Valeu
Tchau
Labes

(Em anexo, uma folha de ofício com relatos escritos à mão de um acampamento de escoteiros acontecido entre 20 e 22 de agosto daquele ano. Meu irmão sempre foi escoteiro.)

18.

Daqui de onde escrevo, já quase nada disso faz muito sentido. Passamos uns anos ruins na política com uma direita aterrorizante no poder, agora vivemos uns anos novos, com aquela mesma direita na oposição (e todos os filhos da puta em liberdade com a conivência do governo supostamente redentor de esquerda): quem permitiu que morressem afogadas no seco as vítimas do vírus, quem permitiu que cada desgraçado tivesse uma arma em punho, quem consentiu que o garimpo invadisse ainda mais a mata. Enfim, essas desgraças todas que aqui são apenas palavras mas que de fato aconteceram, estão aí para quem quiser pesquisar.

Não chego a saber exatamente o que pensam aqueles meus ex-colegas de Escola, e por isso não os procuro. Quem me era mais próximo, já sei onde foi dar. Eles já me procuraram para dizer que a esquerda isso e aquilo, enviaram mensagens com links para matérias enviesadas, de sites duvidosos, ostentaram fotos com a bandeira nacional em suas redes sociais. Isso, até onde acompanhei. É cada desgraçado que não consigo aclarar aqui. Mas o que isso tem a ver?

Já somava uns anos fora da Escola quando tentei ligar para o Godo, sem sucesso. Eu vivia num porão na época e trabalhava de subgerente numa videolocadora. Liguei da rua para minha irmã, então, porque os dois tínhamos celulares, e expliquei o que acontecia. Mas não acontecia nada. Acontecia o de sempre: faltava chão e o chão em que eu pisava não servia de muita coisa, porque os primeiros passos haviam sido dados em outro lugar, num território muito próprio, com um certo jeito de pisar. Diante disso recorria à memória do chão, e pensar nisso me punha na obrigação de recorrer a quem tinha dado comigo os mesmos passos. Godo era uma dessas pessoas.

Sentado num meio-fio, tonto de dor, o telefonema:

— Tu vai ter que esquecer isso e viver a tua vida — ela me disse.

Silêncio, choro, silêncio.

— Entendeu? Acabou. Tem que ir adiante, viver a tua vida.

Choro, silêncio, uns passos trôpegos a caminho do trabalho.

Daqui de onde escrevo me pergunto por que tudo isso agora. Exatamente agora. Retomei cada um dos quatro remédios ingeridos em doses diferentes ao longo do dia: o carbonato de lítio, o ácido valproico, o hemifumarato de quetiapina e o clonazepam; está tudo em dia desde que a doutora me avisou que seria perigoso parar, *pe-ri-go-so*, e essa palavra foi chupada para o meu vocabulário com a deferência que merecia. Mas então por quê?

O amor, esse vilão, não bastou. Explico: uma vez, levei uma namorada para conhecer a Escola. Já não havia ninguém de minha época por lá e estávamos no Rio Grande do Sul por bem outro motivo, o show do Pearl Jam de 2005. Porque ela era inteligente nas coisas do coração, mesmo que imaturos os dois, fechou a cara quando viu que eu amava mais um conjunto de edifícios e metros quadrados de grama e rotinas e árvores e azulejos sexta-vados do que poderia algum dia amá-la.

Outra vez, levei à Escola minha ex-mulher, uns dez anos depois daquela primeira investida. O Masculino já estava sendo desmontado para virar um conjunto de salas de aula. Eu apontava o dedo para os prédios, para as casas, para as árvores, para a janela do 19, para a janela do 38, no segundo piso, mas o que mais me impressionou foi ter sido recebido pelo Erwin, meu ex--colega e agora diretor de internato — do que restara dele —, e ter sido convidado para sua residência. A mesma que tinha sido do professor Glório. Um espaço daquele prédio imenso onde nunca havia entrado antes. Estaquei diante da porta aberta. Minha ex-mulher me disse para entrar.

— Vai! Tá com medo?

— Tô — respondi, embora não fosse exatamente de medo que se tratasse.

Cerca de dois anos depois daquele show, terminamos, aquela namorada e eu. Morávamos juntos num apartamento no centro de Blumenau. Ela voltou para a casa de sua mãe, eu para a dos meus pais. No meio desse processo, procurei por Branco. Liguei para sua casa — na época, ele vivia em São Leopoldo — e o que me disseram foi que estava internado numa clínica, que havia passado por uns maus bocados, um surto, coisa assim, mas que podia receber telefonemas desde que fosse entre as seis e as oito da noite. Liguei.

O telefone chamou. Atenderam:

— (grunhidos)

— Alô! Eu quero falar com o Branco!

— (sussurros, vozerio)

— Oi, me passa com o Branco!

Sua voz surgiu no outro lado da linha.

— Ô Branco, porra! Achei que tu tava doido!

— Fala, Cabelinho.

Disse que era muito bom ouvir sua voz depois de tanto tempo, que terminei meu relacionamento — a voz, então, já estava embargada — e que nada mais, era só muito bom saber do meu amigo. Recomecei a chorar.

— Mas, Cabelo, me diz uma coisa.

— Manda.

— Tu me ligou pra saber de mim ou só pra chorar as tuas pitangas?

19.

Tudo sobre o que acontece dentro e fora da Escola se descobre aos solavancos. O anúncio de um encontro de pais, ou melhor, do Encontro de Pais de 1999 é uma grata surpresa. Vêm, imagino, para manter a ordem de um homem e uma mulher representando a família, minha mãe e meu irmão. Foi o que combinamos. Eu pensei em tudo: como apresentar a Vinícius a Escola e seus cantos, a caldeira, as rotas de fuga e as rotas de retorno, mostrar o internato, os chuveiros, os armários, o piso sextavado, Não te parece o quartel?, perguntaria, e mesmo que a resposta fosse desdenhosa, meu irmão teria orgulho de mim.

Acontece que meu pai está num processo de retorno para casa, numa tentativa de recompor os poucos retratos em que aparecíamos os cinco, e é ele o eleito para vir ao Encontro deste ano.

— Teu irmão não vai poder ir — diz minha mãe, o alto-falante do telefone sendo comprimido contra meu rosto.

— Mas é pra vir o mano! Tava tudo certo pra vir o mano!

— Quem vai é teu pai.

Desligo com raiva e vou chorar no meu quarto, os guris assustados pensando que tinha morrido alguém, os retratos em alguma caixa de sapatos esperando a hora para saltarem dali e virem preencher minhas retinas com um passado que, se vivi, não lembro. Os cinco. E quando tenho a puta única oportunidade de levar meu irmão para conhecer um pouco de mim, a oportunidade me é furtada — sem arma, sem violência — como se leva uma carteira recheada do salário de um trabalhador ordinário que se espreme num ônibus lotado. Também sem culpa.

Chegam para o fim de semana com os pais de Janine, interna também de Blumenau e que só conheci na Escola. Vieram de carro. Anos depois, a mãe vai contar sobre essa viagem: o pai quis pagar o almoço de todos num restaurante em Nova Petrópolis e acabou duro. Duro e envergonhado. E assim passou todas as suas pouco mais de vinte e quatro horas na Evangélica.

Não chega a se impressionar com lá muita coisa. Conhece o 38, vê a cama, É aqui, pai, e eu chamando de pai um homem tão distante para mim como Jesus, àquela altura. O banheiro é ali, o banho é lá embaixo. Os passos tortos, depois eu saberia, se devem à neuropatia periférica, que já está instalada. O câncer somente viria anos mais tarde.

Um completo estranho.

Já a mãe, mal entra no quarto, vem com a primeira reprimenda: minha roupa de cama parece um sudário. Não são essas as palavras, porque o sudário foi ideia minha (e porque realmente parece: a marca ocre do corpo sobre o quadriculado azul e branco do tecido), mas é o que ela quer dizer. Tem que mandar lavar toda semana, pra isso tem dois jogos de cama. Tem que mandar lavar as cuecas e as meias também, e as camisetas e as calças, e as blusas, e a alma. A alma não tem jeito, disso sabemos, ela e eu, mas, mesmo assim, quem se importa.

O Encontro de Pais é a forma de a Escola se desculpar antecipadamente pelos danos que sofreremos. Ali se demonstra que apesar de todas as mudanças que ocorrerão entre aqueles muros, aquelas paredes, árvores, naqueles corredores, jardins e gramados, tudo soa bem e que eles estão isentos de qualquer responsabilidade: os violinos ainda tocarão, as peças de teatro ainda serão ensaiadas, os coristas entoarão hinos bíblicos e a merda toda de sempre.

As mães e os pais, claro, acreditam.

No entanto, há algo de bonito nesses encontros. Ver de onde vêm os colegas mais admirados, como aquele velhaco do terceiro ano com nome de revolucionário cubano que aparece com seu pai, um senhor de idade já avançada trajando bombacha como se fosse a sua roupa cotidiana (imagino mesmo que seja), ou os pais dos meus colegas, senhoras e senhores de meia-idade revelando que, afinal, todos viemos de lugares muito parecidos: uma mulher e um homem que um dia deram à luz uma criança imperfeita, como todas, e que por isso estamos aqui, imperfeitos, morando longe de casa à espera de nos tornarmos alguém neste mundo que vai mal e não dá mostras de querer melhorar.

Findo o encontro, depois do almoço de domingo, eles vão embora. Beijos e abraços de Fica bem; beijos e abraços de Vai ficar tudo bem. O pai não sabe abraçar, a mãe abraça demasiado. A adolescência dizendo que aquilo ali não está muito certo, mas mesmo com todos à volta fazendo o mesmo? Exato. Menos beijo, menos abraço, já tá na hora, Tchau, mãe, Tchau, pai, Boa viagem, Até logo, nas férias.

Quando as férias chegarem, o pai já não estará em casa. De novo.

20.

Os hormônios já haviam começado a se debater desesperados uns anos antes. Quando entramos na Evangélica, estamos cada um com uma Chernobyl por dentro, os filetes de grafite desencontrados de seus devidos encaixes (as cuecas sujas de manhã, os banhos tomados de costas para os demais, as punhetinhas neuróticas), e catástrofe alguma é esperada. Impossível saber se no Feminino acontece algo parecido, pois não falamos disso.

As meninas de catorze não são as meninas de quinze, nem essas são as de dezesseis, e é impossível que essas sejam as de dezessete. Por isso, o que buscamos, os novatos, é uma mulher adulta (de dezessete anos) que nos afague com suas mãos e nos afogue em seus peitos. A primeira vez que uma velhaca do terceiro ano me levou consigo foi durante a semana, no horário de estudos. Alguém me avisou que Maria Eduarda estaria em alguma sala do terceiro piso do Prédio Central ensaiando violino e me esperando, e que era só entrar. Como as janelas do 38 dão para o dito prédio, é possível calcular dali os passos que precisam ser dados.

Maria Eduarda é bonita, tem um rosto marcante, cabelos curtos e encaracolados, peitos grandes escondidos sempre sob uma camiseta de malha ou um moletom largo.

Ao ver a porta ser aberta, Maria Eduarda — sempre por extenso — para de tocar, pousa o violino sobre uma classe e vem para cima de mim. Antes de me beijar, diz — num alerta algo severo — que aquilo era apenas aquilo, uns beijos, e que ninguém pode saber.

— Ninguém vai saber — respondo.

E finalmente nos permitimos o boca a boca desesperado de quem precisa salvar um afogado. Dura muito, talvez o tempo necessário para aplacarmos outra fúria, vinda do ventre. E quando já levamos uns quantos minutos na função de salvar outra vida para garantir uma medalha por isso, Maria Eduarda me afasta com a mão em meu peito:

— Agora chega! — diz ela, um sorriso no rosto, os dedos limpando a saliva em volta dos lábios.

— Então eu vou lá — respondo.

Desço as escadas do Prédio Central como que flutuando, voo pelos corredores e, ainda sem pôr os pés no chão, chego ao 38. Os guris rindo à larga.

— Pegou ou não pegou, Cabelo?

— Claro que peguei, ué.

— Tu não sabe o que aconteceu — diz Tadinho.

— Não sei mesmo.

— A gente tava aqui te olhando, tentando ver alguma coisa, e quando finalmente deu pra enxergar vocês enganchados, o Glório abriu a porta.

— E aí?

— Aí ele perguntou, Que que vocês tão fazendo? — Tadinho repete as palavras com o sotaque próprio do professor —, e eu respondi que tava olhando um casal de gambás enganchados.

— E aí? — a voz trêmula.

— Aí que ele veio aqui na janela e ficou olhando com a gente.

— E ele viu alguma coisa? — pergunto.

— Nada. Nem vocês, nem os gambás.

— Pelo menos isso.

— Mas e aí, como que foi com a *Duda*?

— É Maria Eduarda — respondo. — Maria-Eduarda.

Vênus é outra velhaca do terceiro ano. Se por ter as proporções da Vênus de Willendorf ou o nariz da Vênus de Milo, nunca essa pergunta foi feita. Tem uns olhos muito azuis, seios fartos, cabelo joãozinho e divide o quarto com a Paula, uma capixaba de origem teuto-brasileira que fala o alemão e ostenta uma pele muito clara em contraste com seus cabelos muito pretos. Schnapps e ela já tinham alguma coisa, e talvez por isso — para não se sentir acuada por um mini-homem sempre a ponto de explodir em porra para todo lado — armou o lance de irmos os dois para o segundo piso da casa 3, a casa onde, no andar de baixo, Werner mora com sua família.

Caminhar pela Escola à noite produz uma sensação ímpar. Primeiro pelo silêncio. Depois porque ali nos sentimos poderosos como cocaína nenhuma jamais permitirá que nos sintamos. Ir ao encontro das meninas é tocar o poder efêmero das revoluções que já nasceram mortas e que ainda não foram assim decretadas pelo outro lado, o dos vencedores. Então, vamos Schnapps e eu nos esgueirando pelas quinas dos prédios, calculando passos ao nos aproximarmos das casas, sentindo no oco da alma o ranger da escada de madeira de um lance só, da porta até o segundo piso.

Vênus (de Willendorf ou de Milo) e Paula nos recebem com a luz apagada, e cada um já sabe onde se deitar. Não sei o que se passa na cama em que estão Paula e Schnapps, mas sei do que acontece na cama de Vênus (e minha). Assamos os contornos da boca em beijos quentes e intermináveis, e como eu não saiba mais o que fazer e tenha aquele imenso par de peitos me convidando, tento investir ali, mas não me é permitido tirar sua camiseta nem sequer abrir o fecho de seu sutiã — ato que ela repele primeiro de forma amável, depois com alguma irritação —, e quando, por fim, me dou por vencido, sou recebido como um bom perdedor em suas carnes quentes, acolhido por um abraço que se prolonga até os gemidos de Paula cessarem e irmos embora através da bruma, Schnapps e eu.

A hierarquia entre novatos e velhacos é vivida no respirar dos dias, então para tudo é necessário ter cautela. O que quer que tenha sido ouvido sobre os velhacos do segundo ano — que agridem a esmo, que são sempre brutos etc. — bem pode ser mentira, assim como pode ser mentira o que nos contam sobre os velhacos do terceiro, que são mais amigos, que podemos nos acercar, enfim.

Tadinho tem um irmão no terceiro ano, e só por essa razão — e por eu andar com Tadinho — já me sinto protegido. Ninguém mexe com ele, e acho que ninguém mexeria comigo. Mas o mesmo não vale para as meninas: as novatas, como nós, são carne fresca para os velhacos do segundo e do terceiro ano — e essas negociações de quem pode pegar quem nunca me ficam muito claras. Nós, por consequência, não queremos ter nada com novatas, porque isso em nada, ou muito pouco, nos ajudaria na ascensão social naquele espaço-território. Logo, ou nos deixamos ser degustados pelas velhacas do terceiro — como Maria Eduarda e Vênus — que estão desde o primeiro dia de aula na iminência de deixar a Escola e vivem seus próprios Carpe diem, ou somos acessados pelas velhacas do segundo ano, que também querem suas sessões de degustação, mas com o porém de que talvez haja ali a possibilidade de vivermos algo até que saiam da Escola, no final do ano que vem.

É assim que me acerco de Priscila, que tem os olhos verdes jamais escritos por Deus nas linhas tortuosas do rosto de quem quer que seja. Porque vêm dum lugar chamado Arroio da Onça, aqueles olhos me ferem como garras felinas. Ela me olha, eu a observo, e nisso vamos conversando algumas vezes sobre aquele lugar em que vivemos, e de repente estamos mais perto, talvez num grupo de conversa em que sentamos em roda, e ali me deixo deitar a cabeça no seu colo, suas mãos afagando meus cabelos num cafuné sem pretensão, e de repente, em outro lado, num escuro qualquer, o beijo, beijos, minhas mãos com senso de liberdade sendo atadas pelas mãos de Priscila, que parecem dizer No peito não, na bunda não, abraça aqui na cintura, não e não e não e não e não.

Nem uma semana depois de nosso primeiro beijo, primeiro de poucos, Priscila me chama para conversar. É dia de sol e são seus olhos verdes que falam comigo, todo o resto é adereço. E esses olhos me dizem que eu não fique triste, que não sou eu, é ela, que poderemos ser amigos, e eu somente digo Tudo bem, e digo Tudo bem quando a vejo, dia seguinte, de mãos dadas com o Gaucho (sem acento, já disse), e eles ficam de mãos dadas e aos beijos até o fim do ano, e eu sigo dizendo Tudo bem, tudo muito bem, imaginando os dois carbonizados, de mãos dadas ainda. Tudo bem, sim.

Marlise é diferente. Não é bonita, mas tem os peitos apontados para a frente e a boa fama de ser caridosa com os meninos que lhe são gentis. Num sábado à noite, todos embriagados da saída de depois da janta, vou ter com ela. Não são necessárias muitas palavras. Marlise me pega pela mão e atravessamos o estreito corredor que nos leva do corredor do Masculino para a parte dos fundos da Escola. Ali há um parquinho para as crianças da Educação Infantil feito de toras de madeira — com escorrega, redes para subir, barras de se pendurar, a coisa toda —, e no alto da estrutura, uma espécie de esconderijo com duas entradas e um telhado. Marlise me dá os peitos, abre a braguilha da minha calça, abre a braguilha de sua calça, pega minha mão e diz Põe aqui, assim, os dedos se molhando com os líquidos da mulher que é, os peitos contra meu rosto me dizendo Vem, te afoga aqui, ou Vem, que te acolhemos, e então um barulho nos arredores daquele ninho.

Pausa para o calor queimar o ventre e a face.

O barulho vai embora, e Marlise diz que precisamos descer.

— Mas tu beijou a boca dela? — é a pergunta dos guris do 38.

— Claro que beijei. Ia fazer o quê?

— Essa mina já chupou tudo que é pau aqui dentro, Cabelo. Que burro.

Eu, por minha vez, penso nas possibilidades de amar Marlise. Amá-la em sua beleza, que é pouca, e em seus defeitos, que abundam — Marlise me é espelho —, de modo que talvez nos reconheçamos e nos acolhamos no que nos falta. Ela, creio, se esqueceu de mim assim que virou as costas para retornar à sua casa (2, 3 ou 4) às dez da noite daquele sábado.

Algum tempo depois de Marlise, alguém me conta de Fernandinha, uma externa do Ensino Médio que está de olho em mim e em quem eu posso chegar sem muito risco. Se é bonita, é, sim, apesar da pouca estatura. Tem uns olhos pra lá de azuis, o cabelo chanelzinho, umas sardas de orelha a orelha e usa aparelho fixo nos dentes. O que mais me chama a atenção, porém, é como comprime os olhos quando sorri.

É de tarde, passa das quatro, quando nos sentamos para conversar numa das arquibancadas da pista de atletismo, e bem logo já estamos aos beijos. Fernandinha, não sei se por pudor, por segurança ou por vergonha de que eu pudesse contar às pessoas que ela usa sutiã com enchimento, não permite que toque seus seios, havendo somente uma zona liberada entre a cintura e as costelas onde posso descansar minhas mãos. É bom, mas é apenas uma vez. Ficar é mesmo assim, dizem.

Depois disso, Ederzão, um externo temido, disse que queria falar comigo. Isso foi na entrada de uma aula de física, aquela aos sábados de manhã. Passo todo o tempo pensando em estratégias, mas desisto assim que o vejo no corredor do terceiro piso do Prédio Central. Nossa sala é a última desse corredor, e ele está com seu metro e oitenta de altura e quase o mesmo de largura postado na exata metade do caminho entre a porta da minha sala e o início da escada por onde eu deveria descer correndo sem olhar para trás caso quisesse sobreviver.

A explicação para o meu terror é simples, e não é uma invenção da minha cabeça: Fernandinha é irmã de um ex-aluno que pouco ou nada pode fazer contra mim dentro da Escola. E, como os internos, os externos também têm suas hierarquias, sua autoproteção, suas fidelidades. Ederzão está ali para vingar minhas mãos postas em Fernandinha, só não vê quem não quer. Terminada a aula, o professor começa a arrumar suas coisas para descer com os alunos da minha sala, e ao se postar de lado para caminhar em direção à porta, me permite ver novamente a cicatriz que leva na cabeça, coisa de briga de facão. Agora eu também terei uma, penso enquanto adio minha saída.

Meus colegas saem antes, aos pulos. O que me resta é me valer da presença e do tamanho do professor, que é certamente muito maior que Ederzão. Acompanho seus movimentos de colocar no ombro a alça da bolsa de couro que carrega e trancar a porta à chave, e quando damos os primeiros passos no corredor em direção à escada, Ederzão já está ao meu lado.

— E aí, quero falar contigo.

— Então vamo falar. — Minhas mãos tremem, minha voz treme.

— Tu tá ficando com a Fernandinha, não é?

Penso: fodeu. É agora que vou pro saco.

— Sim, a gente ficou.

— Só queria te dizer que tá tudo bem, tu é um cara legal. Só não machuca ela, beleza?

— Jamais faria isso. Obrigado! — Obrigado pelo quê?

— Beleza, então. Eu vou nessa. — E desce as escadas antes de mim, que nem consigo me mover no plano, imagina então numa escada.

21.

No primeiro ano, o que a Escola precisa fazer com a gente é nos soterrar com atividades curriculares e extracurriculares, a maior parte delas enfadonha. Mas há uma, somente uma, que é de um gozo soberbo: o teatro.

A Escola conta com cinco grupos de teatro, todos dirigidos pela professora Amanda — que habita os meus sonhos e os de quem mais a conhece —, mas os textos dos espetáculos são escritos pelos estudantes, ensaiados em salas de aula, no galpão de dança ou onde mais haja espaço livre, e no fim do semestre as peças são analisadas por uma junta de professores para que decidam qual dos grupos poderá ir à Grande Mostra de Teatro das Escolas Evangélicas, a Gramoteva. A cada ano, somente um grupo pode alcançar essa honraria.

Nosso espetáculo, *Sagrado Coração*, tem esse nome por causa da canção nunca cantada de Renato Russo e traz um conflito familiar clássico, geracional, baseado numa canção de Teddy Vieira, "Couro de boi". E ali acontece a coisa toda: o homem que expulsa de casa o pai idoso com um pedaço de couro, a esposa desse homem satisfeita com a opção, o filho desse homem pedindo ao avô um pedaço de couro para quando ele próprio for enxotar seu pai de casa.

Lágrimas.

Os jurados são gente que pouco, muito pouco ou nada mesmo entende de teatro, assim como nós, os atores, e nas primeiras cadeiras sentam-se Goldameir, o pastor Amâncio, os diretores de internato, Glório e Norma, a coordenadora pedagógica e, finalmente, a professora Amanda. Buscam ali uma fala ou uma cena que possam cortar: um beijo, um assassinato, um palavrão. Como estamos com gente mais sabida — o líder do grupo é Alfred, o irmão mais velho de Godo, que já é ex-aluno mas ainda tem acesso às coisas da Escola —, não corremos risco. Alfred entreviu o que poderia nos dar problema, fez os cortes necessários para a censura prévia e, depois de a peça ter sido escolhida, recolocou tudo em seu devido lugar.

Recolocou dessa vez, porque não sei a quantas mostras ele foi.

Vencemos a seleção. Por infortúnio, a Gramoteva desse ano acontece numa cidade ao lado, onde há outra escola evangélica, e por isso não fazemos uma grande viagem para longe.

Ficamos na casa de pais de alunos da escola anfitriã. Divido o quarto com um colega de grupo, um rapaz muito alto do terceiro ano com quem converso muito pouco e cujo nome não recordo, nessa casa de alemães que criam cachorros (como uma ONG, talvez), e que fica nos arredores da cidade, numa estrada de terra sem iluminação. Quando adentramos a casa, ouço os latidos antes, para depois ver os cães.

— Tem pitbull aqui? — Meu pânico de caninos me fazendo tremer as mãos.

— Desses pequenos nós não temos — diz o homem.

Além de todas as dinâmicas em grupo, não há nada de surpreendente, a não ser nos sentirmos humilhados por outros espetáculos de outras escolas, sobretudo um em que várias meninas andam por andaimes simulando um mundo pós-apocalíptico, e outro que começa com uma moça chupando uma manga e enfiando a cara inteira na fruta e segue com diversas outras moças enfiando suas caras em outras frutas.

Uma ereção descuidada.

Nosso espetáculo de palco italiano, porém, arranca algum aplauso — mais do que o brechtiano, que fez dormir três quartos da plateia, e mais ainda que as duas versões de *Bailei na curva*, que terminaram com aquela mesma canção cantada por Kleiton e Kledir que diz: *Há muito tempo que ando nas ruas de um porto não muito alegre.*

22.

Os meninos nunca começam a beber tomando uma cervejinha. Por isso talvez eu não me lembre do meu primeiro trago, mas deve ter sido assim: uma garrafa de cachaça e uma garrafa de dois litros de Coca-Cola; beber rapidamente um litro de Coca, despejar nessa garrafa o litro de cachaça, chacoalhar um pouco para fazer a mistura e ir bebericando aos poucos, acostumando-se à força do líquido e à repulsa do corpo pelo cheiro de cana. Depois sentir adormecer o lobo frontal, sentir adormecerem as pernas e os passos, a língua e os assuntos, e por fim, no meu caso, encontrar um bom lugar para descansar, uma cama, um gramado, uma sombra de árvore.

Os meninos vamos sendo introduzidos ao trago um a um, dia após dia, e a Escola não só parece conivente, mas de certa forma nos incentiva, talvez para já começar ali a distinção entre fracos e fortes, tão importante para dividir eternos meninos de homens promissores, não tenho certeza. Mas sei que eu não poderia ter passado a salvo todo o primeiro ano recendendo a cachaça se não fosse por essa conivência perversa.

Por exemplo: um dia Fofão queria beber e não encontrava companhia. Chamou o Branco. Branco nunca dizia não para o trago. Vinha de uma casa sem perfumes por causa de seu pai. A receita estava pronta. Mas nem Fofão nem eu sabíamos daquilo, não àquela altura. Conseguiram fugir, conseguiram beber um conhaque vagabundo, até que Fofão teve a ideia de ir para o Feminino, noite alta já. Como Branco não conseguisse mais dar um passo sem cair, Fofão achou uma valeta para pôr o amigo em repouso e em segurança — isso depois de ter chamado a atenção da polícia arremessando a garrafa para cima e tendo visto a própria se espatifar diante dele (coisa que não passou pelo crivo dos policiais que rondavam por aquelas bandas, os quais lhe ordenaram que juntasse os cacos do meio da rua, o que ele assentiu em fazer) —, e foi batendo de porta em porta, acordando as gurias, enquanto imitava o professor Glório:

— Vamo, pessoal, tá na hora, tá na hora — dizia com uma voz aguda e um sotaque de alemão da colônia. — Vamo, que o galo já tá cantando, cococó, cococó!

As portas foram se abrindo de par em par, e as gurias apareciam no corredor e riam da performance e do desacato.

A coisa toda não demorou dez minutos. Foi o tempo de armar o espetáculo, colher seus aplausos e logo ir atrás de Branco para retornarem ao internato. A valeta onde Branco dormia ficava do lado de fora da Escola, o que obrigou Fofão a uma dupla tarefa: pular para fora, resgatar Branco e trazê-lo para dentro.

Do lado de fora, a Escola era apenas um longo muro com um mundo grande, muito grande, por fronteira. Vieram os dois pela calçada (Fofão havia deixado Branco perto do Feminino, num extremo, e tinha agora de levá-lo até o Masculino, no outro extremo), até alcançar o ponto de reentrada. Dali, seriam uns poucos metros até Fofão colocar Branco dentro do Masculino.

Mas o guri não conseguia caminhar direito. Muito menos escalar o muro.

Fofão então lhe deu todo o suporte. Ajudou Branco na escalada, manteve-o estável sobre o muro, subiu ele próprio a estrutura e em seguida ajudou no pouso nada confortável do lado de dentro, uma vez que o guri caiu de cara na grama. Quando Fofão enfim achou que estava terminando a tarefa hercúlea, veio a voz. Aquela voz aguda com aquele sotaque carregado:

— O que que tá acontecendo aqui?

Branco levantou a cabeça para saber se não sonhava ou se aquela voz não era a de boas-vindas no inferno. Antes que estourasse em impropérios, porém, a voz baixou de tom. Glório se aproximou dos dois e finalmente disse:

— Eu não vou conseguir dar conta disso sozinho. Institucionalmente, digo. Vou ter que envolver o diretor Goldameir.

— Não precisa! — gritou Branco. — Eu tô bem, Fofão tá bem, o senhor tá bem, não precisa de mais ninguém aqui. — E terminou a frase numa golfada que lhe lavou a camiseta com um vômito aquoso e fétido.

Acabaram, Glório e Fofão, levando Branco para o interior do Masculino. Glório ordenou que tomassem banho, mas no fim teve que ajudar Branco. No dia seguinte, nem um pio sobre o assunto. Dali a pouco tempo, sumiram os dois, Fofão e Branco: suspensão de alguns dias não por terem fugido, invadido o Feminino (no caso de Fofão) ou por terem bebido álcool daquele jeito desmedido, mas por terem sido pegos.

Pecado, acabávamos de descobrir, era sermos descobertos.

Em algum bar, diante de um mictório, anos depois, mijando ao lado de um cara que se parecia muito com Raul Seixas, aqueles mesmos dentes pequenos do cantor baiano, eu deixava a testa bater contra a parede na minha frente não para despertar o que ali havia, mas para adormecer ainda mais, mais e mais, até que não restasse nada de ideias ou de lembranças. Foi assim por bastante tempo: beber sem sentido e sem trégua enquanto contava alguma história da Evangélica, cada vez com detalhes melhores, a maioria inventados por causa da distância no tempo, e querendo dizer, no fim, que era preferível estar em qualquer lugar a estar ali, simplesmente.

23.

Estabelecida a rotina, ou seja: as aulas de segunda a sábado, o trago no sábado à noite, o ermo do tempo pesando sobre nossas cabeças, os amores efêmeros e as amizades distintas, o que nos resta é, cada um à sua maneira, dar conta da realidade. As minhas fugas mais comuns, a essa altura, são para a biblioteca.

Mas não é um encontro simples.

É bem verdade que cheguei à Evangélica com uma promessa frágil de garantir lugar no pastorado luterano, mas nem a instituição me ajuda (não existe mais o IPT), nem eu mesmo estou certo de que a vida pode se tornar simplesmente aquilo: celebrar cultos, batizados, casamentos, velórios e todas as coisas que envolvem estar e não estar mais vivo.

Poderia ter me apegado à presença de Dênis, o estagiário da faculdade de teologia que passou a morar na Escola. Dênis é um luterano diferente, talvez por ter vindo do Espírito Santo, por caminhar descalço e usar brinco. É ele quem faz meu primeiro furo na orelha, e também o segundo e o terceiro. Os outros três, na outra orelha, eu mesmo os faço. Mas não falamos de religião, há muito mais do que falar: dos conflitos de terra à necessidade da presença da Igreja entre indígenas e quilombolas, das lutas históricas e dos companheiros tombados ao longo dos anos, de como a Igreja Luterana se abstém de responsabilidade de fato mas mantém essa responsabilidade sempre no discurso.

Ou poderia ter me apegado à figura do Frufru, um velhaco do terceiro ano que se tornou um bom amigo mas que era, vi depois, um parasita daqueles que sugavam o que eu tinha de bom para oferecer no dia: uma história, um causo sobre o lugar de onde eu vinha, uma paquera nova. Muito pouco para permitir que me fosse tirado. É chamado assim por ter vindo no primeiro dia de aula vestido de terno e gravata, e nunca mais o apelido descolou de sua figura algo patética. Alguns apelidos costumavam aparecer nas primeiras vinte e quatro horas dentro da Escola, mas Frufru era o mais desgraçado de todos eles.

A biblioteca ainda é o melhor refúgio, e ninguém espera que seja lá que habite a morte de Deus, que não morreu de uma hora pra outra, como alguém que sofre um acidente de carro. Deus, quando morre, o faz devagarinho. E talvez por isso mesmo de forma irremediável. Leio autores para a aula de Herr Henke e aquele livro da história dos deuses da humanidade em paralelo: Akhenaton foi provavelmente o primeiro humano adorado enquanto deus, e talvez o primeiro registro de monoteísmo. Tendo sido o primeiro, os demais eram secundários. Tendo sido o primeiro e naquele momento, cada fé monoteísta de depois era apenas o registro de uma época, da *sua* época. Sendo assim, aquele papo de cristianismo não tinha fundamento possível. Eu só precisava alcançar a minha própria negação.

Voltar para casa torna-se coisa rara, apesar das férias de inverno: ali é inaugurado um novo tempo, um punhado de palavras sem tradução que querem muito bem dizer Tua casa já não é mais ou Estás aqui, agora, a depender da tradição do tradutor.

Há algo nesses retornos que é de suma importância: prestar contas ao pastor da comunidade lá do fim do mundo, i.e., onde nasci: que tudo vai bem, que o Evangelho, que a Obra, e todas essas coisas que precisam ser ditas. Mas eu já não respondo da maneira que esperam. Este guri de catorze anos resolve dizer que não é bem assim.

— Não é bem assim, né, pastor?

— O que não é bem assim?

— Essa coisa toda aí.

— Essa coisa toda?

— Isso aí que o senhor fica repetindo, que repete pra acreditar, que repete porque precisa acreditar e porque precisa desse emprego.

O sujeito fica me olhando. Minha mãe na antessala do escritório esperando que a conversa traga novos frutos (foi pra ela que falei primeiro que Deus ora estava ora não estava — acrescido daquele dito de Saramago sobre Deus ser tanto mais Deus quanto maior sua inacessibilidade), mas não tem jeito. Acho que foi a última vez que entrei no escritório do pastor Wilson, pai do meu amigo Mathias.

24.

A grande maioria dos alunos da Evangélica vem dos interiores do Rio Grande do Sul. Alguns de Santa Catarina, alguns do Paraná, e uma minoria de outros lados. Pará, por exemplo. Rondônia. Espírito Santo, Minas Gerais. Essa distância do lugar onde moramos serve para nos explicar, com o passar do tempo, alguns fenômenos naturais, como as árvores de troncos finos e contorcidos virados para o norte; o solstício de inverno e a queda brusca de temperatura nuns dias que já não são quentes; o dia em que saio da aula no Prédio Central e vejo de longe os guris do lado de fora dos corredores, mais precisamente nos mastros perto da quadra de esportes, todos olhando para lá. Depois o anúncio: talvez neve ao meio-dia.

O anúncio de neve é mais importante do que a própria neve para a maioria de nós. Não há outro assunto durante o almoço. Melhor: não há assunto durante o almoço, porque todos estamos olhando fixamente através das janelas do refeitório, esperando que algo aconteça. Se cair do céu um só floco de neve, haverá uma insurreição, penso, e acredito que o mesmo pensa o professor Glório, que embora lecione geografia e pudesse se valer do fenômeno meteorológico para nos ensinar qualquer coisa, ainda assim teme que de repente todos se ponham de pé e escapem para o lado de fora, rompendo seu controle definitivo sobre duzentos adolescentes. Glório passa todo o tempo do almoço com os olhos esbugalhados.

Em vão, é preciso dizer, porque a neve não vem.

Mas às quatro da tarde vou aos Correios trocar um cheque postal enviado por minha mãe. Para comprar roupas, talvez — as razões estão explicadas. E tendo eu feito a caminhada de ida (é longe) e já estando quase de volta na Escola, vem o granizo, que nesta ocasião chama-se chuva congelada, me açoitando as costas até que eu consiga cobertura. E a cobertura me é fornecida pela guarita da Escola, depois pelo Masculino, depois pelos corredores, e eu gostaria de ter pensado Que engraçado este lugar proteger alguém de alguma coisa.

É por estes dias que Tadinho me convida para passar o fim de semana na casa de uma tia, madrinha ou coisa parecida, que era pastora numa cidade serrana ali perto, duas horas de ônibus, subida, até lá. É o melhor fim de semana em muitos, sobretudo porque Herta é uma pessoa boa, calma, e nos proporciona um sábado e parte de um domingo muito tranquilos, embora as nuvens nos ameacem: são cinza, volumosas e fazem voltas em torno de si. Herta diz que são ainda as nuvens de neve, mas que dificilmente vai nevar, sem explicar o porquê.

Antes dessa ida à casa de Herta, eu tinha convidado Tadinho para visitarmos a casa do meu primo pastor em Gramado, a cidade fake inspirada em Blumenau. Chegamos mareados em razão das curvas da estrada feitas por um ônibus caindo aos pedaços da Viação Wendling, mas chegamos bem, encontramos o endereço, nos instalamos e pedimos licença para dar uma volta no centro da cidade, aquela parte turística em que há lojas com cascatas de chocolate e todo tipo de cafonice para turistas também cafonas. Essa saída foi ao entardecer, e embora fosse divertido não estar na Escola nem em nossas cidades de origem, tínhamos de lidar com o anfitrião. Já em frente à casa, uma casa com base de pedras e três pavimentos, sendo um deles o sótão onde estávamos acomodados, o cagaço: um enorme cão preto cheirava a bosta de algum outro cão. Tadinho disse estar com medo, ou eu disse, ou os dois dissemos, e não sabíamos como fazer para entrar antes de sermos atacados. No fim, e por sorte, havia alguém perto da porta quando tocamos a campainha.

O cão negro de Damien, o mesmíssimo.

Mas o pior ainda estava por vir. Guris que éramos, conversamos e rimos até muito tarde. Quando o pastor/meu primo apareceu de manhã nos convidando para o culto e não ouviu resposta, notou que deveria repetir o chamado: novamente convidou com um Guris, tá na hora, vamos lá. Mas quando abriu a porta do quarto pela terceira vez, as palavras que pronunciava já eram ordens, e nós não estávamos dispostos a acatá-las (como de fato não fizemos), o que nos proporcionou um restante de domingo de silêncio de aves feridas. Foi ali, pela primeira vez, que alguém da minha família, embora um membro distante, percebeu que eu não daria em nada do que se esperava de mim, ainda que o esperado fosse realmente muito pouco.

25.

A Escola é conhecida por iniciar seus alunos nas mais diversas áreas artísticas, como música, teatro, canto e o escambau, e também por iniciá-los na política. Todo ano é eleita a direção do Grêmio Estudantil, com presidente, vice-presidente e umas quantas secretarias, cujos secretários são responsáveis por delegar tarefas a seus subordinados e reportar o que quer que seja ao presidente e seu vice, que por sua vez, e por respeito à hierarquia das coisas, reportam a quem de direito: um professor, um diretor, um funcionário, alguém adulto.

O Grêmio é dividido em vários braços. O departamento de meio ambiente, por exemplo, tem a incumbência de alertar para a importância da separação do lixo em orgânico e reciclável; mas não importa se o lixo é mesmo separado. O departamento folclórico organiza as noites de dança no galpão — uma estrutura de madeira rústica nos fundos da Escola, perto do parquinho das crianças, onde peguei nos peitos de Marlise pela primeira e última vez. O departamento esportivo organiza campeonatos entre os estudantes. O departamento audiovisual é encarregado de escolher filmes, organizar as votações e exibir os títulos vencedores nas tardes de sábado e domingo na sala de vídeo. A maioria dos departamentos tem a responsabilidade de nos entreter em nosso tempo livre de maior risco, os fins de semana. Há outro departamento, talvez o mais importante, que organiza o evento mais esperado por todos os internos.

O grande auditório da Evangélica faz parte do complexo de prédios principais, e é uma continuação do Prédio Central, conectado pelo saguão cortado perpendicularmente pelos corredores do Masculino e do Feminino. Duas centenas de cadeiras acolchoadas preenchem o seu chão de tacos, enquanto no palco italiano pode acontecer um ensaio de orquestra ou um concerto, um ensaio de teatro ou do coral, e assim por diante. Costuma ser usado para ameaçar estudantes, tarefa muito bem executada pelo diretor Goldameir, que nos mantém da hora de estudos até quase as onze da noite, todos bocejando e com olhos de reclamação, porque alguém (nunca se sabe quem) não delata quem fez isso ou aquilo. Em geral, questões que envolvem bens da Escola, como vidros quebrados, sumiço de alguma coisa, cadeados rachados etc.

Apesar disso, uma vez por mês o auditório é liberado para que ali seja realizada a reúna. O dicionário tem lá seus significados para essa palavra, mas nos atenhamos ao que ela realmente é: noite dançante para os jovens internos. Foi ali que um rapaz do Mato Grosso, postado à porta do auditório, emitiu um sonoro Mmmmm, discotex!, e esse passou a ser seu nome a partir de então, abreviado mais tarde somente para Disco. Pelo que sabemos, a prática é tão tradicional quanto a Escola. No sábado depois do almoço começa a arrumação, que consiste em retirar todas as cadeiras do auditório, em seguida decorá-lo de acordo com o tema da reúna — Dia das Bruxas, festas juninas, o que seja — e por fim montar as caixas de som e separar CDs para tocar das sete às dez da noite.

É o dia de trocar os pijamas que vestimos de segunda a segunda. As meninas se arrumam desproporcionalmente, com saias mais ou menos curtas, sapatos e — espanto nosso — maquiagem, enquanto nós apenas vestimos camisetas, calças jeans e tênis. O som começa às sete, depois do cachorro-quente de sábado, e as músicas iniciais são leves e inocentes, mesmo porque o público ainda está tímido, colado às paredes lisas do auditório.

Nós primeiro saímos, bebemos alguma coisa forte a fim de adquirir coragem e voltamos para dentro da Escola; esperamos acabar a parte de música pop e dançante para enfim escutar nossos Tequila Baby, TNT, Cascavelletes, Garotos da Rua, Raimundos, Nirvana, Ramones, e fazemos um arremedo de roda punk — que não é roda, muito menos punk —, apenas para tentar extravasar a energia que nos sobra. Se alguém se aproximasse para sentir nosso cheiro, saberia fácil que recendemos a cachaça barata ou a vinho barato ou a conhaque barato, o que tivéssemos conseguido. Mas esse é um momento sem professores plantonistas nem diretores de internato. A não ser, é claro, às dez da noite, quando o som para e temos que retornar para os nossos quartos, coisa que fazemos a passos lentos enquanto damos os últimos beijos e investimos nas últimas dedadas.

26.

A Escola tenta lidar bem com suas crianças. Vez por outra, um passeio nos leva para algum lado no intuito de mostrar que não estamos presos, que solidão é outra coisa. Um dia, fomos a um asilo construído às margens do rio Taquari, cerca de hora e meia de viagem. Passamos ali o dia conversando com os velhos e os entretendo. Talvez houvesse também um lar para crianças abandonadas, o que cairia muito bem: da juventude à velhice, são *eles* que estão sozinhos. Os guris, se os havia, não nos deram atenção. É certo que para quem é jovem a carência é também uma vergonha e que as fragilidades devem ser mostradas através do corpo e suas expressões de força, de raiva.

Fazia frio quando desembarcamos do ônibus e nos dispersamos entre os idosos, que se espalhavam ao longo de um gramado coberto de pequenas árvores, bancos, mesas e outros lugares onde se encostar à procura de nesgas de sol. Um cheiro persistente de bergamota não permitia distinguir o que era cheiro de fruta do que era cheiro de velhice, e antes de nos entediarmos mutuamente, jovens e velhos, sentamos com eles para conversar sobre qualquer coisa a fim de ter o que relatar quando retornássemos à Escola.

Outra vez nos levaram ao zoológico, o maior da zona metropolitana de Porto Alegre, também o único, e entre onças e tamanduás, hipopótamos e zebras, de repente nos deparamos com um casal de elefantes num gramado muito extenso. O que nos separava deles era um perímetro marcado por um fosso largo, de concreto, que impedia que caminhassem rumo à liberdade, para isso acionando nos elefantes o temor de cair naquele buraco protetivo. Isso aconteceria algum tempo depois com a fêmea e seria divulgado nos jornais gaúchos com uma foto do animal morto no buraco, o que causou comoção: Como aconteceu? Quem permitiu que acontecesse?

Quem planejou nos levar para ver bichos encerrados, gente encerrada, com o fim de plantar em nós mesmos a calmaria da desistência diante das cercas e dos muros, da religião e dos estudos, dos horários e das regras, dos olhares aquiescentes e dos olhares de temor por professoras e professores, velhacos malvados e bondosos, externos perversos, nossos próprios pais?

27.

É domingo, mas desde o sábado os ares estão diferentes. Começam a aparecer pessoas que nunca tínhamos visto, e são muitas. Na manhã de domingo, logo depois do café, surgem uns sujeitos altos, gordos, fortes e abrem a porta do 38.

— Tá tudo certo aqui, novatedo?

Ninguém responde. Se devemos temer alguém, e isso já é mais do que sabido, são os velhacos do andar de baixo e os do terceiro ano. Aqueles ali, ninguém sabe quem são.

Tado, que no meio dessa movimentação se dirige ao banheiro, escova de dentes e creme dental na mão, é impedido por uma parede de carne e músculos que se interpõe em seu caminho:

— O gato comeu tua língua, novato?

— Não, não comeu.

— Tu tá me respondendo?

— E tu não tá me perguntando?

Faz que vai, mas é impedido. O cretino segura seu braço, dizendo:

— Só não te quebro aqui porque —

E o solta rapidamente. Não sabe o que dizer. Poderia ter dito: porque não estudo mais nesta Escola, porque sou ex-aluno agora, porque não pertenço mais a esta hierarquia, tampouco ela me pertence, porque perdi o jogo que todos perdem.

Esse é o único encontro infeliz nesse meu primeiro dia de visita de ex-alunos. O restante do tempo ficamos a observá-los: alguns são jovens, outros já estão arqueados pelo tempo: senhoras e senhores que estudaram na Evangélica em algum momento de suas vidas e voltam aqui para reencontrar ex-colegas, ex-professores, ex-amores até.

O almoço é festivo. Essas pessoas se vangloriam de quem se tornaram ou de como haviam conseguido vencer a Escola, não consigo entender direito. Acho mesmo que as duas coisas. À tarde, as turmas homenageadas — cinco, dez, vinte, trinta, quarenta, cinquenta, cinquenta e cinco, sessenta, sessenta e cinco anos de formação — posam para fotos. Quanto maior o tempo de formação, menor a quantidade de ex-alunos. No final da tarde, vão todos embora, e não sei dizer se a Escola ficou feliz ou triste em recebê-los.

28.

Não nasci necessariamente num lugar frio, embora o frio tenha sido sempre uma questão. A verdade é que nasci num lugar úmido, onde as pessoas e as coisas não demoravam a cheirar a mofo. Mas na Escola é diferente, porque ela fica num lugar alto — em dias de céu limpo, se o sujeito vai lá no cume da cidade, consegue ver Porto Alegre —, e porque toma os ventos sul e sudeste em cheio, é um lugar seco. Seco e frio. Muito frio.

Talvez por isso, sem perceber, vamos nos metendo cada vez mais Escola adentro, como se fosse possível alcançar os tijolos, o cerne daquelas edificações, e ali nos mantermos aquecidos. Isso, claro, sem falar da história da caldeira — Só tem dez minutos de banho quente, corre! — e do aquecimento que buscamos no álcool e que nos resfria (falo por mim), que me resfria sempre mais um pouco.

Assim, quando chega o equinócio de primavera, parecemos bichos magros que deixam a hibernação em busca de um sol que nos aqueça. O final do ano de 1999 é especial por isso e por umas quantas outras coisas, entre elas o calor que faz no 38 e nos impede de dormir, somado à ideia brilhante de Tadinho de irmos dormir na varanda do internato, levando os colchões de ponta a outra pelo corredor superior do Masculino. Na primeira vez, acordamos com frio. Na segunda, dormimos e acordamos bem. Na terceira, somos surpreendidos pelo fantasma do Goethe.

Sim, esse é o nome do sujeito. Goethe é um novato do segundo ano, filho de pastor luterano e irmão do cara mais maluco que já passou pela Evangélica, o Werther. A história é sempre recontada: que um dia esse Werther foi chamado à sala do Goldameir para tomar um esculacho, que pulou a janela e escapou, que foi capturado por Goldameir e Glório numa rodovia, que já dentro do carro bateu nos dois e precisou ser amarrado para então ir a um hospital tomar sabe-se lá que tipo de calmante. Quando seu pai chegou à Escola para levá-lo embora — havia sido expulso —, o fez da maneira mais teatral e cruel possível: o guri tinha cabelo grande, e o pai, pastor, o puxou pelo cabelo da entrada da secretaria, no Prédio Central, até onde seu carro estava estacionado, do outro lado da praça. O Masculino e aqueles que estavam por ali pararam para ver o espetáculo.

Diziam que o problema do Werther era o trago. O problema do Goethe certamente é. Nessa noite, na varanda, quando já estamos quase dormindo, ele aparece. Magro, loiro, de aparência rústica — as linhas do rosto talhadas à faca —, tenta caminhar até o gradil da sacada e o faz de modo errático, como se os nervos não dialogassem com os músculos, como se os músculos não respondessem à gravidade. À maneira dos insetos envenenados, enquanto seu sistema nervoso entra em colapso. Digo a Tado que ele pode cair, e Tado concorda. O diabo é convencer o sujeito a sair dali. Acho que é preciso um tanto de força para isso.

De certeza mesmo, são necessárias várias palavras, que são ouvidas por Glório, morador do andar de baixo nesse exato ponto do prédio, e que aparece de pijama, olhos vermelhos, arregalados, e aquela dúvida retórica, monótona, sempre a mesma:

— Que que tá acontecendo aqui?

Os três levamos Goethe ao seu quarto. Em seguida, Glório também desaparece, não sem antes ordenar que retornemos ao 38.

A partir desse dia, a porta para a varanda passa a ser trancada. A ideia de estudar matemática até mais tarde (Tadinho e eu, fazendo o Magistério, não temos interesse nessa matéria, mas precisamos passar para o segundo ano) só valia a pena porque de quebra podíamos ter sobre a cabeça o céu estrelado, os aviões que decolam e pousam em Porto Alegre, os satélites e os caças da base aérea de Canoas, facilmente identificados por uma luz verde contínua que atravessa o céu num nível mais baixo e mais veloz que todas as outras aeronaves que cruzam por aqui.

29.

As coisas vão bem no final do primeiro ano. A saudade de casa se tornou algo como um respeito maior pela Escola, penso eu. Há também um contínuo e crescente desdém por tudo que seja estático, imóvel e paralisado no lugar de onde eu vim. Em resumo, um desprezo por tudo. Mas eu não penso nisso enquanto faço as minhas malas para passar as férias em Blumenau, aqueles dois longos meses distante da Escola; penso, sim, em com quem vou compartilhar o quarto no ano seguinte. Isso se dá assim: nas últimas semanas de aula, o professor Glório passa uma lista em que cada um escreve ao lado de seu nome o nome do companheiro requerido para dividir um quarto de duas pessoas no primeiro piso do Masculino. Se há ou não cálculos sobre o tamanho do problema que isso pode acarretar, não sei. Tadinho e eu colocamos os nossos nomes juntos, porque estivemos todo o primeiro ano como colegas de quarto e cúmplices daquela vida que se iniciara entre muros e paredes.

A rotina da Evangélica me abraça como faz com todos os meus colegas, ao menos os que não desistiram. Tomar café, estudar, almoçar, varrer o quarto e o corredor do internato, estudar mais, lanchar, varrer a Escola, jogar conversa fora, tocar violão, beijar uma boca. É a rotina, e não o medo com que Goldameir tenta nos soterrar, que dá ordem e sentido aos dias. São as quartas--feiras com Glório nos despertando, eufórico, e não os momentos em que nos ameaça com o olhar. No fim, a rotina é o que de mais belo há pelo tanto de certeza que nos faz crer que havia no tempo decorrido na Escola.

Fim das aulas, boletins entregues: passamos de ano.

Dali em diante, o retorno e o primeiro deslocamento: para onde tínhamos voltado? Não parecem, para mim e para os outros, os lugares de onde havíamos partido nem um ano antes para nos dirigirmos à Evangélica. Volta e meia, um telefonema. Volta e meia, uma carta escrita para três recebidas. Temos ânsia de retornar para um mundo que compreendemos, enquanto este aqui, o de fora, tem em si tanta informação que é impossível classificar, medir, calcular, concluir.

Um dado: se na primeira volta para casa, na Páscoa de 1999, estava todo mundo da minha família na rodoviária, desde as férias de inverno as coisas mudaram: já havia se tornado comum deixar o ônibus depois de doze horas de viagem e não haver ninguém à minha espera. Às vezes, tinha de sentar e aguardar mais de hora até que alguém aparecesse. Não, essa não é uma cobrança tardia. É antes uma constatação: também eles se acostumavam à minha distância, como era normal que acontecesse.

Estar de volta em casa então é isto: rever minha mãe, meus irmãos, visitar meu pai — a essa altura ele tinha voltado a morar naquela outra casa, com aquela outra mulher — e padecer do calor úmido de uma cidade infestada de agruras. Havia perdido contato com todos aqueles amigos do bairro, o bando de hienas que éramos andando para lá e para cá pelas ruas em busca de problemas, nunca de soluções. Voltar à Escola é de uma urgência dolorida, sobretudo pelas cartas de Branco e de Tadinho avisando como as coisas vão em suas cidades, e elas não vão muito bem, ou mesmo exigindo meu retorno para breve, porque logo seria a hora de retornarmos.

Foi aí que.

Um dia, me dou conta de que não sei quando as aulas na Evangélica recomeçam, e por isso decido telefonar para lá a fim de obter alguma, qualquer informação. Converso com a Ana, a grandessíssima gostosa que trabalha ali como secretária e que, digo sem erro, mora nos sonhos de cada um dos estudantes.

— Oi, Ana! Aqui fala o Rafael, e eu queria saber a data do retorno das aulas, porque ainda não recebi nenhuma correspondência.

— Só um instante que vou verificar.

Silêncio. Longos segundos de silêncio até que sua voz reaparece.

— Então, Rafael, tem um problema aqui. Tu não estás matriculado no segundo ano.

— Como assim, não tô?

— A matrícula foi cancelada.

— E tem jeito de reverter isso?

A resposta é confusa. Tem a ver com a quantidade de estudantes matriculados no primeiro ano, também a quantidade de moradias no internato, mais o que tinha de fato havido, e era preciso conversar com o Glório e o Goldameir, e isso e aquilo. Desligo cego de raiva e espero minha mãe aparecer para me explicar o que aconteceu. E o que aconteceu foi simplesmente que eu tinha saído do rumo, largado da mão de Deus, abandonado a Igreja; além do mais, falava coisas cada vez mais estranhas, lia cada vez mais livros, escrevia cada vez mais poemas. Em resumo: estava longe de vir a me tornar o homem que eu precisava ser *neste* mundo.

Foda-se.

Explico aos gritos que aquela merda de Escola é minha única oportunidade de vir a ser qualquer coisa no meu mundo, que é um mundo alheio, distinto, diferente para um caralho, porque eu não vou deixar nunca de ler, eu não vou deixar nunca de escrever, de sofrer eu tampouco vou deixar, eu não vou deixar nunca de lamentar por tudo que eu jamais serei, mas estando na Escola eu posso ao menos tocar as possibilidades, coisa que jamais farei em Blumenau, onde somente consigo tocar o que é profundo, espesso e doído.

Quando termino minha explicação, seja porque não entendeu nada, seja porque entendeu absolutamente cada palavra do que eu disse, minha mãe liga para a Escola e começa uma longa negociação com Goldameir sobre minha situação — mas isso acontece a portas fechadas e eu nunca soube exatamente o que foi dito.

Cachoeiro do Itapemirim, ES — 7 de janeiro de 2000

* *e aí, chavecão? tá tri?!*

* *já estou começando a pegar o sotaque capixaba "d'novo".*

* *aqui está fazendo mó calor, usar camiseta dentro de casa está fora de cogitação.*

* *cara... eu já vi gente colono, mas igual ao que eu vi no ônibus de sampa a vitória é brincadeira. O cara não sabia nem o que era fone de ouvido.*

* *ñ deu pra escrever antes pois ñ sei onde foi parar o end. e o tel.*

* *minha letra está horrível e o jeito foi tc.*

* *tenho a playboy da feiticeira e óia viu...*

* *pelo jeito tua mãe está te convertendo de novo ao cristianismo né. Tá loco...*

* olha, pessoal, que boneto o coelenho da lêla!

* o nome daquela música do engenheiros é piano-bar.

* tá certo que nossos embalos de sábado à noite às vezes são doidos, mas o que eu tive estes tempos atrás foi muito doido. "Em casa a gente conversa."

* aqui também está um tédio, apenas como, bebo e durmo. Pelo jeito ñ é só nóis que estamos com saudade da Escola, pelo que tenho visto nas minhas comunicações.

* semana que vem eu vou pra praia curtir um solzinho q tá brabo. Dá uma refrescada.

* cara, então no mês que vem a gente se vê. Falô, velhaco de merda! Porque esse ano nóis vai detoná! (inclusive os novato).

****esta foi a primeira carta em tópicos do mundo.

Ass: Tado

30.

Tirei férias. Não aquelas férias remuneradas a que as pessoas comuns têm direito, mas férias de escritor: não fazer nada e saber que não vou receber nada por isso. Uma ou duas semanas em casa, com meus gatos, com os poucos amigos, as poucas saídas semanais em busca de comida e cigarros.

A primeira vez que tive ímpetos de me atirar, escolhi a janela da sala, a primeira da esquerda para a direita; passava muitas horas olhando através da tela que instalei e calculando quanto tempo demoraria para desengatá-la do gancho de metal que a mantém esticada, empurrar a janela basculante e me permitir a queda. Se não o fiz, foi por temer por meus gatos, que fim teriam, e por meus sobrinhos, que viveriam sob a sombra das sílabas su-i-cí-di-o ou da frase Suicídio do tio Rafael, e pelo tanto de perguntas sem resposta que dali viriam. E nem os gatos mereciam um fim desconhecido nem as crianças mereciam lidar com esse conceito tão abstrato, muito embora dessa abstração restasse um corpo quebrado e sem vida na calçada.

Aqui nesses quarenta e poucos metros quadrados vivíamos Madê, a primeira gata, Pipoca, filha da pandemia, e Chico, o recém-chegado. Madê dormia comigo, Pipoca se aproximava e Chico mantinha distância pelo tanto que apanhava das duas fêmeas. Uma família. Mas Pipoca tinha algo. Era tigrada, tinha uns olhos imensos, umas patas curtas e o pescoço gorducho, o que a tornava um bicho rebaixado, truncado, quase desproporcional, mas fofo.

O que não apresentava em simetria, esbanjava em solicitações de carinho; sempre a cabeça esbarrando na minha mão, volta e meia a barriga para cima na minha cama, às vezes um miado de Repara em mim, que tô gostosa, essas coisas. Até que.

Foi rápido, sempre é. Eu almoçava sentado no sofá e assistindo ao telejornal do meio-dia quando vi Pipoca entre a tela de proteção, fixada do lado de dentro da parede, e a janela basculante, que estava levemente aberta; ela descobrira um lugar novo. Aqui, um parêntese: antes de haver essas telas, Madê já tinha passeado pelos batentes das três janelas: saiu pela primeira da direita (que estava aberta, ainda não havia telas naquela época), passou pela do centro, alcançou a da esquerda, fez a volta e conseguiu retornar para a janela de onde saíra. Fim ou não do parêntese, não sei. Acontece que naquela hora comecei a chamá-la, e Pipoca até tentou encontrar caminho no lado oposto àquele de onde havia saído, mas ali a rede não estava frouxa. Isso deve ter levado o tempo de que eu necessitaria para tentar puxá-la através da rede, segurar seus pelos como se me agarrando àquela vidinha gorducha e sem pescoço. Então ela tentou retornar de ré. Não conseguiu. E antes de tentar dar meia-volta, me olhou com aqueles olhos imensos, sempre de fofura mas agora de desespero, me perguntando O que é pra eu fazer, caralho?, e antes que eu encontrasse uma saída, vi seu corpo gorducho sendo sugado pela gravidade, ouvi suas unhas arrastando na cerâmica inclinada do batente da janela, caí no chão com um grito que nunca tinha dado na vida — gutural e sombrio, desesperado e incapaz —, e antes que pudesse me levantar, ouvi o impacto de seu corpo contra a calçada, mil vezes ecoado por esse corredor de prédios. O tempo que eu levaria para simplesmente puxar a basculante e prensá-la contra a rede, para daí pensar no que fazer. O tempo que eu simplesmente levaria para puxar a maldita janela e prensar Pipoca entre o vidro e a rede, agarrá-la com cinco, dez, vinte mil dedos e atravessá-la por um só buraco dessa tela, isso só me ocorreu depois, quando parei de tremer, quando Rodrigo respondeu ao meu telefonema de palavras monocórdicas, Vem aqui, agora, e depois de ele ter enrolado o corpo da gata numa toalha e ter posto num saco preto e ter voltado aqui para chorar a morte do bicho enquanto eu já preparava meu coquetel de drogas para escapar daqui durante o resto do dia.

— E tu ainda pensas em te atirar dessa janela? — pergunta-me uma voz dentro da minha cabeça, com o único fim de fazer constar nesta história a sua resposta.

— Não. O som do impacto é horroroso.

PARTE II

31.

Retornar à Evangélica para os primeiros dias do segundo ano tem sido no mínimo interessante. A Escola passou por reparos durante as férias. Nada muito notável. No lavatório, trocaram todos os azulejos, que agora são mais claros, e retiraram o lava-pés em forma de muro que dividia os chuveiros de cá dos de lá. E puseram cortinas de plástico em cada boxe para que os meninos tenham privacidade. Nossa primeira tarefa foi retirá-las, juntá-las todas e atirá-las num canto. As cortinas incomodam as nossas conversas, que acontecem ao irmos de lado a outro, ensaboados, contando das férias e das viagens de retorno. E proporcionam alguma possibilidade de aterrorizar os outros, como o menino que vai para o último boxe do canto e faz questão da cortina fechada — ela sempre reaparece no lugar, essa cortina. Vez por outra aceno aos guris, aos meus guris, para irmos lá. Eu abro uma pequena fresta da cortina e aceno minhas intenções:

— Que tal essa bundinha, Tado?

— Redondinha, hein.

— O que mais tem ali, será?

Virado para a parede, o menino chora, se vê pelo avolumar das costas; de frente, deixa adivinhar que ainda não tem pelos no púbis. É um episódio triste que sempre nos causa alguma tristeza também. Mas é preciso passar adiante, claro que é, o que recebemos. Não se pode chamar vingança, ou sim, vingança, mas uma vingança enviesada, porque dirigida a meninos inocentes do que houve um ano atrás.

Alguns horários também mudaram: a janta não é mais às seis e meia, mas às sete e quinze; por isso, o horário de estudos agora começa às oito para terminar às dez. Somente a janta de sábado e seus eternos cachorros-quentes permanecem no mesmo horário. A dinâmica de nos servirmos durante o almoço mudou também. Com a instalação de um bufê, agora os oito de cada mesa levantam-se para se servirem e depois retornarem aos seus lugares. Isso diminuiu o tanto de louça para lavar na cozinha, mas estende o tempo da refeição.

Já não moramos no segundo piso. Velhacos, habitamos o térreo do Masculino e podemos facilmente fugir através das janelas de nossos quartos; além disso, é nossa vez, afinal, de ameaçar os novatos que fizerem barulho sobre nossas cabeças. Um orgulho nos infla o peito. Algo como ter sobrevivido à novatice e poder mostrar isso para quem quiser ver e ouvir, embora as histórias não sejam, nem nunca poderiam ser, as melhores.

Fui destinado ao quarto 10 para morar com um desconhecido. Tobata, no ano anterior, havia sido morador do 36 ou do 34, acho, e pouco ou nada temos em comum. Ele, do interior do Paraná, é um menino ainda mais humilde que precisa trabalhar na granja da Escola para custear seus estudos, mas é também um atleta corredor de quatrocentos e mil metros, além de revezador em corridas mais longas, daí seu apelido. No entanto, traz consigo uma doçura distinta, um cuidado com os outros que é difícil de enxergar em qualquer um dos meninos que habitam o Masculino. Talvez já seja um homem, talvez já saiba que se tornará pai daqui a uns anos — esses caminhos que para alguns meninos, que para alguns homens, são tão óbvios.

Tado agora mora no quarto ao lado, o 12, com o Branco, e pelos demais quartos habitam os meninos que antes havíamos morado no andar superior. De maneira certeira, o que no ano anterior tomava a cabeça dos guris do segundo ano acabou por nos cegar também: o poder encarcerado vivido pelos velhacos de segundo ano e somente possível de ser exercido entre as paredes do internato, pois evidentemente fora daqui não mandamos em nada, não somos respeitados, muito menos temidos, e é do exercício desse pouco poder que precisamos para que faça sentido nosso ser e estar dentro desta lógica rígida de quem manda e de quem obedece.

— Vamo subir, Fofão.

É sábado depois do almoço, a hora em que as coisas não acontecem se não metemos a mão nelas.

— Vamo. Precisa mais gente.

— Vai todo mundo daqui.

Somos quatro ou cinco.

O professor plantonista desaparece para sua sesta ou para assistir a um jogo de futebol, e o calor do verão a essa hora da tarde se encarrega de manter tudo no mais terrível silêncio. Entramos no primeiro quarto cuja porta está aberta, esquecida aberta talvez para deixar passar uma brisa que simplesmente não há.

— E aí, novatinhos!

Quem entra por último fecha a porta. Ninguém responde ao meu cumprimento.

— E aí, novatinhos de merda! Ninguém responde, é?

— E aí!

— E aí!

— E aí! — São somente três.

— A gente vai brincar com vocês. Tu — aponto para o menino magro e corcunda —, teu nome agora é Grilo.

— Vai pra debaixo da cama, Grilinho — diz Taison.

As camas são baixas, o estrado deixa pouco espaço para caber um corpo ali, mesmo que a pessoa mantenha as costas contra o chão. Taison pula uma, duas, três vezes sobre a cama. Ficamos em silêncio observando aquele gesto. É mesmo a violência de um covarde. Como houvesse uma competição para definir quem aqui pode ser mais perverso, faço a minha parte.

— É tu que sabe tocar sei lá o quê? — E aponto para Oscar, o único menino negro entre todos nós, em toda a Escola.

— Toco piano.

— E tu sabe solfejar?

— Sei.

— Fofão, abraça o cara.

Abraçar quer dizer, aqui, dar uma chave de braço no pescoço do sujeito. Nem ele se recusa nem Fofão precisa fazer esforço algum.

— Então tu vai tocar o Hino Nacional com a boquinha. Se tu errar, o Fofão vai te deixar sem ar. Entendeu?

Oscar ri. É a primeira vez que vejo seus dentes e como é bonito. Tem o rosto alongado, os cabelos compridos (sempre amarrados na ponta) e uns olhos achinados que tornam seu sorriso um enlace. Em seguida, volta a ficar sério.

— Só tem um porém, novatinho. Tu vai ter que solfejar de trás pra frente.

Depois do lanche, vamos à quadra jogar malha. A única vez que joguei bola foi ano passado, no Macho de Saia — um campeonato de futebol em que os homens jogam vestidos de mulher e que este ano foi proibido —, e meu único gol nos garantiu a medalha de segundo lugar. A primeira medalha praticando esporte que ganhei na vida. Jogar malha é diferente.

As regras: são formadas duas equipes, cada uma ocupa um lado da quadra de futebol de salão. Cada vez que a bola está com uma equipe, podem ser dados dois toques nela; o terceiro precisa ser um chute contra um oponente. Se a bola não acerta o oponente, ela provavelmente é dominada e a jogada acontece no campo oposto: toque, toque, chute. Se a bola acerta o oponente, ele tem que correr através do campo adversário até alcançar a trave da equipe inimiga. Enquanto tenta atravessar o campo adversário, ele apanha. É esse o jogo.

Futebol não me interessa, tampouco bater e apanhar, mas há uma razão para eu estar aqui: o Alemão. Estranho que entre tantos meninos loiros e de olhos azuis ou verdes somente ele seja chamado assim. É talvez o menino mais rico dentre os internos, talvez mesmo dentre todos os alunos da Evangélica, e merece apanhar por isso. Por isso e por não participar de mais nada; por ter, talvez, um lar funcional e um futuro certo, sei lá. Mas merece. Então, todo dia eu venho à quadra para apanhar mais que bater, correr mais que acertar, até ter a sorte — porque é de sorte e não de talento que se trata — de acertar uma bola na cara desse bosta.

O que felizmente logo consigo.

Também não demora para que a malha seja expressamente proibida. Certeza que não teve a ver com o Alemão, mas quem poderá saber.

32.

Os velhacos que haviam morado sob nossos pés (Piá, os velhaco vão bater em nós!) agora espalham-se entre as duas casas destinadas a meninos dos terceiros anos, a Casa 1 e a Casa 5, e o internato é nosso. É bem verdade que durante as refeições ainda precisamos nos apertar entre colegas e novatos, enquanto os velhacos sentam-se nas pontas das mesas, mas isso não é, nem de longe, um problema sério.

Sério é o que está por acontecer.

Estou indo para a primeira aula da tarde, talvez espanhol, todos rindo pelo corredor que liga o Masculino ao Prédio Central, quando aparece numa porta lateral o diretor Goldameir, vermelho, aos gritos:

— Vocês são selvagens ou o quê? Precisam fazer essa algazarra toda? Pra ir pra aula? — Ninguém diminui o passo, mas ele precisa muito continuar ralhando. — E tu, Rafael, tu só tá aqui porque eu quis [eu quis eu quis eu quis, diz o filho da puta], então é bom que tu ande na linha — e enfatiza —, NA LINHA, tá me ouvindo? — quando o que quer dizer é Tua vida tá na minha mão.

Enquanto o pedaço de merda (daí o Goldamerda, apelido que só dizemos quando estamos devidamente seguros) fala, vou me encostando na parede, me arrastando, querendo fazer parte dela e, no fim, já estou com a cabeça tão metida nela que sinto o cheiro da tinta esverdeada com que haviam pintado aquelas paredes nas férias.

Respondo apenas um Sim, senhor amedrontado, frágil, covarde mesmo, e das minhas tripas surge não uma raiva, mas algo que me diz que a partir daquele dia, daqueles gritos e daquela humilhação diante de todos os meus colegas as coisas deverão ser diferentes.

Goldameir é, para mim (acredito que para todos), a figura mais temida da Escola. O único com o poder supremo da expulsão. Uma espécie de juiz absoluto. Avermelhado, calvo e torto, com olhos azuis e um nariz aquilino que dá a impressão de ser capaz de furar os olhos de alguém que perca nele o olhar por muito tempo, sua presença sombreia o caminho por onde passa: ao seu redor revoam nuvens de silêncios, palavras engolidas, sorrisos evitados. Tem o poder de deixar sóbrios os moleques bêbados apenas com a sua silhueta, à distância; não é necessário que apareça na nossa frente para que nosso corpo se livre do álcool e nos ponha a caminhar rígidos, robóticos. Não tem uma voz grave que imponha respeito, mas sustenta aquele olhar doente dos que sabem que com meia dúzia de palavras podem destruir alguém. Por que ainda continua na Evangélica é um mistério, já que poderia estar aposentado ou fazendo qualquer outra coisa de sua vida além de cruzar com jovens pobres que necessitamos desse tempo aqui, neste templo, para não retornarmos a nossas casas e voltarmos a ter aquelas mesmas vidas predestinadas de antes.

Se é duro com os meninos, é diferente com as moças. Um sorriso só. Um cavalheirismo que ultrapassa a bondade para se aproximar da amizade. Se não é médico, não deixa de se preocupar com a saúde delas quando, em abraços laterais, estende a mão pelas costas, adivinhando o fecho do sutiã, até lhes tocar de leve o contorno dos seios — meninas de treze, catorze, quinze anos. Um cavalheiro, por assim dizer.

Mas por trás de tudo isso há ali ainda um professor. A única matéria que nos dá é esta (qual era o nome?): ler e interpretar notícias de jornal no primeiro horário depois do almoço, à uma e meia. Todos sonolentos, pois adolescentes de bucho cheio lendo e interpretando notícias. Se não temos resposta para alguma de suas indagações de adulto, parte para cima de cada um de nós com seus impropérios regurgitados a partir de sua cabeça vermelha e seus pulôveres asseados.

Todo dia, Goldameir caminha na pista de atletismo por um bom tempo, coisa de hora e meia, e sempre que posso sento-me na arquibancada para observá-lo nessa travessia contra a idade, os problemas cardíacos que deve ter, uma possível falha nos rins, algumas varizes, e já que caminha torto, sempre tombando para a frente, imagino vê-lo enfim despencar, definitivamente cair de cabeça no chão de brita fina da pista de corrida, para eu então levantar e gritar, com meus pulmões ainda não atingidos pelo cigarro e outras mazelas, Já vai tarde, diretor!, Já vai tarde!, até perder a voz numa comemoração incessante, voraz, Já vai tarde, filho da puta!

33.

Se as aulas da manhã são divididas entre o Ensino Médio e o Ensino Normal, nas aulas da tarde nos misturamos. A aula de assistir a filmes e comentá-los, cujo professor é o pastor Amâncio, pai de Werner — e na qual o único aluno desperto sempre é Werner, embora até ele caia no sono algumas vezes —, é uma delas. Werner frequenta essas aulas optativas porque seus pais o obrigam a isso, e Godo as frequenta para estar perto de Werner.

Já os conhecia dos corredores, de alguns sábados à noite nas reúnas, mas nunca nos sentamos para falar da vida com a seriedade dos meninos de quinze anos. Agora, depois das aulas, passamos algumas tardes num dos gramados da Escola tocando violão. Werner sabe algumas dos Raimundos, Godo sabe algumas de Solon Fishbone, os dois sabem algumas dos Engenheiros do Hawaii, e eu não sei nada, mas quero aprender. Werner, que tem os dedos enormes, tenta me ensinar acordes para eu começar a treinar.

Todas essas pequenezas nos aproximam, mas sobretudo uma delas: eles são externos e não vivem o regime de internato. As garras da Evangélica não têm o potencial de feri-los como a nós.

Mas há outro elemento difícil de especificar. Talvez o fato de olharmos com lirismo, se for esse o termo exato, para a nossa situação de jovens diante de uma tragédia que se aproxima. Talvez o olhar de quem já está com a cabeça enfiada na própria tragédia. Quem poderá saber?

Werner nem sempre pode sair de casa sábado à tarde, mas Godo está sempre ansioso por esse momento. Aproveitamos o silêncio que reina na Escola para bebermos alguma coisa; umas latas de cerveja e um pote de sorvete sempre caem bem. Para fazer isso em paz, subimos as escadas de segurança do Prédio Novo, um edifício recém-inaugurado de salas de aula que tem uma face voltada para a rua que passa nos fundos da Escola. Essas escadas nos permitem chegar ao terceiro andar pelo lado de fora, onde há uma espécie de varanda, que na verdade é o espaço destinado às máquinas dos aparelhos de ar condicionado. Bebemos até a cabeça ficar mole, tomamos o sorvete, escrevemos ofensas (com sorvete derretido) nas janelas do prédio e, depois, embriagados e felizes, descemos as escadas.

Mas hoje será diferente.

Enquanto estávamos lá em cima, Godo olhou para a fábrica de calçados no outro lado da rua. Na frente dela havia três ou cinco ônibus parados — ônibus que trazem os funcionários e na saída os levam para suas casas. Foi então que ele teve uma ideia:

— Vamo sequestrar um ônibus?!

— Que isso, piá. Daonde?

— Ali, ó. A gente entra, dá uma volta, depois larga em algum lugar.

— E tu sabe dirigir?

— Não, mas foda-se.

Descemos as escadas bêbados, mas já acesos pelo medo, e

pulamos para fora da Escola. Atravessamos a rua e miramos no primeiro veículo: tem a frente livre e nos permitirá sair dali sem que precisemos manobrar.

Por sorte, sua porta está aberta.

Godo se adianta e senta ao volante, enquanto eu fico olhando para trás, para a portaria da fábrica, vigiando. Chave na ignição, vira uma, duas, três, quinhentas vezes, e o bicho não liga.

— Aperta os botão, cacete!

E eu mesmo começo a apertá-los, ligando luzes, piscas, limpador de para-brisa.

— Não liga, piá! Não liga!

Volto a olhar para trás e vejo dois homens correndo em nossa direção. São os vigias da fábrica.

— Tão vindo, piá! Ou liga, ou vamo!

— Então vamo!

Descemos do ônibus de forma atabalhoada, cruzamos a rua — os guardas estão pelo menos três vezes mais longe do ônibus do que nós em relação à Escola — e tentamos pular o muro. Godo vai na frente. É ágil, consegue de primeira. O medo, porém, já está em cada um dos meus músculos e eu não sei se consigo.

— Vem, piá! Eu te ajudo!

— Tá foda! Tá foda!

— Veeeem, piá!

Godo sobe no muro outra vez para me puxar para cima. Dá certo. Subo com ele e dali saltamos. De repente, estamos os dois caídos na grama e rindo como os imbecis que somos.

— Vamo sair daqui de perto — ele diz — antes que nos reconheçam.

— Piá, tô tão bêbado que nem eu mesmo me reconheço.

E rolamos de rir.

34.

Não sei de quem foi a ideia, sei que é de repente que Tobata entra em nosso quarto e diz que hoje vamos para o Feminino. É sábado, são onze da noite.

— Branco vai também. Te arruma.

Do final da janta até a hora de voltar, bebemos um garrafão de vinho num gramado do lado de fora da Escola.

— Avisou as gurias? — pergunto.

— Claro, piá. Te arruma.

Branco entra de lado no 10. Está num grau de embriaguez que beira a inconsequência.

— Confia nele, Tobata?

— Confio no teu cu, piá de bosta — rebate Branco.

Não sei do plano, apenas vou junto.

Saímos pela pivotante do lavatório — que dá para a Praça Central — e vamos andando junto ao Masculino, junto ao corredor central e ao Prédio Central, pelo lado de fora. Onde essa face do Prédio Central termina é que está o perigo.

— Deixa eu olhar, deixa eu olhar — diz Tobata.

Ele olha em direção à guarita (é o ângulo preciso) para ver se o guarda está ou não em seu posto e, com sorte, descobrir para que lado ele está olhando.

— Vem! — diz Tobata e eu repito ao Branco, que está tentando se equilibrar exatamente atrás de mim.

Nessa face do prédio tem uma garagem e a parede é vazada, e é por lá que entramos para alcançar no lado oposto. Saímos dali para caminhar rente ao prédio, então rente ao corredor que vai dar no Feminino. Quando estamos alcançando o prédio, Tobata diz para pararmos.

É a primeira vez que sinto as tripas querendo me sair pela boca e pelo rabo ao pisar no calçamento irregular daquela estradinha bucólica rodeada por incertezas.

O Feminino tem uma diferença severa do Masculino. Enquanto lá a residência do diretor de internato fica nos fundos da estrutura do prédio, aqui fica na frente. O plano de Tobata é arriscado, mas é bom: diante da varanda de dona Norma, a diretora do Feminino cuja casa fica no térreo do internato, subir pela tubulação até a varanda do segundo piso, cuja porta está sempre aberta. Ninguém vai desconfiar. Ele sobe como um símio, ágil e silencioso, e estende a mão a Branco, que não consegue erguer o próprio peso e cai como um pacote, porém sem barulho. Uma, duas, três vezes.

— Vem tu, Cabelo! — me diz Tobata.

Eu vou.

Tendo escalado uns poucos centímetros pela calha de cerâmica, Tobata, apoiado no gradil da varanda, segura minha mão e me iça por completo até onde ele está, num só golpe. Enquanto isso, Branco pensa numa forma de subir conosco. Conclui que a melhor maneira de fazê-lo é pegar uma escada longa disposta na parede lateral do prédio, colocá-la na frente das varandas (aquela em que estamos e a de dona Norma, logo abaixo), subir por ali tranquilamente e depois empurrar a escada alguns centímetros para o lado, a fim de que ninguém perceba de imediato para que ela havia sido utilizada; meu maior medo é que abra a boca, comece a imitar o Glório e faça com que tudo isso termine mal. No entanto, o plano da escada dá certo.

Pisamos no longo corredor do Feminino juntos. É aqui que descubro que o maior terror da Evangélica à noite não é o guarda, nem Goldameir, Glório ou Norma, mas o silêncio. Procuramos o número 36 e o encontramos. Quando entramos no quarto, estão ali umas velhacas colegas de Tobata e mais umas novatas, algumas ainda por aparecer. Tirando a adrenalina de caminhar pela Escola à noite, já experimentada antes, não sinto nada. Não tem ninguém aqui em quem eu queira dar uns beijos e, mesmo assim, seria difícil com essa luz acesa.

Algo não pode ser ignorado: esse era mais um golpe na arrogância de Goldamerda. Agora, eu me juntava a Branco e Tobata naquilo de conhecer o submundo do Feminino depois das dez da noite. E isso nos servirá para sempre e de novo tentar mostrar quem realmente manda na Escola quando todos já foram dormir.

35.

Evangélica vem sendo minha primeira possibilidade de recomeço. Ninguém aqui sabe de chefe Valter, ninguém aqui sabe de Beto, de eu ter chupado caralhos quando criança e a coisa toda — essa história vai, aqui, ainda pela metade —, o que muito bem pode ser respondido com um Mas ninguém sabe do chefe Valter dos outros, do Beto dos outros, como se cada menina e cada menino tivesse o seu. Acontece que eu estou distante daquilo tudo e, quanto mais distante, certamente aquilo não pode me atingir.

Assim, se em algum momento eu tinha sido um guri criado por duas mulheres, minha mãe e minha irmã, e apaixonado por meus homens, meu pai e meu irmão, agora eu me apaixono por meninas à maneira de meus colegas de Escola. No primeiro ano, passamos bom tempo admirando os peitos de Vânia, uma velhaca do terceiro, e as pernas de Viviane.

— Imagina tu com a cara no meio daqueles peitinhos!

— Imagino!

Agora, velhaquinhos de segundo ano e entendidos em alguma coisa das ordens do poder, sabemos que as novatas veem em nós uma possibilidade de ascensão social na fauna da Escola. Meu primeiro alvo é Lucilene, vinda de uma cidadezinha de interior e de colonização alemã. Tem os cabelos lisos, olhos verdes e é tão branca que lhe falta cor até nos lábios. Damos uns beijos mais de uma vez, antes de ela me dizer que tem um rapaz em sua cidade de origem e que não pode levar aquilo — nós — adiante.

— Mas tu tá aqui agora. E ele, tá onde?

— Não adianta. É dele que eu gosto.

— Tu é burra, então.

— Sou.

As gurias perfazem um trajeto muito parecido com aquele dos guris, que nos organizamos em dois clãs, a princípio entre urbanos e rurais e depois entre transgressores e ordeiros. Elas, porém, se dividem — para nós que as observamos — entre as que podem, devem e querem ser beijadas e as que nem fodendo ou que não têm nem demonstram interesse nisso. Claro que isso não é assim tão exato: não podem ser beijadas por nós, os bêbados, porque temos um gosto que mira determinado tipo de guria, e deixamos o restante das meninas para o restante dos meninos, nossos oponentes, por isso nossas rusgas poucas vezes alcançaram o nível das questões conjugais.

Depois de Lucilene, tenho algo com Luísa, ou Maria Luísa, outra novata com belos peitos e que me permite pegá-los e chupá-los, desde que estejamos nos fundos da Escola e eu a prense contra um imenso pinheiro. Coisa nossa. Primeira vez que gozo na cueca, por sinal. Primeira vez que chupo peitos. Os de Maria Luísa são polpudos e recebem bem a gravidade. Pena que não vai adiante. Maria Luísa tem um mau hálito desgraçado, coisa de doença mesmo, e apesar de relevar que aquilo é patológico e deve fazer mal a ela em suas relações, não consigo ir muito mais adiante.

Como se organiza já um rodízio entre guris e gurias que haviam se experimentado, quem aparece com ela umas semanas depois é Cleber. Vontade eu sempre tenho, mas coragem sempre me falta para lhe perguntar sobre o bafo. No fim, acho que os dois formam um belo casal.

Ainda dei uns beijos em Samara. Outros em Maria Teresa. Mas nada disso virou outra coisa.

Tadinho, que tinha passado o primeiro ano de namorico com Ana Beatriz, uma colega nossa de aula, inaugura o segundo ano num namoro quase adulto com uma velhaca do terceiro, Elza, e meio que deixa de fazer parte do nosso bando. Namoro sério, essas coisas. Branco, por sua vez, começa a namorar uma novata do primeiro ano, Juliana, talvez a menina mais bonita de toda a Escola: difere da maioria por seus cabelos castanho-escuros, pelo corpo esguio e pelos seios protuberantes mesmo por baixo dos moletons, cuja finalidade é, certamente, escondê-los.

Eu já tinha ficado sem opções com as novatas, mas não foi por isso que comecei a me acercar de Bianca. Ela tem algo que nenhuma das gurias da Escola tem: do corte de cabelo curto (um cabelo loiro e ondulado) aos olhos muito azuis; do corpo magro de seios pequenos aos incisivos superiores com o diastema mais bonito que jamais se viu. Quando sorri, Bianca larga a cabeça para trás e mostra aqueles dentes separados como se fossem brilhantes num anel.

36.

Goldameir mira em nós seus olhos de raio laser para nos foder, certamente. Aos gritos, como é comum, ou com a voz calma dos que ameaçam e não querem ser notados ameaçando, como as mães fazem com as crianças quando dizem Em casa tu vai ver uma coisa, sua peste. Isso nos é combustível, claro. Se não podemos gritar de volta e engolimos cada uma das gotas de raiva que o diretor destila e faz pingar diretamente em nossas goelas, bocarras abertas obedientemente, temos as nossas próprias maneiras de responder. Por óbvio, poderíamos simplesmente achincalhar novatos, lhes dar uns golpes e exigir deles silêncio, mas isso é o comum na Escola, e nós sabemos que podemos mais.

Das instituições da Evangélica, o Grêmio é uma das mais respeitadas, porque formado, em geral, por estudantes sérios. Quando foi aberta a eleição de uma nova gestão — as gestões duram um ano —, somente uma chapa se inscreveu (como era de praxe), e não temos nada contra o candidato à presidência, que é um colega nosso de aula. Der Golem, como o chamamos, é desses moços de interior letrado em alemão, muito sério, alto, estudioso, que por certo até então nunca tinha trabalhado na roça, e por isso tem todo o jeito de um camponês deslocado. É ele quem lança a chapa única. E isso, para nós, serve de provocação; não por ele, mas porque Der Golem estava mais para o lado de lá do que para o nosso, mesmo que não estivesse em lado nenhum.

Nos reunimos sob uma das árvores da Escola para decidir o que fazer, pois os próximos passos necessitam ser dados por internos e externos igualmente descontentes com aquela chapa. Casualmente, somos todos amigos, os que estamos descontentes, e isso ajuda um tanto. O primeiro passo é encontrar um nome para nossa oposição. E usá-lo em inglês, para que soe mais forte e para que alguém vá procurar o seu significado. Essa ideia quem dá sou eu. Corro ao meu quarto e retorno para a reunião. Num pequeno dicionário português-inglês, deparo com a tradução para A cúpula: The Dome, mesmo que não seja a mais oportuna.

Com canetas hidrográficas de muitas cores, passamos algumas tardes produzindo cartazes em folhas A4 e cartolinas. Cada palavra incita algum tipo de revolta contra as estruturas da Escola, contra aqueles que vivem puxando o saco das diretorias, contra os afeitos aos bons costumes, contra a mesmice e o tédio.

É de manhã. Antes que todos acordem, saímos pela porta dianteira do internato Branco, Tado e eu para espalhar nossos cartazes pelos vidros do corredor que liga o Masculino ao Prédio Central. Quando vamos tomar café, notamos que ninguém dá a eles a mínima atenção. Ninguém, exceto Glório, que espera que deixemos o refeitório e nos dirijamos às salas de aula para arrancá-los um a um.

A tática deve ser outra. Depois de uma tarde inteira confeccionando novos cartazes, dessa vez contamos com a ajuda dos externos Godo e Werner, que andam livremente pela Escola mesmo em horários impróprios, pois moram dentro dela. A ideia é que colem do lado de fora dos vidros das janelas do corredor central. Quem entre no corredor ou passe por ele verá cada uma das mensagens, e Glório não poderá arrancá-los todos, pois além de estarem colados por fora, são muitos.

São arrancados mais tarde, acho que por Goldameir.

E, assim, todo dia os cartazes reaparecem, renovados, incisivos, com frases de efeito formuladas por meninos de quinze anos:

TODO PODER AOS ESTUDANTES!

Ou:

POR UM GRÊMIO NOVO,
SEM INTERFERÊNCIA DA
DIRETORIA

O tempo entre o anúncio da chapa e as eleições é curto, coisa de duas semanas, e a chapa única perde por não ter recebido o mínimo de votos para ser eleita. De alguma forma, iniciamos um motim na Evangélica. Ninguém lembra se e quando isso tinha acontecido antes, e ninguém tem como saber: num lar rotativo como esse, a memória não costuma durar mais que três anos (ou quatro, cinco, se levamos em conta os velhacos que partem e os novatos que chegam), que são os que permanecem.

Dali a uns dias abrem as inscrições para as novas chapas, e Branco aparece como um Golbery estudantil no tempo da Abertura, cheio de teorias e estratégias para ganharmos o pleito: soturno e silencioso. O plano passa a ser escolher para candidato à presidência alguém de quem a Escola goste mais do que gosta de nós. O escolhido por Branco foi Bruno, sujeito que ninguém conhece de perto mas que é atleta requerido nos campeonatos em que a Evangélica participa, além de ser externo e bom aluno. O avesso do que somos. A ideia de Branco é usar Bruno como testa de ferro: enquanto externo, ele não tem a menor ideia do que se passa no internato, quais as necessidades, as deficiências do Grêmio, como fazer isso e aquilo; será, portanto, quem vai assinar os documentos enquanto quem vai governar, na verdade, será o próprio Branco.

E é Bruno nosso candidato contra uma colega da nossa sala, Jasmine. E por nossa propaganda golpista ter sido agressiva e engraçada, ninguém tem dúvida sobre qual candidato escolher.

Ganhamos, claro.

Pisoteamos Goldameir mais uma vez. A forma como ele tem andado vermelho por esses dias não preocupa a ninguém. Estamos comemorando mais uma vitória.

37.

Há rodízio nas mesas do refeitório e Bianca enfim senta-se na minha frente, aquele tipo de coisa rara de acontecer quando se quer muito que aconteça. Olha mais para o prato do que para mim, é verdade, mas que diferença faz se posso admirá-la? Agora vejo que tem sardas, que o nariz se pronuncia quando ela sorri e que seus lábios são finos. As sobrancelhas têm a cor do cabelo, mas e os pentelhos, de que cor serão?

Não consigo me aproximar dela sozinho, então peço ajuda a quem a rodeia, as meninas que a circundam, as namoradas dos meus amigos, e um dia nos beijamos e voltamos a nos beijar e ficamos nos beijando um tempo.

Há um bar, o bar do Calvo, que fica na rua principal da cidade. Há uma rua acima dessa, em nível, e há um atalho para alcançá-la, o que fazemos subindo uma pequena escada, depois um pequeno barranco, para enfim estarmos na rua que vai dar na Escola. Hoje compramos um garrafão de vinho e encontramos, no meio do atalho, lugar para nos acomodarmos. Somos seis ou sete pessoas. Bianca senta-se perto de mim, e então a abraço por supor que sinta frio. Ela faz que vai resistir, mas acede. Quando o vinho já é suficiente no sangue e os demais ali presentes não são mais um empecilho, nos beijamos.

Vejo Bianca rir pela primeira vez de outro jeito. Não mais jogando a cabeça para trás, mas trazendo-a para a frente, tentando juntar o nariz com os olhos, sem mostrar os dentes, mantendo o olhar em mim.

Não há proibição para namoros desde que sigam as regras que todos sabemos mas que nunca foram escritas em parte alguma. O jeito é procurarmos as quinas, as salas vazias, os cantos escuros e os becos e, claro, não sermos pegos.

Mesmo assim, não há muito espaço na Escola onde um casal consiga ficar à vontade. Ou é no quarto, o que exige uma fuga, ou é na pracinha ao lado do Feminino, rodeada por árvores e arbustos, bem perto de onde subimos à varanda, Tobata, Branco e eu. Essa praça tem dois bancos de madeira, mas somente um pode ser utilizado: ninguém se arrisca a ir até ali quando está ocupada.

Com o passar dos dias, os beijos ficam mais quentes, como têm de ser. Do boca a boca trivial, uma boca se arrisca ao pescoço enquanto uma das mãos já está na cintura. Bianca geme baixinho, um gemido agudo. Dali, subo a mão por suas costelas e dali aos seus seios. Ela geme de novo. Treme como se eu precisasse segurá-la para se manter no prumo.

— Vocês bem que poderiam tomar um sol, não acham? — diz a diretora Norma, de longe. — Aqui onde todo mundo pode ver, não acham?

Figura rara, essa diretora. Não fala com muita gente, não sorri muito, não se sabe de onde veio. O que se sabe, porque se vê, é que tem um par de filhas (muito lindas) e um par de filhos que logo serão nossos amigos.

Enquanto isso, Bianca toma conta de meu pensamento quase o dia inteiro. Nos vemos no café (não chega a dar tempo para um beijo), no almoço, depois do almoço, no lanche da tarde — momento em que vamos para a pracinha do Feminino — e antes e depois da janta. É a primeira vez que sinto o que se pode chamar certeza. Certeza de amar, quem sabe, porque amor é uma coisa muito grande. Certeza de querer transar cai melhor. Certeza de querer transar com a mulher que amo, embora Bianca não seja ainda uma mulher e eu, tampouco — e já falamos disso antes —, seja um homem.

A questão é: Bianca é novata, divide o quarto com outras três gurias e não há possibilidade de fazermos qualquer coisa que não seja dormir de conchinha. Ela molhada. Eu de pau duro. Aquecidos um no corpo do outro, porque agora é inverno e as coisas há pouco começaram a acontecer.

38.

No primeiro ano, tivemos aula de leitura com Herr Henke. Somente isso, leitura. Agora, no segundo, essa aula reaparece na grade como obrigatória, e é de tarde. O professor já não é Henke, mas Zé. E por mais que eu tivesse lido todos aqueles *Para gostar de ler* e tivesse lido alguns títulos antes da Evangélica, tudo que apresento para Zé lhe parece pouco. Zé é o professor que todos os alunos conhecem antes de ele finalmente aparecer na grade de horários de aula. É professor de idiomas, poliglota, letrado em línguas clássicas e extintas, mas só aceita essa alcunha monossilábica. Além do mais, é baixinho, dá a impressão de que pinta os cabelos de preto, e não suporta dar duas aulas seguidas sem fumar um cigarro. Por isso nos acostumamos à hora de tomar uma água.

— Pessoal — diz —, vamos descer e tomar uma água. Rápido, pessoal. Coisa rápida.

Levo para Zé quase todos os títulos de Jostein Gaarder — *O dia do Curinga* me fez passar dia e meio sem saber exatamente se eu estava vivo ou se aquilo tudo era um sonho —, e como não sei mais como impressioná-lo — e essa era minha meta naquele momento —, aguardo uma resposta cordial.

Um dia, me provoca através de uma pergunta: se eu não conseguiria ler algo a mais, algo com mais profundidade. Respondo que sim. Claro que sim.

E é bem aqui que tudo começa a dar errado.

Corro à biblioteca tão logo a aula termina e busco entre os romances estrangeiros um que tenha a capa mais bonita e não conte assim tantas páginas. Leio na biografia do autor sobre um Nobel. Penso que é um bom começo.

Em uma semana, o livro está lido. Quando vou mostrar meu exemplar a Zé (cada estudante tem de fazê-lo, além de comentar a obra em poucas palavras), deixo o livro cair em sua mesa (coisa de meio metro), se espatifar contra a fórmica, e lhe digo:

— Que tal um Camus, Zé? — E o que digo é *Cámus*, paroxítona, "a" com som de "a", "u" com som de "u".

Zé vira o pescoço para um lado e para outro antes de me olhar no fundo dos olhos e dizer, num francês que somente anos mais tarde saberei estar perfeito, o nome do escritor Albert Camus, que todos bem sabem como se pronuncia.

— Está bem, está bem — me diz —, mas pode melhorar.

A partir daí, outros títulos, nenhum com muito mais de duzentas páginas, a maioria com o selo do Nobel, todos alcançando a mesa de Zé e sendo quase repelidos por seu ar de arrogância amistosa. Este aqui era filósofo e esse livro é sobre o existencialismo, Esse aqui é português e essa é uma releitura dos Evangelhos, Esse aqui é colombiano e escreve sobre Macondo. Foi essa a minha via de entrada nos emaranhados da literatura.

Como as aulas de música não são mais obrigatórias e não faço parte do coral, como meu grupo de teatro foi extinto por falta de quórum e não faz sentido entrar em outro, como consegui ser expulso das aulas de espanhol que Zé ministra — os filhos da puta colaram uma página de caderno em suas costas onde se lia Sou um banana, ou coisa que o valha — e, ao contrário dos causadores da expulsão, não retornei para pedir desculpas, minhas tardes são praticamente livres, com exceção de uma aula ou duas, como a aula de ler jornais dada por Goldamerda. Para evitar ser pego dormindo, leio na biblioteca, onde sou visto, ao menos, pelo panóptico disforme mas real, muito real, dos corredores da Evangélica. Livre, porém sozinho: a maioria das meninas e meninos continua fazendo todas as tarefas extracurriculares que a Escola oferece.

39.

Claro que tenho vontade de conversar com aquelas pessoas, mas já não saberia nem o tom para um início de papo — um e-mail, uma mensagem deixada num desses aplicativos de conversa, porque uma conversa real e efetiva presencialmente me parece a coisa mais distante do mundo.

Outro dia, enquanto tentava descrever Bianca, nesses passados vinte e poucos anos, procurei seu nome no Facebook e de repente apareceu sua foto (com o marido e as duas filhas), e meu foco foram seus olhos, seu nariz e seu sorriso. Poderia, ali, ter aberto a caixa de mensagens e escrito algo simpático, mas, na verdade, eu tinha uma dúvida um tanto bizarra:

— Oi, Bi, como foi o nosso primeiro beijo?

Por sorte, não lhe escrevi a pergunta e, por isso, não tive que lidar com o possível silêncio que viria no lugar de uma resposta. Assim suponho que seria: silêncio. Mas e se não?

Em seguida, pedi a Godo o telefone de Werner, antes das sete da manhã. Queria apenas conversar, perguntar se ia tudo bem, como estavam as coisas, a família etc. Godo disse que não tinha o telefone, que Werner não sabe usar um, e rimos como antes. Depois, passamos cerca de meia hora falando de Werner como um Quasímodo pelo qual sempre tivemos carinho e desprezo, o que nos permitia encobrir toda a nossa admiração e nossa inveja.

Duas semanas ou dois meses após a queda de Pipoca pela janela, fui à loja de ferragens mais próxima, comprei quatro ganchos de parafusar e quatro buchas de oito milímetros, e finalmente reparei o buraco por onde ela havia escapado. O aspecto das telas pela face interna da parede sempre deu um ar inconciliável de gambiarra a essa parede, sobretudo porque as telas foram doadas e porque eu mesmo as instalei, anos atrás. Por isso estão tortas, por isso houve espaço para a gata escapar e cair na calçada lá embaixo.

Mas depois do incidente, o gato Chico começou a se aproximar de mim como nunca antes, e foi então que pude ver os ferimentos em sua boca: Pipoca o atacava exatamente ali. Penso que para que não pudesse mais comer. Com o felino todo amores em meu colo, mais Madê assuntando a eternidade, como é seu costume, alcancei pensar um Não foi de todo ruim, não é?, e isso não tinha a ver com menos dinheiro sendo gasto em ração, mas com algum equilíbrio das coisas: Madê e Chico se davam bem, como antes Madê e Pipoca se deram. Mas se o caso era ter três gatos e um deles sofrer diariamente a violência de outro, que bom que o final da história foi esse.

Agora vejo que imitavam a fauna da Evangélica, e penso não ter nada a ver com isso, mas enquanto Madê, a velhaca, vivia sua vida sem querer arrumar muitos problemas e Chico tentava compreender as regras do apartamento onde já viviam um humano e duas gatas, quieto o máximo possível, Pipoca fazia valer a sua autoridade sobre o novato infernizando sua vida noite e dia, noite e dia, quase gratuitamente, exatamente como fazíamos.

Por que não nos paravam? A quem interessava manter a estrutura de poder de meninos contra meninos e de meninas contra meninas que talvez nunca mais se recuperassem direito daquele tanto de medo — era de medo que se tratava —, fossem aonde fossem, dessem o que dessem na vida? Onde estavam as frestas das nossas janelas e por que as telas eram mantidas tão bem ajustadas que não nos permitiram nunca que simplesmente, por acidente e descuido, nos atirássemos por elas?

40.

A pressão de Goldameir e a minha própria resultam em algo que me faz ranger dentes. Não consigo digerir, não consigo aquiescer, considero injusto e terrível. Como não posso atacá-lo pessoalmente (imagino sua cabeça vermelha e seu nariz aquilino me rasgando as tripas e comendo o pouco de carne útil de meu corpo), desconto nas figuras mais fracas.

No segundo ano, tendo passado um ano inteiro apreensivos por medo dos velhacos de antes, temos, os velhacos de agora, a oportunidade de descontar nossa raiva, mas temos que lidar também com a incógnita dos novatos de segundo ano. São os jovens que dividem as salas com a gente. Ocupam o não lugar perfeito, pois ninguém os respeita, embora nós não os assediemos como fazemos com os meninos do primeiro ano. Só às vezes.

Não sei como lidar com eles, então os trato como os novatos que são — e que precisam saber que são. Um é Juan, um rapaz muito magro, de costas arqueadas, bastante tímido, de gestos delicados e que simplesmente não fala. Estuda conosco no Magistério, mas é durante as refeições que tenho a oportunidade de importuná-lo.

As refeições: as mesas com seis crianças mediadas por duas crianças mais velhas com algum (nenhum) senso de responsabilidade.

Não é fácil, sozinho, coagir alguém, mas é sempre seguro fazê-lo com a ajuda de outra pessoa. Num desses rodízios de refeitório, sentamos Taison, Tado, Branco e eu a uma mesma mesa. As pontas nem se dão conta do que se passa ali, porque além de conversarem diretamente com a sua outra ponta, conversam com as pontas das outras mesas, pela proximidade lateral de que dispõem.

E Juan, o novato de segundo ano, sofre. Todo dia. Sofre até perder o apetite. Sofre porque repetimos seus gestos, porque lhe fazemos perguntas impróprias (às quais ele não responde), sofre porque perde o apetite em meio às nossas gargalhadas três vezes ao dia, por duas ou três semanas.

E o rapaz não tem culpa de nada.

E sofre.

E porque ele sofre, nós rimos e rimos e rimos para depois, afastados, ficarmos em silêncio pensando de que maneira iremos agredi-lo na próxima refeição.

Há outra novata de segundo ano, de nome Claudilene, e que quer, ou diz querer, ser pastora. E eu já ando tão cansado desse discursinho cristão daqui de dentro que converso com ela mais de uma vez durante as refeições — em outro rodízio de mesas. Ela me conta do *chamado*, das coisas que Deus dá pra gente, e essas besteiras todas nas quais os cristãos se afundam.

O meu *chamado*, eu tive a dignidade de assumir ser uma farsa.

Digo que ela está muito enganada e que se se dedicasse a estudar um pouco, um pouquinho, saberia que além das religiões abraâmicas há outros milhares de credos, e que só poderia ser arrogância ou desonestidade, talvez as duas coisas, querer ser porta-voz de somente um desses deuses todos. Claudilene silencia diante de meus argumentos para retornar, em outro momento, com seu próprio discurso.

Estou voltando de fora da Escola quando nos encontramos às margens da Praça Central. Ela caminha até mim vitoriosa, os cabelos loiros amarrados num rabo de cavalo dos anos 1990 e os olhos triunfantes.

— Eu preciso te dizer uma coisa.

— Pode falar.

— Eu tenho a minha fé, que é minha, e tu não pode fazer nada contra isso.

— Beleza.

— E eu sei no que acredito, o que Deus pode fazer por mim, e tu não pode me fazer descrer desse Deus.

— Tudo bem, novatinha de merda, eu não posso. Mas tu bem poderia parar de encher o saco das pessoas com aquilo que tu acredita ou deixa de acreditar, porque aqui a gente já tem um monte de problema e ter uma pregadora no meio não ajuda muito, entende?

— Pois eu vou te mostrar como meu Deus é forte.

— E eu vou ficar esperando. Mais alguma coisa?

— Aguarda pra ver.

— Mais alguma coisa ainda?

Ela vira as costas e sai andando, enfurecida, enquanto eu lhe mando dois beijos com um simples movimentar de lábios.

Meio da manhã, estou em aula. Aparece alguém e me chama para a sala da diretoria. No caminho, vejo sair da sala Fofão, com um meio-sorriso na cara. Nos cruzamos sem dizer palavra.

Eu já tinha entrado ali, mas não havia reparado direito no espaço. Há uma mesa imensa de madeira, as cadeiras têm espaldares talhados com arabescos, e em cada uma delas há alguém sentado: Goldameir, Glório, Norma, Derci, a coordenadora de alguma coisa, o pastor Amâncio. A sexta cadeira é para mim.

Todos me olham, mas quem toma a palavra é Glório, os olhos mais arregalados do que nunca.

— Rafael, eu vou ser direto. — O sotaque colono escorre pelos cantos de sua boca. — A gente sabe que tem uma gangue nesse internato.

— Hum-hum — respondo, sem saber no que pensar.

— E a gente sabe que essa gangue tem um líder — ele diz. Aqui, já penso que Branco se fodeu, que Taison se fodeu, que Fofão se fodeu, que —

— E a gente sabe que esse líder é você.

Vem da barriga. O riso não vem da boca, ali ele só termina, escapa. O riso vem da barriga, atravessa o peito e explode na cara. E eu rio diante daquelas cinco pessoas que pareciam querer me devorar por atrapalhar suas rotinas ordenadas.

— Não, gente. Que isso. Tem gangue nenhuma. Tem nada, não. Que isso, deve haver algum engano. — E persiste a impossibilidade de manter a cara fechada.

Goldameir, porque sempre tem uma carta na manga, levanta a voz para depois ir diminuindo o tom, uma tática mais que conhecida sua e que sempre, sempre funciona.

— Acontece que já investigamos. Tu estás não apenas assediando novatos como também bebendo bastante. Nós vamos te ajudar com as duas coisas. Para parar de provocar os outros, tu vais ter encontros com o pastor Amâncio e com o professor Planário — psicólogo da Escola — uma vez por semana. Para não gastar dinheiro em bebida, vamos proibir transferências da tua família para ti. Se nada disso der certo, tu fazes as tuas malas.

154

Esses saques a que Goldamerda se refere são os que fazemos no caixa da Escola, cujo valor, depois, vai junto no carnê de mensalidade. Esses encontros com o pastor e com o psicólogo serão de foder, definitivamente.

E tudo isso, eu sei, é por conta da campanha do Grêmio Estudantil e por causa do *chamado* de Claudilene.

41.

Se eu conheci a Evangélica por meio do filho do pastor lá da comunidade de onde vim, a maioria dos estudantes aqui a conheceu através da Excursão Artística. A algum lugar de alguma cidade do interior, chega esse ônibus com trinta estudantes que apresentam um espetáculo com dança, música, teatro, tudo junto. É a propaganda da Escola para conseguir internos e é, muitas vezes, para os espectadores jovens, o início de um sonho, uma possibilidade de estudar numa escola boa e largar a vida apequenada do interior.

Na Evangélica, tudo se direciona para a Excursão. Acompanhamos, ainda novatos, a escalação, as preparações, os ensaios, as reuniões; depois, ouvimos relatos de como tudo tinha (mais ou menos) acontecido, porque não era possível saber de tudo.

Esse acompanhamento de cada promessa no ano anterior acende em cada velhaco do segundo ano a luz para a próxima Excursão: duas semanas viajando, se apresentando, tomando tragos e, na sorte, ficando com outras alunas. Eu, que desisti da viola, não entrei no coro, já tinha deixado de fazer teatro e nem pensava em fazer danças alemãs ou gaúchas, é óbvio que não serei chamado. Mas tem gente que espera por isso.

Os nomes dos eleitos para participar da Excursão Artística de 2000 são revelados numa sexta-feira, à hora do almoço. É o professor Glório quem lê a lista, que em seguida é pregada num quadro de anúncios no saguão do Prédio Central. Por isso, Godo só a vê à noite.

Depois da janta de sábado, cachorro-quente contra a eternidade, estamos numa esquina, indo para o bar (a essa altura, o bar é nosso recanto, e mesmo que alguns de nós não tenhamos dinheiro, nos juntamos para que ninguém saia sóbrio dali), quando Godo começa a pronunciar palavras incompreensíveis mas que logo são despejadas num jorro azedo de afirmações, perguntas, explicações e lágrimas, enquanto eu tento levantá-lo da calçada onde se atirou.

— Não é justo! Não é justo que tenham escolhido eles, não nós.

Eu digo que concordo, embora compreenda por que ao menos eu estivesse fora da lista.

— Era pra cantar, e eu canto. Era pra tocar, e eu toco. Era pra fazer teatro, não era? Eu faço. Agora me diz: por que eu não tô na merda da lista? Por quê?

A Excursão Artística, essa forma de distinção entre os alunos: visitar uns quantos municípios de interior no Rio Grande do Sul, Santa Catarina e Paraná levando entretenimento para aquelas comunidades — lugares onde as pessoas estão acostumadas a vacas e ovelhas e galinhas e soja e milho e trigo e feijão, mas certamente não conhecem uma orquestra, um coral, esquetes de teatro e números de dança.

Nunca um novato foi eleito. Com a exclusão de Godo da lista deste ano, somente resta a do ano que vem. Quem é escolhido no segundo ano tem cadeira cativa no terceiro, a menos que faça uma merda muito grande. Quem não é eleito no segundo ano precisa que alguma coisa grandiosa aconteça em seu favor para poder ir pelo menos no ano seguinte. Godo sabe que não tem chance, aquele foi seu aviso. Enquanto tento levantá-lo da calçada para finalmente chegarmos ao bar e depois sentarmos os dois num meio-fio, bêbados, tento alcançá-lo com palavras positivas:

— Deixa pra lá, pô. Não tá vendo que a gente é maior que isso? Deixa a Excursão pra eles.

Godo ainda chora, e limpa o ranho na manga do blusão que veste.

Saímos os dois sem a distinção da Excursão Artística, mas isso também não vai ficar assim.

Não lembro se o Werner chegou a ir a essa ou a outra Excursão. Werner e Godo são inseparáveis por diversos motivos: têm a mesma idade, se conhecem desde muito cedo e são externos que vivem na Escola. Godo mora numa casa contígua à cerca da quadra de esportes, e Werner numa das residências de professores, aquelas cinco casas espalhadas pelo território da Evangélica. São sobrados: a parte de baixo é inteira uma residência, a parte de cima é dividida em quartos para uma ou duas pessoas, e ali habitam os velhacos do terceiro ano.

Desde que apareci, somos três. Ao mesmo tempo que os dois sabem como as coisas funcionam no internato (embora nunca tenham passado uma noite lá), eu tenho alguma oportunidade de especular como é aquela antiga vida com uma família por perto.

Godo, se não tem aulas à tarde — e sempre tem, e sempre comigo —, espera bater o sino das quatro horas ao lado da mesa do café, disposta no corredor em frente ao refeitório (frutas, pão com chimia), ainda que não tenha direito a comer por não ser interno. Igual, come. Penso que já é considerado de casa.

Depois do lanche, nos sentamos num banco de madeira que colocamos no extenso gramado ali perto, onde contamos causos e falamos de gurias. Quando nos damos por satisfeitos, vamos atrás de Werner, os olhos azuis de garoto num corpanzil musculoso — que todo dia treina na quadra de esportes: arremesso de peso, de martelo, de dardo e de moleques.

— Tu é um bosta, Werner! — grita Godo enquanto vai pra cima dele com um braço dobrado e o cotovelo feito flecha.

— Seu merdinha, vai apanhar quietinho hoje — eu digo, correndo para tentar lhe acertar uma voadeira nas costelas.

Werner, que sabe da força que tem, primeiro segura um. Com força. De maneira inescapável. Depois, agarra o outro com uma mão só. Segura do mesmo jeito. Então gira em seu próprio eixo — arremesso de martelo — e nos faz voar pelo gramado. Rimos os três, mas entendemos, Godo e eu, quando ele pede que paremos. Embora nem sempre.

Há os outros externos. Os que somente estudam na Escola e com quem nos dizem para tomar cuidado. São meninos ricos, mimados, filhos dos donos da cidade, do supermercado à empresa de ônibus. Ao cruzar com eles, porque sei quem são, baixo os olhos — sabendo, no entanto, que eles seguem buscando que nossos olhares se cruzem para daí começar um entrevero.

42.

Uma sigla estranha acompanha uma escultura, ou quase isso, disposta na calçada logo após a entrada da Escola. É o totem da Associação de Ex-Alunos.

As poucas pessoas com quem falo hoje, a maioria pais e mães, antes meus colegas de aula e de moradia, evitam tocar no assunto da Escola ou o fazem com a leveza que o tema parece ter adquirido com o passar dos anos. Soube que vão fechar o internato?, disseram, para depois já dizerem Soube que fecharam o internato?, como se nada fosse ou como se nada de tão importante fosse ou como se fosse um tema muito grave para nele se aprofundar, merecendo mesmo esse aparente alheamento.

Seja como for, estive presente em minha primeira homenagem, a de dez anos, quando me achava — e ainda não sabia — num ano sabático de sobriedade que logo teria fim, e enquanto meus amigos enchiam o rabo de cerveja no apartamento de Branco em Porto Alegre, nosso ponto de encontro, eu ia com o rabo entre as pernas atrás de um encontro de Alcoólicos Anônimos, coisa que me fazia bem na época.

Entre esses ex-colegas estava também Sujeito, um rapaz que tinha dividido apartamento com dois ex-internos, Oscar e Michel (nossos novatos), os quais moravam perto de Branco, Leo e Carpa. Chamavam-no Sujeito porque ninguém sabia direito seu nome quando ele foi morar lá, e o apelido ficou. Mas enfim: quando foi hora de irmos para a cidade onde fica a Escola, convenci Sujeito a ir conosco, por mais que relutasse, e me vali do argumento de sempre: Quando a gente vai se ver de novo? Ele aceitou. Fomos todos no carro de Fofão, dormimos num hotel duvidoso — todos bêbados, menos eu —, e quando foi hora de irmos para a homenagem, perdemos a hora, perdemos a foto, perdemos a porra toda, não importa.

Enquanto passamos do portão, comecei a apontar os prédios com um dedo explicativo e didático, nomeando coisas, ajeitando memórias. Sujeito, depois de ter convivido, de muito perto e de longe com cada um de nós, ex-alunos da Escola, segurou meu dedo, abaixando-o, e disse, enquanto me olhava com olhos de irritação e deslocamento — ou o exato oposto, uma localização irritada:

— Eu sei, cara. Eu sei! Conheço cada palmo desse lixo de escola de tanto vocês falarem.

Sujeito talvez seja, até hoje, a maior demonstração viva de como infectávamos quem estivesse à nossa volta e de como, apesar de afundados na merda da fossa da Evangélica, não nos afogávamos sem antes levar mais um monte de gente junto.

O encontro não deu certo. Caminhar por aquele espaço e rever aquelas pessoas — a quem não queria mal, fique claro — era forte demais para mim. Melhor seria não vê-las, como o cumprimento de uma profecia que diz que, se não estão à vista, não existem nem nunca existiram. Claro que houve reclamações. Tadinho foi quem me escreveu, dias depois:

— Teve gente que não gostou de como tu te portou no encontro.

— Foda-se — respondi. — Ninguém também sabe o que se passa aqui dentro.

O que veio depois foi um ano a mais de trago e cocaína para finalmente alcançar esses dez anos de sobriedade. Quando comemoraram nossos vinte anos de formados, poucos anos atrás, achei melhor estar com minha irmã em seu primeiro aniversário sem nosso pai do que vasculhar, entre tantos fantasmas ambulantes mostrando filhos, carros e sorrisos largos, o meu próprio fantasma que, tenho certeza, ainda caminha por aquelas estradinhas e calçadas.

Mas esse encontro de ex-alunos em que eu estou no segundo ano é no mínimo assustador. É a primeira vez que vejo ex-alunos que conheço: nossos velhacos do terceiro ano encontram-se, dão abraços demorados, alguma lágrima rola aqui e ali. Como gente tão admirada, tão forte, tão sabida se tornou apenas gente em tão pouco tempo?

As distâncias entre nós e eles só aumentaram. Se éramos novatos sem importância antes, agora mesmo é que somos quase nada, somente internos vivendo entre muros quando o que os acomete tem por nome *vida de verdade*. E apenas para não deixar de fazer o cálculo, esses ex-velhacos não estão nem há um ano fora da Escola.

Deve fazer sentido. Quanto menor o tempo, mais duro é acostumar-se à realidade. Deve fazer sentido, mas não faz.

43.

Os momentos em aula são cada vez mais sofríveis, e não deixarão de sê-lo até que tudo isso termine. Já não temos as matérias do Ensino Médio, agora o foco é nos formarem para sermos professores dos anos iniciais. Então são aulas de didática do ensino, didática da matemática, das ciências, da língua portuguesa, das artes, da educação física e dos estudos sociais, e ainda as matérias de filosofia da educação e psicologia da educação que vão nos comendo os nervos; nós, que ainda somos meninas e meninos, numa lógica de formação que não cessa de nos mostrar que em breve o magistério não nos servirá de muita coisa, quando estivermos pintando palitos de picolé de várias cores para uma apresentação sobre multiplicações ou o que quer que seja. As aulas mais sérias são as que versam sobre Piaget e Paulo Freire, ainda que de maneira rasa, com um professor de filosofia que começou seu primeiro dia de aula subindo na cadeira

[Ave, Robin Williams]

para nos dizer que *o ponto de vista é a vista de um ponto*

[Ave, Leonardo Boff]

e assim por diante.

Para quem tudo são trevas, há ainda o professor Planário e o pastor Amâncio. Desde que fui acusado de liderar a gangue inexistente — que na verdade existe mas independe de mim —, tenho que me encontrar com os dois, uma vez por semana, sabe lá Deus por quanto tempo. Professor Planário é psicólogo (não lhe peçamos que mostre seu diploma) e pastor luterano. Descubro o quão filho da puta pode ser quando, em nosso primeiro encontro, diz que eu não deveria ter passado no exame de seleção.

— Definitivamente, isso foi um erro.

— Ah, é? — replico, os olhos cheios de desdém.

— Pelo que vejo aqui — segura uns papéis —, te falta maturidade emocional.

— Olha só, que surpresa! Só tem gente madura no meio desse tanto de estudantes e desse tanto de professores.

Ele me olha por detrás de seus óculos de lentes grossas e amareladas e sob a peruca, com a qual tenta esconder a calvície. Enquanto arrota suas certezas sobre amor materno, lar desfalcado pelo pai e tantas outras lorotas, eu só consigo pensar em como lhe arrancar a peruca: um fio de náilon esticado nos batentes da porta da sala de aula, uma pescaria, uma ventania calculada para esse fim; as ideias somente se somam.

Pastor Amâncio me atende no escritório de sua casa, que é também a casa de Werner, pois são pai e filho, e é estranho estar ali sem que seja com o objetivo de visitar meu amigo. Falamos sobre Deus, a ideia de Deus, a crença n'Ele, coisas que já me são fáceis de contra-argumentar porque não paro de ler e de pensar a respeito. Não que a falta de Deus, essa muleta tão oportuna, me faça mancar vida afora, mas porque a abordagem, tão mesma, de impor antes a culpa ao perdão divino me enfada.

Um dia, talvez por cansaço, talvez porque o castigo tenha mesmo terminado, tanto Planário como Amâncio me esquecem. Mas Goldamerda, não. É claro que não.

44.

Dúvidas sobre o Feminino nunca realmente esclarecidas:

• Vocês se olhavam e se mediam durante o banho?
• Vocês eventualmente se depilavam nos chuveiros?
• Havia cortinas nos chuveiros? Vocês as mantinham no lugar?
• Em relação ao corpo, alguma de vocês era mais desinibida (ou mais envergonhada) do que as outras?
• Vocês se excitavam durante o dia e davam jeito de se aliviar a qualquer preço — no banheiro, por exemplo?
• Vocês se masturbavam na cama, no escuro, sob as cobertas, evitando que alguém se desse conta disso?
• Ou se aliviavam sem as cobertas, exatamente para que alguém percebesse?
• Vocês também se masturbavam coletivamente?
• Vocês trocavam confidências sobre como queriam que alguém segurasse vocês, beijasse vocês, entrasse em vocês, e depois se arrependiam disso?

- Vocês alguma vez quiseram trair uma colega?
- Vocês sentiam que enquanto se masturbavam alguém as estava observando? Deus, por exemplo?
- Por que vocês sempre mantiveram silêncio sobre a mão--boba de Goldamerda lhes tocando os seios?
- Vocês tocavam os seios umas das outras?
- Vocês falavam sobre os guris com quem ficavam, se eram melhores ou piores no jeito como agiam?
- Vocês falavam de mim? O quê?
- Vocês já se esqueceram de tudo aquilo? Por quê?
- Como tiveram coragem de esquecer?
- Esquecer não é a mesma coisa que lembrar ao contrário?
- Por quê?

45.

Os olhos da Escola me miram na nuca: sei que sou observado pelo menino afetado e pela crente do *chamado*, mas também pelos professores, professoras, funcionárias e funcionários, além dos demais alunos. Todos, de alguma forma, observam a mim e a meus amigos na tentativa de uma delação definitiva: Consegui! Peguei eles! Toma aqui, diretor!, mas isso não acontece porque não permitimos que aconteça. Antes, aprendemos a andar pelos subterrâneos da Evangélica.

O que tem nos afetado mais é a proibição, por causa da gangue, de retirar dinheiro no caixa da Escola, coisa que funcionava assim: toda semana, às terças-feiras, tínhamos a oportunidade de anotar num recibo a quantidade de dinheiro que queríamos, a qual nunca ultrapassava vinte reais, e que às sextas, após o meio-dia, nos era entregue em espécie e acrescida no valor de mensalidade a ser pago. A única maneira de conseguirmos essa grana é por cheque postal, o que exige que peçamos a nossos pais. Ou via trabalho.

Cleber e Taison, já havia duas semanas, estavam fazendo bico de garçons num restaurante atrás da Escola, praticamente ao lado da fábrica cujo ônibus Godo e eu tentamos roubar. Quando me perguntaram se eu gostaria de trabalhar ali, respondi que sim, e de imediato me disseram para aparecer lá com eles no domingo, às dez da manhã, que eu teria emprego certo.

Apareço. Como não tenho calça preta e camisa social branca, uso jeans e camiseta. Apresento-me à dona do negócio, uma senhora muito simpática e muito gorda, que imediatamente tira de trás do caixa uma pilha de panfletos e diz a alguém que não consigo ver:

— Waltinho, o menino dos panfletos tá aqui!

— Tá bom, mãe. Já vou.

— Waltinho, leva o menino dos panfletos lá na faixa!

— Tá bom, mãe.

— Waltinho! — grita a senhora.

O rapaz aparece. É um pouco mais velho que nós, mas já tem carteira de habilitação e um carro (azul metálico, sonorizado e rebaixado) pra chamar de seu.

Nesse primeiro dia, trabalho na esquina da rua da Escola, onde há um semáforo, entregando os panfletos para as mães e pais de alunos, também um e outro professor, e enquanto todos me olham com cara de Olha, que lindo, ele tá trabalhando, e eu somente espero que todos se fodam, porque afinal é domingo e porque eu gostaria de estar almoçando perto de Bianca, já que nos fins de semana os lugares à mesa não seguem a disposição prevista por Glório. Passo quatro horas ali, das dez da manhã às duas da tarde, e quando Waltinho vem me buscar, ganho um almoço grátis e uma nota de R$ 5.

No fim de semana seguinte, Waltinho tem uma ótima ideia (para o restaurante), e me deixa — com ou sem o consentimento de sua mãe, tanto faz — na entrada da cidade pela BR-116. O lugar é bonito: há plátanos altos e é desabitado. Como, para atravessar a rodovia, os motoristas precisam entrar no recuo, e também pelo fato de esse trecho ser um aclive um pouco intenso, eles costumam esperar uns segundos para ver quem sobe e quem desce, a que velocidade etc. Vou entregando os panfletos apesar da fuligem que sai do escapamento dos caminhões, das pessoas que não baixam o vidro para receber um pedaço de papel impresso e dos olhares de Olha, que lindo, ele tá trabalhando. Meu pagamento, além do almoço grátis, é uma nota de R$ 10.

A partir daí, Waltinho demonstra que não tem limites e me leva para uma cidade ali perto, Novo Hamburgo, que tem semáforos na própria BR. Me larga num acostamento e aponta:

— Ali no sinal, tá vendo? Tenta entregar nas duas pistas. O sinal demora.

— Entendi.

— Daí faz o que tu sempre faz, mas faz melhor, entendeu?

— Entendi.

— E quando a gente voltar, eu dou um jeito de a mãe te pagar melhor também.

— Entendi.

Já é primavera e o sol tem feito seu trabalho de reaquecer este canto de mundo, este canto de vale. Estou com os óculos de sol que Tadinho me emprestou (imaginei que precisaria deles) e vou entregando panfletos a quem para no semáforo da rodovia. Nenhum acidente, a não ser o enorme caminhão com porcos que não vê o sinal a tempo, freia bruscamente e, conforme para, vai fazendo escoar por um buraco no soalho toda a merda acumulada durante horas por aqueles bichos todos. Os porcos gritam, e eu gostaria de gritar também. Em vez disso, baixo a cabeça e entrego os panfletos.

O sol é tanto e a água é tão pouca que agradeço sempre que uma nuvem atravessa o céu. Nem os olhares de Olha, que lindo, ele tá trabalhando fazem diferença para mim. A diferença, agora, é me sentar à sombra com os meus e beber água, muita água, e

Coca-Cola, e ver Bianca, e ver Tadinho, Branco, Godo, Werner, afinal é domingo, caralho!, e meus olhos doem, minha cabeça dói, meus pés, minhas panturrilhas.

No próximo domingo não vou. Não quero ir. Não posso ir. Não vou. Pergunto a Costeleta se ele quer um bico, coisa rápida, dez pilas no bolso.

— Que que tem que fazer?

— Nada. Só entregar os panfletos.

— Mas daí eu quero, cara.

— Então o trabalho é teu. Só tem uma coisa, Costela: tu tem que fazer um trabalho sério e honrado. Nada de brincadeira, entendeu? É o meu nome que tá na reta.

— Fique tranquilo. Vou trabalhar direito!

Quatro, cinco horas depois, a imagem de Costeleta interrompe nosso domingo. Estamos largados sob uma árvore quando o vejo. Grito de longe para que me espere. Quando o alcanço, não posso conter o riso.

— Que isso, Costela?

— Cara, olha o que tu me fez!

— (risos)

— Mas o calor que tava fazendo, coisa de louco!

Aponto para seus tênis, que estão deformados, formando um V com os lados de dentro afundados.

— Mas o que aconteceu, piá?

— Derreteu! Derreteu os dois!

— Mas e o almoço, tava bom?

— Tava.

— A nota de dez pila tá aí?

— Tá.

— Então vai te foder e para de reclamar, Costela. Mas que merda!

— Desculpe, cara. Obrigado pelo bico. Vou lá passar um creme no nariz — diz ele, a cara vermelha e o olhar cansado.

46.

Eu ocupo o andar de cima do beliche. A cama de baixo é do Branco. Não é surpresa o corredor ser tomado pelas vozes graves ou nem tanto dos homens que tememos. É possível ouvir a aproximação deles, em bando. Pela geografia do espaço, o primeiro lugar onde entram é o banheiro e há exclamações de Ah e Oh, e palavras ininteligíveis que não soam amistosas. As circunstâncias não permitem amizade.

O quarto 10 fica do lado esquerdo do corredor, mesmo lado do banheiro, mas separado deste pelo quarto 8. A janela está aberta, mas as venezianas estão fechadas, como convém à ocasião. Os homens — Goering, Glório, Goldameir e o guarda — caminham com passos invisíveis diante da porta do quarto, mas audíveis num lugar muito secreto: se Branco for pego, será seu fim. E se assim for, que fim eu terei?

É a primeira vez desde que retornei para o segundo ano que eu toco nesse lugar proibido aos internos da Evangélica, pensar no fim de tudo isto.

As vozes diminuem de intensidade onde estou, mas sei que estão mais claras e mais intensas e mais ameaçadoras onde agora são ouvidas, lá no fim do corredor, no 18, o quarto por onde entramos na fuga meio desesperada, meio desastrada. Suponho a porta sendo aberta, Goldameir acendendo a luz, o interrogatório usual, os guris dando respostas vagas, como quem acabou de acordar, fingidas, como quem sabe o que está acontecendo. Suponho a luz sendo afinal apagada, a porta sendo fechada com alguma educação, Vocês terão de se explicar, e os guris dizendo Sim, pode contar com o nosso apoio, professor.

Os passos soam mais fortes e as vozes, mais altas. Passam novamente em frente à minha porta. Goldameir quer sangue, penso, o que quer dizer que quer um nome para perseguir, um menino para trancafiar em seu escritório e torturar com suas ameaças de suspensão, expulsão, O mundo lá fora, como é de seu feitio.

Em minha boca se revolve o gosto da pior ressaca. Minhas glândulas salivares estão entupidas com merda, e é esse o gosto que me invade a boca.

Antes que o desespero cesse, já os passos e as vozes inaudíveis, a porta é aberta. Branco entra. Por reflexo, meu corpo salta na cama, choque que vem do espanto.

— Que merda, piá! Onde tu tava? — digo aos sussurros.

— Tava lá! — Branco ri no escuro. Adivinho seu riso.

— Lá onde, seu bosta?

— Shhhhh. Fala baixo, piá. Tava lá no quarto deles, embaixo da cama.

— Mas como? E não te viram? E não te pegaram?

— Nada. Eu vi os pés de todo mundo. Tavam putos, mas agora já passou. São uns coitadinhos.

— Claro que não passou, né, Branco. Claro que vão tentar nos foder.

— Vão tentar, mas não vão conseguir. Só quero saber se os guris vão abrir a boca.

— E eles te viram?

— Não viram na entrada, mas viram na saída.

— Ah, Branquito, porra! Daí tu me fode. É claro que vai estourar nas nossas costas.

— Calma, Cabelinho, calma! Vamo vendo onde isso vai dar.

Nessa noite, ninguém dorme direito. Seja pelo que houve — a janela, os professores —, seja pelo que deixou de haver: os braços de Bianca e Juliana nos confirmando que tudo vai ficar bem e que, haja o que houver, permaneceremos juntos até o fim dos tempos ou até o fim do terceiro ano, o que acaba por ser a mesma coisa.

47·

Foi alguém que me contou que eu tenho um novato de Blumenau. Lubitz, seu nome. É um sujeitinho de olhos claros e canelas grossas, cabelo penteado para trás, como os velhos usam, e um ar de arrogância que põe por diante para disfarçar sua fragilidade. Digo-lhe que conte comigo para qualquer coisa, mas que não se folgue, porque assim não posso fazer lá muita coisa em seu favor. O guri treme todo.

O grande problema em um velhaco do segundo ano defender novatos é que eles continuam vivendo acima de nós, e continuam fazendo barulho na hora de estudos — são crianças, afinal —, e não é possível defendê-los de nossos colegas do andar de baixo, que se sentem ultrajados quando precisam mesmo estudar. Então, não sei se é por se sentir desprotegido quando lhe disse que o protegeria ou se é por puro cagaço mesmo, mas Lubitz não se adapta muito bem.

Não, eu não tenho passado. O que houve no ano anterior foi levado embora com as velhacas do terceiro ano, quando se formaram: meus choros de canto, minhas tristezas, a saudade do cheiro de minha mãe. Era com elas, as moças mais velhas, que eu me confessava, mesmo que depois de me ouvirem se reunissem em seus quartos para rirem de mim. Não importa.

Sem isso, me resta agora o presente, e meu presente está aqui marcado no Lubitz, que vai desistir, é claro que sim, porque tem uma história triste na família — um câncer num de seus pais ou um acidente em que morre toda a família e que somente acontecerá mais tarde — ou porque é simplesmente fraco. Talvez coisa e outra somadas.

De certa forma, corro risco: sou o único estudante de Blumenau aqui, entre dezenas de outros, e isso me dá alguma qualidade e alguma autorização (não sei para quê). O único guri, pois comigo estuda Janine, de Blumenau também, minha colega de aula, de internato, de viagens de ônibus em vésperas de feriado e de risadas durante essas viagens. Em algum momento, cantamos uma canção de colonos que diz:

Ai ai ai, robaro meu Früstück
Acabaro estragando
A nossa piquenique

Canto isso para que Janine ria e o tempo passe mais rápido nessas dez, doze horas de viagem de ônibus, com o itinerário sempre igual e sempre longo, saindo de Novo Hamburgo e passando por São Leopoldo, São Sebastião do Caí, Caxias do Sul, São Marcos, Campestre da Serra, Vacaria, ponte da divisa dos estados, Lages — parada de trinta minutos na rodoviária —, Pouso Redondo (aqui onde morreram uns argentinos num acidente horrível), Rio do Sul, Ibirama, Ascurra, Apiúna, Indaial e chegando em Blumenau já tarde, perto da meia-noite, o pai de Janine esperando por ela, cumprimentos distantes, essas coisas.

Nunca tive nenhuma intenção de beijar Janine, que fique claro. E este capítulo não é sobre ela, é sobre o Lubitz.

Acontece que o guri me ameaça por nada mais além de ser normal, ter seus amigos de primeiro ano, dividir o quarto com mais três meninos e não telefonar para casa chorando e pedindo para ir embora. Isso, claro, me afronta e me pisoteia; mais: me invade de uma raiva incontida que me faz quase querer partir para cima dele quando o vejo de olhos baixos diante de mim (Não é pra ter medo, Lubitz, seu bosta!) e assumir a postura que, um ano atrás, eu mesmo assumia perante os rapazes que hoje são os pontas das mesas nas refeições.

Quero mesmo lhe dizer para não ter medo de mim nem dos meus, que isso já garanti dizendo a eles para deixarem quieto o guri de Blumenau. E que não é pra chorar no banho. E que não é pra chorar no telefone, sobretudo no orelhão, a fila atrás trocando olhares risonhos de pena. Também não é pra chorar vendo fotos de família, nem chorar antes de dormir, no escuro do quarto, fungando baixinho para que os colegas não escutem nem se preocupem, porque o choro ali é covarde.

Sim, eu tive vontade de beijar Janine nas viagens de ônibus que fazíamos juntos e que, passado o tempo, foram ficando mais raras, viagens e vontade.

Mas o Lubitz, ele me provoca com esse jeito de menino que quer ser mais do que a idade permite, um trabalhadorzinho fabril, um homenzinho da família que só ri muito timidamente entre os seus e que se culpa quando deixa escapar uma meninice. Eu quero lhe dizer para não chorar, que já fiz isso por nós dois, mas ele não me escuta, eu tampouco digo essas palavras em voz alta, então é óbvio que não nos entendemos. No entanto, como queria dizer ao Lubitz que desistisse logo, que não servia para isso: eu já chorei por nós dois, imbecil! Eu senti por nós dois a falta daquela geografia austera de morros e ribeirões, de enchentes e enxurradas, de trovoadas com vento de dobrar árvores e levantar telhados. Chorei por nós dois em vão, eu sei. Lubitz, esse coitado, não vai aguentar.

48.

Claudilene, a luterana messiânica de meu-deus-do-céu que quase me fodeu por completo, anda distante. A coisa do ateísmo me incomoda mais em casa do que na Escola, e aqui é importante dizer que *casa* é um território amplo, vasto, que vai contigo aonde quer que pises com teus pezinhos e que certamente te acompanhará pela vida toda.

Faz muito calor na Escola e estou sentado sob a sombra da árvore da Praça Central quando avisto meu primo, aquele que é pastor, o qual poderia muito bem ter passado ao largo depois da vergonha de termos faltado ao culto, Tado e eu, e de termos nos despedido sem muitas palavras, mas ele vem ter comigo. Conversamos qualquer coisa sobre a importância de estudar ali, de ter uma formação decente. Nenhum de nós faz comparação alguma com quem nunca saiu de Blumenau, do gueto, do vale profundo, por amor ou por medo, e por isso a conversa soa tão truncada, cheia de palavras não ditas e impossíveis de escutar. O som de riacho pedregoso que acompanha nossa conversa é cheio das mesmas pedras daqueles riachos que nos viram crescer. Digo a ele que estou bem, que já passou a saudade de casa, fenômeno que costuma foder a cabeça dos novatos, mas como agora tenho os meus próprios novatos, as preocupações são outras.

Ele ri.

Digo também que a Escola é boa, sim, apesar da austeridade de certos professores, do Goldameir, apesar do trago, apesar das gurias, apesar do Magistério, eu já não quero ser pastor, outro dia Branco vomitou no quarto inteiro, e era de tarde, mas isso é engraçado, o quarto inteiro cheirando a perfume vagabundo e a azedume de vômito.

Ele me olha como se anotasse cada palavra, e eu, ingênuo, não atento para isso.

Muitas palavras soltas depois, ele se levanta e olha para Goldamerda, que vem em nossa direção. Aperta a mão de meu primo com um entusiasmo desproporcional. Ele, Goldameir, vermelho como sempre, sorri seu riso mais franco e é recebido pela amizade luterana do pastor, que lhe devolve o sorriso dos homens que têm poder, mesmo que limitado a um reino tão pequeno e em vias de extinção.

A verdade é que Goldamerda não o havia chamado ali para conversar a meu respeito. Certamente, esse chamado ocorrera semanas antes, e somente agora ele pudera estar presente. Sem mais, nem mesmo uma despedida decente, o pastor se vira rapidamente e segue ao lado do diretor, que nem sequer olha para mim em todos esses segundos constrangedores, e os dois desaparecem pela entrada de visitantes do Prédio Central e vão passar algum tempo na diretoria, falando de sabe-se lá o quê, e tampouco me interessa.

49.

Invadir o Feminino com as gurias morando no piso superior e rodeadas por colegas não nos ajuda no que quer que tenhamos em mente. Branco sabe disso. Num dos sábados de reúna, à tarde, enquanto retiramos as cadeiras do auditório para a festa que vai ocorrer logo à noite [que sentimento soberbo é experimentado aqui, nessa alteração da ordem, mesmo que ela não esteja um milímetro fora do estabelecido pela Escola], preciso buscar alguma coisa na sala do Grêmio, uma salinha no terceiro piso do Prédio Central, e encontro a porta não somente trancada, mas impossível de destrancar. Desço, retorno à atividade de desenrolar fios e carregar caixas de som. Alguém reclama comigo que falta um cabo para ligar o aparelho de som. Nossa gestão do Grêmio havia comprado dois tocadores de MD, ou MiniDisk, um puta avanço tecnológico para fazer uma centena e meia de internos felizes. Digo que a porta está trancada, emperrada na verdade, e a resposta é apenas O Branco é um filho da puta mesmo!

Da escada que vai ao terceiro piso, descem Branco e Juliana.

O filho da puta tá comendo a guria!, penso.

Retorno ao terceiro andar — pouco ou nada tinha que fazer naquela sala, nunca — e entre estantes e armários forrados de papel, sem uso, vejo que existe um colchão. O colchão onde Branco e Juliana fodem a três por quatro sobre as nossas cabeças enquanto carregamos cadeiras, desenrolamos fios, subimos caixas de som para o palco do auditório.

Não, eu não estou puto por Branco estar transando. Eu estou muito puto por Branco não ter dito nada para mim quando, parece, todo mundo já sabe do que vem acontecendo. As questões que me surgem são: como convidar Bianca para a sala do Grêmio, como convencê-la a se deitar num colchão empoeirado e sujo, como nos convencer a tirarmos nossas roupas, como fazer todo o resto [?] que precisa ser feito para que, digamos, alcancemos consumar nosso amor [?].

A adolescência é realmente uma merda.

50.

Nem tudo são flores, nunca. Queria que estivessem todos aqui para o meu aniversário de dezesseis anos. Pedi que estivessem. Mas ocorre que há as demandas de família, e os feriados prolongados costumam servir para isto: visitar a avó, participar do almoço de família, ir ao pesque-pague, ao culto de domingo, contar como vão as coisas na Escola e toda sorte de futilidades. Ocorre, nesse Sete de Setembro, o que sempre acontece nos feriados prolongados: a Escola começou a ser esvaziada já na quarta-feira, depois das aulas (o feriado é na quinta), e restamos ali somente os que moram longe e os que já não fazem questão de ir para casa. Caso de Tado, meu próprio caso.

Combinamos as refeições que faremos no refeitório, as que não, combinamos de passar o tempo e as formas de fazê-lo. O que não combinamos foi o que se passaria no dia 9, meu aniversário.

Sábado, hora do café da manhã.

Acordo. Antes que eu possa pensar muito, sinto que preciso mijar. Faz frio logo cedo. Visto uma roupa, calço os chinelos e abro a porta. Imediatamente vem um protesto, um Ah! prolongado de quem faliu à investida da surpresa. Tado estava enfeitando a porta do 10 com papel higiênico, de maneira que já deveria estar decorada quando eu despertasse.

Rimos.

— Mas tu acordou cedo, bicho. Que merda.

— Tá bonita a surpresa, relaxa.

— Parabéns, Cabelinho!

— Obrigado, Tado.

Era como se tocássemos naquela ferida que fazia pouco notamos que havia: nossas vidas não serão as mesmas depois daqui porque não poderão mais ser. Tomamos café e vamos para a cidade. O céu azul e o tempo frio, com tendência a esquentar durante o dia, são prenúncio de primavera. Podemos ficar fora da Escola entre as refeições e após cumpridas as escalas de trabalho. Passeamos pela cidade, encarando-a como se fosse nossa, como se tivéssemos nascido ali, mesmo que sejamos somente intrusos temporários que ela aprendeu a aturar por três ou quatro anos.

Numa loja de incensos e outras coisas perfumadas, não sabemos ainda que essências pedir. Vamos de música:

— *O sândalo perfuma o machado que o feriu.*

— Boa! E que tal: *Da alfazema fiz um bordado…*

— *Vem, meu amor, é hora de acordar.*

Trazemos duas caixas de incenso. Aprendemos na prática que cheiro tem aquilo que cantávamos junto com Renato Russo no *Tempestade*, comemos salgadinhos e tomamos refrigerante, rimos, contamos histórias, a Escola é totalmente nossa, o futuro é totalmente nosso e Tadinho me ensina que 9 de setembro pode ser um dia que não me doa.

Não precisamos pronunciar as palavras que significam que esse dia, o sábado do meu aniversário, é um segredo nosso. E não porque os guris nos acusariam de viadagem, mas porque não devemos nada a ninguém, nem a nós mesmos. Um dia de irmãos que não se furtam às demonstrações de afeto. Um dia de guris que discutem cheiro de incenso e cantam pela rua as canções de Renato Russo. Um dia como todos os outros, mas tão distante de todos os outros.

Tado não sabe, claro que não, que todo 9 de setembro a partir deste será exatamente a procura por aquele dia de papel higiênico enfeitando a porta com a promessa de que o deixaria terminar sua surpresa. Vai, Tado, termina aí, que agora eu preciso muito mijar. Mas daí não haveria surpresa, né.

Todos esses anos procurando o mesmo dia, a mesma porta, o mesmo Tado. E nenhum deles existe mais.

51.

Sala de vídeo. O filme é *Beleza americana*, de Sam Mendes. A cena em que o personagem interpretado por Kevin Spacey olha um retrato de sua família — ele próprio, a esposa e a filha — e logo em seguida é alvejado na cabeça entra em mim como um tiro. Espero o filme acabar, não demora muito. Ezequiel me interrompe a passagem para dizer algo, e vê que não consigo falar. Me deixa passar.

Entro no 10 e vasculho dentro de uma caixa de sapatos. Ali tem uma foto, que deposito solenemente na minha frente, na escrivaninha, e admiro aquelas pessoas: o pai, a mãe, a irmã, o irmão e eu, no meio dos quatro, tão altos e tão bonitos. E finalmente choro. Choro porque não tenho recordação do dia em que a fotografia foi tirada, porque nunca mais seremos cinco. E não porque o pai está e não está — sempre esteve, de alguma forma —, mas porque eu mesmo me retirei, à minha maneira, daquele grupo de pessoas.

Ezequiel adentra pela porta que eu havia deixado entreaberta. Olha meu estado, olha a fotografia diante de mim, meio que me dá um abraço e diz Vai ficar tudo bem, Cabelo. Te limpa e vamo lá fora tomar um ar.

52.

Dos eventos anuais mantidos pelo Grêmio, um deles é a Grande Gincana. Consiste em formar equipes que competem durante todo um fim de semana em torno de provas elaboradas pelo Grêmio e por professores, e por mais alguns voluntários que não participam de equipe nenhuma. As etapas vão desde provas físicas às de inteligência e velocidade, como a caça ao tesouro.

Eu não havia participado da gincana no ano anterior, de modo que aquilo pouco ou nada me importava. Mas este ano é diferente: eu tenho amigos para defender e sou defendido por eles, então é apenas comum — nem bom, nem ruim — que eu participe da festa. "Festa".

A tensão começou há uns dias, quando da inscrição. Formamos nossa equipe de vinte pessoas e decidimos lhe dar o nome de "Los Ébrios", não querendo dizer nada além de que somos os bêbados com menos de dezoito anos e que ninguém ali pode fazer nada a respeito. Acontece que os guris, os outros guris e gurias da Escola, aqueles que vieram dos interiores, também formaram uma equipe. O diabo foi o nome que escolheram: "Os

Tang". Não é apenas uma provocação a nós, é um cordial aperto de mão entre eles e a direção da Escola e seus professores. Uma mancada. Um abismo.

As provas se iniciam no sábado à tarde, após o almoço. Somos vinte ou quarenta ou sessenta, somos muitos. No auditório da Escola tem três equipes: a nossa, a deles e uma outra, sem importância — talvez seja formada por externos, já não sei. Passamos todo o restante do sábado cumprindo provas. Domingo, tomado o café da manhã, seguimos cumprindo provas. À tarde, depois do almoço, retornamos ao auditório, e dali para fora, cumprindo as provas de buscas, preparando o grande desfile, assim é chamado, Grande Desfile, em que atravessamos a Escola com alegorias e com música, garantindo que tenhamos a melhor pontuação.

Perto do fim da tarde, nos recolhemos todos ao auditório. É a hora, afinal, de segurar as pontas dos nervos e evitar afrontas e agressões — o tanto que já havíamos conseguido segurar; justiça seja feita: o tanto que todos nós conseguimos segurar até aqui — e ouvir, finalmente, o resultado da equipe campeã.

Antes, precisamos gritar o mais alto possível. Talvez seja uma prova, a última, e por isso gritamos. Estamos suados, cansados, ansiosos, e moramos onde moramos, talvez seja daí que venha esse grito que me sai dos pulmões, atravessa a garganta e voa contra as quatro paredes deste auditório onde toda maldita quarta-feira temos de ouvir os sermões do pastor Amâncio. O anúncio vem.

E os vencedores são…

São…

São…

Los Ébrios!

Há um prêmio para a equipe vencedora, mas tanto faz qual é. Poderia muito bem ser um prêmio não requerido, esquecido neste dia, porque não importa, afinal. O que importa é que somos os vencedores, Los Ébrios, contra os antagonistas sem álcool, os Tang, que, abraçados a Goldameir, agora comem a poeira da estrada atrás de nossa vitória.

Vamos ao banho para dali irmos à janta. Nos chuveiros há gritaria de um lado, o nosso, e um silêncio respeitoso do outro. Está claro que não passamos a perna em ninguém, somos apenas melhor preparados. Ainda assim, é possível ouvir, porque está no ar, uma voz grave que pede revanche. Os outros guris, os Tang, não falam, porém. Se prestarmos atenção, saberemos que esse som vem, na verdade, dos ralos dos chuveiros. Mas estamos eufóricos demais para isso, para prestar atenção. O que resta é comemorar sem provocar, ou provocando também, porque é assim que os verdadeiros campeões fazem.

53.

Muitas vezes o fogo da caldeira não basta para um banho decente. Às vezes, porém, o fogo que fazem é tão bem-feito que dura até a manhã seguinte. É quando nem a água está fria nem a caldeira esquenta demais a ponto de precisarmos abrir todos os chuveiros ao mesmo tempo para diminuir a pressão do monstro. Coisa rara e difícil de explicar, já que nunca entendi muito bem como uma caldeira funciona. Minha tarefa, a nossa, é fazer fogo e mantê-lo, e só.

Quando saímos das aulas de educação física, que levamos a sério, realmente — praticamos esportes de quadra e de pista, saltamos, caímos etc. —, estamos suados e sujos, e o professor Kreiber, o Kreibinha, nos solta dez minutos antes para tomarmos banho. Em geral, não faz diferença, mas agora eu namoro Bianca, que é perfeita, linda e perfumada até quando acorda enrolada em suas cobertas, e eu preciso estar igual para que ela não deixe de me amar (amar?), não tire de mim os olhos azuis com alguma admiração.

São assim os relacionamentos na Escola: começam para terminar. Se duram mais que duas semanas, ou se a situação parece confortável a ambos, então estamos namorando. Não há um pedido, não há solenidade. Estar juntos é uma das coisas que mais acontecem na Escola e que se tornam automáticas, costume, regra que é melhor seguir sem questionar. Importante mesmo é a manutenção do namoro: banhos, perfume, beijos durante o dia e pegadas fortes à noite.

Eu levo a sério isso de tomar banho. A antiga patroa da minha mãe tinha me dado de presente um aquecedor elétrico incandescente — daqueles em que vários filetes de metal se mantêm acesos durante seu funcionamento. Esse aquecedor, mais rudimentar do que os que vieram depois, involucrados em plástico, é todo de metal, e assim aquece por inteiro, menos na alça de plástico rígido que se utiliza para carregá-lo de um lado a outro.

Nunca se tem certeza da temperatura da água e de quanto tempo durará a água quente, ainda mais sendo tão tarde, já passa das dez da manhã. Acendo o aquecedor em cima de minha cadeira, vejo os filetes metálicos se avermelharem, pego meu roupão e as coisas de banho — xampu, sabonete, chinelos — e vou em direção ao chuveiro.

Tudo certo: água morna para um banho rápido.

Retorno ao quarto com pressa de vestir logo alguma roupa quente. O quarto está um conforto só: ninho, útero. Com pressa de voltar para a próxima aula ou apenas com pressa, tiro o roupão azul e quando vou me virar para buscar a cueca, a calça, a camiseta, o moletom e o casaco, sinto uma dor aguda que me faz pular para trás sem entender se é choque, ou o quê. Olho para minha pelve, de onde vem a dor, e não sei, é preciso procurar, mas não quero procurar para não saber exatamente de onde a dor vem. Insisto. Com a ponta dos dedos, tateio o que é pele e cartilagem atrás do ferimento. A dor vai se concentrando num ponto só. A alcanço com dedos e olhos. Na ponta do meu pau, no que ainda restava de prepúcio antes da glande, um corte, uma lambida de chapa quente contra a pele macia.

A dor.

Os anos de escoteiro em Blumenau me ensinaram nomes de coisas, nomes de nós e nomes de pessoas. E um nome de remédio. Vou até a enfermaria da Escola — nessa primeira tentativa, sem cueca, o que faz balançar dentro da calça de um lado para outro e tocar as paredes de jeans que se formam com a peça vestida — e peço a dona Gelci um pouco de picrato de butesin.

Dona Gelci é a enfermeira informal da Escola. Informal porque não é enfermeira e porque seu trabalho ali também não é ortodoxo. As turmas da Excursão Artística, por exemplo, têm de tomar as *gotinhas* de dona Gelci mais de um mês antes do início da empreitada. Todo dia, duas vezes ao dia. Presença obrigatória. Nunca se soube do que são feitas as *gotinhas*, mas também não importa. Essa mulher parece estar aqui desde antes do lançamento da pedra fundamental da Escola, e ninguém ousa contestá-la ou, pior, corrigi-la.

— Mas isso é pra queimadura! Onde foi que tu te queimou?

O trânsito de pessoas em volta me impede de confessar.

— Por aqui, pela perna — digo.

Ela insiste:

— Mas eu preciso ver. E como foi que tu conseguiu isso?

— Aquecedor, dona Gelci. Aquecedor ligado pra tomar banho.

— Então me mostra.

Eu já tenho certeza de que não vou abaixar a calça.

— A senhora põe no meu dedo e eu mesmo aplico, pode ficar tranquila. Nem é nada sério.

— Aquecedor, é? — diz enquanto procura o unguento. — E isso lá é temperatura pra ligar aquecedor?

— Pois é, pois é.

Retorno ao 10 com uma lesma de pomada no dedo. Gasto o resto do dia tentando encontrar uma maneira confortável de me vestir: se com cueca, se com samba-canção, se sem nada. As pernas entreabertas para evitar o contato lateral com o ferimento. Uma cicatriz que serve até hoje para quebrar o gelo na hora da nudez que exige intimidade e graça.

Conto para Bianca e para Branco, em momentos distintos, e os vejo rir por muito tempo. Bianca ri daquele jeito infantil, a mão a lhe cobrir a boca e os olhos mirando o chão, a face ruborizada, os ombros chacoalhando sob um tremor inexistente. Branco ri para si, mas seu sorriso é grande, embora o poder de seu rosto esteja no entorno de seus olhos.

54.

Há um debate que envolve a falência da guerra de travesseiros. Trata-se da ausência de participação dos velhacos do terceiro ano. Branco sustenta que são todos uns frouxos, e que por isso não deveríamos contar com eles. Concordo. Mas eu tampouco quero me indispor com a diretoria, nem com Goldamerda nem com Glório. Quero ficar perto de Bianca por mais um ano, digo a Branco, e sua resposta é uma risada de pena, concluída com uma frase mordaz:

— Tá sempre apaixonado, esse meu Cabelinho.

Estar ou não apaixonado, isso não deveria atrapalhar a minha participação na guerra. Trata-se, aqui, de inscrever nosso nome na história da Escola de maneira indelével — exatamente um dia antes das férias de inverno e desse mês inteiro em casa, perto da família e distante de todo mundo.

Taison e Cleber haviam aprendido a explodir as bombas, iguais àquela que explodiu na frente do 38 um ano atrás. A receita: ácido clorídrico, lascas de alumínio (de uma lata de refrigerante) dentro de uma garrafa pet de dois litros. Modo de preparo:

coloque as lascas primeiro, depois o ácido, tampe a garrafa, saia de perto, espere.

Prepararam duas e as colocaram próximo à cerca frontal da Escola, perto da igreja. A ideia é que, ao explodirem, chamarão a atenção da tropa de sempre (guarda, diretores, curiosos) para aquele lado, enquanto Fofão bate o sino que fica em frente ao refeitório, sinal maior da sublevação.

Estamos todos atentos, luzes apagadas, ouvindo o que acontece no lado de fora do internato, onde Glório caminha nos pedindo para fechar as janelas e manter as luzes apagadas. São onze da noite, até ele deveria estar dormindo. Logo, ouvem-se outras vozes: há um esquadrão de professores barrigudos, meio mancos, mas que nem por isso desistirão de nos foder com o rigor das leis nunca escritas da Evangélica.

Aguardamos a explosão das bombas, mas ela nunca vem.

— E agora, Branco? A gente faz o quê?

— A gente vai dormir.

— Mas e o Fofão? Vai se foder sozinho?

— Acho que vai.

Meia-noite em ponto o sino toca. E toca. E toca. Com a força que ninguém nunca pensou que pudesse ser tocado. No 10, Branco e eu estamos de pijama. Em todos os quartos as pessoas vestem pijama, enquanto Fofão consegue escapar de Glório, que vem por um lado, e do guarda, passando ainda por Goering e pelo professor Carlão. Corre para alcançar o Masculino, o que faz sem muita dificuldade. Quando finalmente abre a janela e pula para dentro, a luz é acesa pelo diretor Goldameir, que o esperava desde o primeiro ribombar do sino, e toma o anúncio:

— Fofão, essa foi a última que tu aprontaste dentro dos limites desta Escola.

Fofão ri.

— Sim, senhor.

O riso de um é veneno para o outro.

— Tu me escutou, guri? Amanhã tu tá fora! Fora!

Fofão ri mais alto.

— Eu entendi. Sim, senhor diretor.

Ao lado de sua cama, duas malas e duas caixas de papelão guardam seus pertences à espera de que seus pais venham buscá--los no fim da manhã seguinte. Goldameir repara nas malas e sente-se envergonhado. Fofão interrompe o riso e emenda:

— Se o senhor fizesse seu trabalho direito, saberia que meu pedido de transferência já está pronto há mais de duas semanas.

Goldameir bate a porta sem se despedir. A luz do quarto de Fofão permanece acesa, como um sinal de vitória. E acesa ficará até alta madrugada.

55.

Retornamos das férias de inverno — não há o que dizer sobre elas — vivendo menos a compressão do segundo ano e mais a arrogância de quem vê os olhares dos velhacos se perdendo, volta e meia, no meio de uma frase que vem sendo dita, em meio a uma explanação sobre qualquer coisa. Do que sofrem os que passam por isso?

Ninguém sabe que nossa exclusão da Excursão, a de Godo, sobretudo, porque eu realmente não fiz nada para estar nela, criou em nós essa necessidade absurda de transpor os limites das garras de Goldameir — que nos espia pelos cantos, sabemos bem, mas que não consegue estar tão perto para escutar nossas confabulações.

Há aqueles dois bancos de madeira com encosto de palha que estão ora no corredor ora na calçada do lado de fora do corredor, e ora estão no gramado ali em frente ao refeitório. Godo e eu descobrimos uma forma de fazer as ideias se movimentarem dentro da cabeça; quando não temos nada em que pensar, apoiamos as costas no espaldar do banco e com a ponta dos pés empurramos o chão até que a gravidade faça o seu trabalho. Essa queda tem em si diversas paisagens: Escola, quando estamos na horizontal; velocidade, quando empurramos o chão; céu, quando caímos; grama verde, quando somos obrigados a levantar.

Repetimos o processo às gargalhadas, até que o silêncio apareça no entorno, quando todos terminam de comer e vão fazer as suas coisas. As *nossas coisas*, porém, pertencem àquele lugar, e é por isso que nos demoramos sempre o tanto que podemos. É por isso, e é por mais que isso.

Godo tem algo que invejo, embora não me seja muito claro o que é. Mas especulo: ele mora ao lado da Escola, convive com internos desde criancinha, e mesmo assim pode experimentar o lado de fora do mundo. Ele tem e terá a Escola por ainda alguns anos, os que precisar, até se descolar dela. Já eu, eu tenho esses meses até acabar o ano, tenho o ano seguinte, do meu terceiro, e então será o fim.

Se Godo me inveja, é pelo exato oposto: no final da tarde, não pode entrar no internato — se entrou alguma vez, foi muito rápido —, não tem as conversas entre meninos, tampouco sabe o que se passa entre as paredes do Masculino depois que nos recolhemos para a hora de estudos ou o que acontece depois que as luzes são apagadas, às dez da noite, nem nunca saberá.

Assim, o que é inveja é também alimento para uma combustão que só precisa mesmo ser direcionada para algum lado.

Dos cinco grupos de teatro que havia na Escola no ano passado, restam somente quatro. O CQSAB, com o qual eu tinha ido à Gramoteva e que pertenceu, em seu último ano, ao irmão mais velho de Godo, o Alfred, acabou extinto por falta de quem o levasse adiante. E se nós reativássemos o CQSAB? Não. Queremos mais, queremos gravar nosso nome da história da Escola contra a vontade de quem ordena e coordena as coisas.

Nosso banco, cada dia mais frouxo pelas repetidas quedas no gramado, permite que especulemos a melhor maneira de fazer ainda não sabemos o quê. Nos dias de chuva, Godo não vem. Também são poucas as pessoas que aparecem para o lanche. Não há corredores cobertos que liguem as cinco casas e a casa de Godo ao refeitório. Enfim, um problema estrutural da Escola que merece ser exposto.

56.

Werner tem mais paciência do que Godo para ensinar violão, e eu me aproveito disso cada vez que sentamos sob a sombra das árvores daquele extenso gramado ao lado do Prédio Central e ao longo do corredor do refeitório que dá no Feminino. É aqui que aprendo a gostar de "Bestinha" e de "Bonita", de "A mais pedida" e de "Mulher de fases", dos Raimundos, músicas cheias de riffs que não são tocados, algum solo de guitarra que também não é, restando apenas a guitarra base acelerada, que Werner toca muito bem.

— Pra aprender a tocar, a melhor é "Flores", dos Titãs.

— Essa eu conheço, pode mostrar como é.

— Começa com ré e sol, e vai repetindo. No refrão muda. Daí é mi e lá. E no fim, é si. Si é com pestana, daí é mais difícil.

Eu sei o que é pestana. Eu não tinha entrado no coral da Escola e ouvia Goering volta e meia na minha cabeça me dizendo que eu nunca cantaria como Renato Russo quando de minha audição para o coral. Agora isso de pestana. Os dedos doem pelo que é preciso exercitar de músculos e pelo atrito das falanges contra as cordas de náilon cobertas de aço.

Quando são abertas as inscrições para o Show de Talentos, preciso tomar uma decisão. Uma decisão antiga, ainda que nova: criar eu mesmo alguma coisa. Eu sei de onde isso vem, e é do próprio Renato Russo naquele álbum dolorido demais a que as crianças não deveriam nunca ter acesso. Mas *Uma outra estação* me chegou às mãos na oitava série, antes da Escola, e eu engoli tudo sem mastigar; agora, sem saber, tenho algo aqui para ser vomitado pelo resto da vida.

Em algum momento de "Marcianos invadem a Terra", Renato canta assim:

E o carinha do rádio não quer calar a boca
E quer o meu dinheiro e as minhas opiniões
Ora, se você quiser se divertir
Invente suas próprias canções

Goering está mais do que certo, o filho da puta. Eu nunca vou cantar como Renato, mas também nunca vou escrever como ele ou tocar violão como ele. O que eu posso fazer é escrever canções de três ou quatro acordes (nenhum com pestana), isso sim, e tentar um troféu nesse Show de Talentos.

Escrevo uma canção sobre tudo isso que acontece. E tudo isso realmente não é pouco: essas dezenas de livros, essas horas todas de debates com Godo, as conversas com Zé, o professor de idiomas, sempre tão obscuras, embora cercadas de um certo orgulho, talvez exagerado, por merecê-las.

O Show de Talentos é um fiasco. Há categorias: teatro, dança, poesia, canção, e por alguma razão — talvez as mãos suadas, a boca trêmula — não alcanço dizer o que gostaria com meu amontoado de palavras desenroladas ao longo de duas estrofes com refrão no meio e no fim. Fico com o segundo lugar e perco para alguém que cantou alguma música que já ficou no esquecimento há muitos anos. Sorte ou não, só há troféu para o primeiro colocado.

57·

A primavera traz consigo calor, e calor significa menos roupa, liberdade ou qualquer coisa que não fica clara. Bianca e eu
namoramos, porque é o que os internos fazem. Uns beijos, uns
calores. Quando descobrimos a praça ao lado do Feminino como um território nosso, começa um jogo perigoso.

Vamo na pracinha?, um dos dois diz, e a resposta é sempre
um sim gemido. Há dois bancos ali, e é preciso saber se posi-
cionar. Nos sentamos de frente um para o outro. Para tanto, é
preciso passar uma perna pelo espaço entre o encosto do banco
e o assento. Os dois fazemos isso. Nos beijamos sem a cerimônia
de minutos atrás, quando todos podiam nos ver. Agora há essas
árvores como cúmplices e cobertura, e o que elas veem é minha
mão esquerda puxando Bianca pelas costas em minha direção,
enquanto os dedos da mão direita se antecipam em pressionar
o nó formado pelo gancho frontal e a costura da parte interna
do jeans em suas coxas, aquele botão de tecido que tem uma
finalidade muito importante aqui, para depois abrir primeiro o
botão de sua calça, depois um tanto da braguilha, e em forma de

concha seguir calça adentro. Bianca suspira, mas não emite palavra alguma. Nenhum Vai, nenhum Para!, nada é inteligível. O toque da ponta de meus dedos na calcinha de algodão — sempre é uma calcinha de algodão — faz meu pau ficar mais duro do que o imaginado.

Bianca diz Chega!, enquanto me encara com seus olhos muito azuis. Sua respiração é ofegante e seus olhos encaram os meus olhos e a minha boca. Enquanto encara mais os meus olhos do que minha boca, sei que tenho de ficar parado. Quando muda a proporção e passa a fitar meus lábios, sei que vai, como agora faz, morder os seus próprios antes de tomar a iniciativa de recomeçar o beijo. Com o beijo, a mão esquerda volta a segurá-la pela banda das costas enquanto a direita acaricia seu seio direito por fora da camiseta, para depois iniciar uma investida sempre imprudente: fazer com que essa mão alcance o sutiã pelo lado de dentro e ali consiga vencer a barreira da haste de metal que faz os seios dela parecerem um pouco maiores do que de fato são. Sinto o bico de seu peito duro e a vontade que tenho é de chupá-lo exatamente aqui, como fosse possível apenas dizer Tira a roupa agora, que vou chupar teus peitos, mas sabemos que isso são hormônios, que é impossível.

Bianca diz Ai, para!, com um tom condescendente que mais provoca do que reprime. Tiro a mão de seu seio e invisto novamente na calça. Percebo que nem a braguilha nem o botão estão fechados. A mão em concha adentra a cavidade e sinto o calor de Bianca, o calor pulsante de Bianca, e o dedo médio é que faz as investidas contra o algodão amolecido pela carne quente, umedecido por seu prazer extraviado.

Ela geme baixinho e se agarra a mim. São unhas contra a pele do meu pescoço. São dentes contra dentes, os pré-molares se tocando num beijo de loucos. Faço a mão retroceder uns centímetros para adentrar a calcinha e sentir o calor e a umidade

— que escorre, que borbulha — sem a barreira do algodão, mas nesse exato momento Bianca se arruma, endurece, se ergue, diz que precisa ensaiar com sua flauta transversal, que precisa ir ao ensaio do coral, que tem ensaio do teatro, que precisa estudar antes da janta, que hoje as coisas estão corridas, que logo mais a gente se vê.

A única certeza, e talvez a única verdade que temos, Bianca e eu sabemos, é que nos veremos mais tarde.

58.

Sem passaporte, todos os alunos do segundo ano embarcam de volta para suas casas, para as férias de verão. Não será agora que nos visitaremos e passaremos alguns dias prolongando os dias de internato e a companhia que fazemos uns aos outros. Sem passaporte, mas prontos para habitar um país tão distante, obsoleto e de linguagem incomum, como se tornaram os lugares de onde viemos. Sem passaporte, sem imigração, sem nada. As linhas são invisíveis, como são invisíveis, sempre, as fronteiras. Entre cá e lá, porém, há este abismo, somente preenchido por telefonemas cada vez mais longos, por cartas cada vez mais extensas, pela procura angustiada por palavras que precisamos encontrar para dizer o que nos acontece e o que não. O que nos habita e o que nunca. Aquilo de que sentimos falta. Não é necessário passaporte para viver na falta.

PARTE III

59.

As férias são tediosas. Já não tenho os amigos de antes, os da minha rua da infância, aquele bando de hienas que agora têm outros interesses. Nem sequer bicicleta há. O pai também não está por perto, de novo. Os dias passam. Vez por outra, o telefone toca e quase nunca é alguém da Escola, mas às vezes é. Porém, somente eu ligo para a casa de Bianca, geralmente em fim de tarde — a hora que seria nossa, depois da janta, em algum canto escuro da Escola. Trocamos palavras sobre qualquer coisa. Digo que estou lhe escrevendo uma carta. Ela diz que também.

60.

Tivemos um ano de vitórias, ao que parece. No saldo, fugas para fora da Escola e para o Feminino, a vitória no Grêmio, nossas tardes de violão sob as árvores, noites de álcool, fins de tarde com os dedos úmidos, nossas namoradas úmidas. Não haveria por que a Escola nos querer bem. Por isso, e não por outra razão, descobrimos logo ao chegar para o terceiro ano que não tinha espaço para nós nas casas 1 e 5, as destinadas aos rapazes, e que portanto deveríamos morar no Masculino junto dos novatos do primeiro e do segundo ano, mais próximos destes: no térreo do internato, como no ano anterior. Havia essa carta na manga dos professores e do diretor Goldameir: quebrar nossa rotina ou nossas expectativas é também uma forma de punição.

Tobata tinha se estabelecido no 10, mas depois pegou sua bolsa e suas coisas e foi adiante, dizendo que não poderia ficar. Não sei se foi embora da Escola ou se apenas trocou de quarto. O que sei é que em seguida entrou pela porta Branco, sorriso no rosto, dizendo Cabelinho, vou morar contigo.

— Não fode.

— Vou, o Glório mandou. Disse que a gente estuda na mesma sala e que pode ser bom.

— Então tá.

Branco já é um homem, e não digo isso apenas pela postura, pela voz grave, pela barba ou pelo emaranhado de pelos que cobrem seu peito. Fala de mulheres como se já tivesse deitado com muitas delas, mas também fala de política e de filosofia, de futebol e de futuro com a certeza de um homem grande.

Gosto quando ele sorri porque posso admirar seus dentes: há um encavalamento dos incisivos laterais sobre os centrais que lhe dá certo ar sério no sorriso. O rosto inteiro sorri enquanto os dentes não. E gosto de como apara a barba e os pelos do nariz, de como mantém o cabelo sempre muito curto — com um topetinho erigido com gel, à moda desta época — e o olhar sempre atento ao que acontece à nossa volta. Ademais, Branquito foi o único de nós a topar levar adiante a ideia de dominarmos o Grêmio, mas talvez somente porque ele era o único de nós capaz de tal façanha.

Por ordem de chegada, continuo na cama de cima do beliche e com o lugar mais próximo da janela na mesa de estudos. O que mudou efetivamente com a troca de companheiro de quarto é que Branco não se importa com o rádio ligado durante a madrugada, e isso é bastante coisa. À noite, ouvimos o *Pijama Show*, que começa pontualmente às dez da noite. Pela manhã, somos despertados pela voz da Val, na mesma rádio, que entre música e outra, a maioria rock brasileiro, diz as horas e o tempo em Porto Alegre, e nos chama a despertar.

Somos secretamente apaixonados pela voz da Val.

O sino da igreja já não nos desperta às seis da manhã.

O rádio nunca desliga, a não ser durante o horário de estudos, mas só porque somos vigiados de perto pelos professores. E, no andar de baixo, com uma agravante: não é somente pela porta que os plantonistas aparecem. Não raro somos observados pelo lado de fora, através das janelas. Do breu, uma voz nos toma como de açoite e assalto para pedir silêncio, para dizer que atentemos aos estudos, para sermos mais sérios, essas coisas.

Branco e eu, além de colegas de quarto, temos algo de muito importante em comum: nossas namoradas, que agora estão no segundo ano e, portanto, se mudaram para o térreo do Feminino, dividem o mesmo quarto.

61.

[14/11/2022] Xandão: Tem gente apavorada só de vc mencionar que talvez fosse escrever um livro sobre a Escola

[14/11/2022] Rafael: hehehe

[14/11/2022] Rafael: que bom

[14/11/2022] Rafael: já tô escrevendo

[14/11/2022] Xandão: Já cogitaram até uma facada pra evitar a publicação rsrsr

[14/11/2022] Rafael: hahaha

[14/11/2022] Rafael: sabe que facada vira eleição, né

[14/11/2022] Rafael: tu aparece logo no início

[14/11/2022] Rafael: mas eu fiz uma tabela de nomes, então não dá pra saber quem é quem

Um dia avisei num post de Instagram que tinha terminado um livro novo. Foi em 25 de outubro de 2013. A foto, um imenso FIM na tela do arquivo com o original. Muitos likes, muitos comentários. Quem não sabia do que o livro tratava — todos que não sabem o que querem dizer as sílabas conjugadas de Evangélica, seu título até então —, dizia Parabéns!, enquanto nas mensagens privadas apareciam outras preocupações. Pessoas com quem não falava havia anos, que não eram do meu interesse — por não terem sido meus colegas, por serem conhecidos distantes, por ser Xandão e por eu quase não ter (ou não ter de fato) nenhuma lembrança boa dele, essas coisas — e que tomavam a liberdade de enviar mensagens.

Essas pessoas decifraram o código logo de cara. Sabiam que Evangélica não significava uma moça de saia jeans apertando uma bíblia contra o peito [a vocês que acreditaram nisso, minhas desculpas], mas sim aquele lugar onde moramos simultaneamente e que nos deixou um legado de silêncios que não poderiam — fui entendendo com o tempo — ser verbalizados em momento algum, como se o período na Escola trouxesse consigo esse pacto de calar toda e qualquer história que nos dissesse respeito.

Xandão soube de tudo antes, porque nunca parei de falar com alguns dos guris. Dizia que tinha muita gente curiosa pelo livro. Essa *muita gente*, eu sabia, era a meia dúzia de cretinos com quem nunca mais esbarrei, por sorte, e que foram meus colegas de internato: os guris do Ensino Médio, um e outro do Magistério, agora todos enrolados em bandeiras do Brasil chorando a ausência de um presidente tão tacanho quanto eles, esperando a volta de um messias falho, com as tripas emendadas e centenas de milhares de mortes nas costas.

É bom ter cuidado com aquilo que tu vai escrever, disse Xandão certa vez. Tem gente a-p-a-v-o-r-a-d-a, ele enfatizava. Respondi que não era caso de se preocuparem, que não escreveria nada que os incriminasse. Mas a surpresa veio mesmo de Tado, que não pensei fosse capaz de se importar tanto com algo que eu escrevesse a respeito daqueles nossos anos.

[08:52, 16/03/2024] Rafael: tô revisando o livro

[08:52, 16/03/2024] Rafael: daí lembrei dumas histórias do 38

[08:52, 16/03/2024] Rafael: o dia que chutei a cabeça do jean-
-luc

[08:52, 16/03/2024] Rafael: o dia que costeleta quebrou a lâmpada

[08:53, 16/03/2024] Tadinho: E o dia que ele foi cortar os cabelo do brioco com o estilete do luk

[08:53, 16/03/2024] Rafael: HAHAHAHAHAHA

[08:53, 16/03/2024] Tadinho: Aí o luk descobriu e ficou doi-do com ele

[08:53, 16/03/2024] Rafael: coitadinho do luc

[08:53, 16/03/2024] Rafael: coitadinho porra nenhuma

[08:54, 16/03/2024] Tadinho: Vc perseguia ele

[08:54, 16/03/2024] Rafael: moleque fedia a queijo estragado

[08:54, 16/03/2024] Tadinho: Terminou?

[08:56, 16/03/2024] Rafael: de revisar?

[08:56, 16/03/2024] Tadinho: De escrever

[08:56, 16/03/2024] Rafael: tá tendo a minha revisão, mais três ou quatro

[08:56, 16/03/2024] Rafael: sempre alguém tem um pitaco

[08:56, 16/03/2024] Tadinho: Pessoal da Escola?

[08:57, 16/03/2024] Rafael: não não, galera da literatura

[08:57, 16/03/2024] Tadinho: E quem vai contraditar as his-tórias?

[08:58, 16/03/2024] Rafael: é literatura, não é documentário

[08:58, 16/03/2024] Tadinho: Sua cabeça era meio pancada pra lembrar as coisas certinho

[08:58, 16/03/2024] Rafael: aí é que tá

[08:58, 16/03/2024] Rafael: o que não se lembra se inventa

[08:58, 16/03/2024] Rafael: :)

[10:33, 16/03/2024] Rafael: [E quem vai contraditar as histórias?] vou usar isso aqui de epígrafe, de tão bom que é

[10:33, 16/03/2024] Rafael: hahaha

[10:35, 16/03/2024] Rafael: a resposta certa deveria ser "escrevam suas respostas", mas como sei que tem gente no meio da galera que nem escrever sabe, daí seria uma covardia

[10:49, 16/03/2024] Tadinho: Vc iria receber várias cartas

[10:51, 16/03/2024] Rafael: Dispenso

62.

Em sala de aula, a enfadonha tarefa de encarar o Magistério. Todo o terceiro ano deve servir para nos preparar para o cruel ofício de lidar com as faltas de pai e mãe, saneamento básico, o mínimo de assistência social, saúde e todo tipo de mazela que os brasileiros aprendemos pela vivência ou pelo discurso.

Eu não quero lecionar, eu quero transar. Transar e beber. Beber com meus amigos e com Bianca, transar por horas a fio com Bianca, planejar com ela uma vida, quem sabe próxima de nossos amigos? O futuro é um mistério maravilhoso que não nos dá tempo de pensar em como moldar à maneira ocidental as cabecinhas cruas das crianças das séries iniciais mostrando a elas que isso é possível.

Apesar de tudo, é preciso passar por essa fase para alcançar o lado de fora da Escola: não há bolsa de estudos para os repetentes na Evangélica, por isso eles nunca retornam para refazer uma série. Assim, ainda que estejamos com os pés no freio — em vão, claro, como um caminhão desgovernado serra abaixo — para tentar impedir que o tempo passe, ainda assim somos obrigados a pensar num depois obscuro, porque realmente distante de qualquer luz que nos ilumine.

Em sala de aula, somos minoria: os guris do internato que nos eram próximos estão pulverizados entre uma turma de Ensino Médio e as duas turmas do Normal. Há as externas, aquelas figuras provocativas que têm vida fora da Escola e vêm aqui toda manhã por escolha própria. Nada disso nos dá a sensação de poder de quando estamos juntos, os guris todos em torno de alguma tarefa obsequiosa, como trazer garrafas de bebida para dentro do internato ou inventar uma fuga, arquitetar uma maldade, especular um amor eterno e fugaz como qualquer amor da juventude.

Didática da matemática, da língua portuguesa, das ciências, dos estudos sociais, currículo e didática, didática por ela mesma, didática com ovo frito, frango ao molho de didática. O ano passado já não havia sido fácil, mas o Magistério nos exige ligar o piloto automático, e é exatamente o que fazemos.

63.

Godo finalmente cria laços com o internato. Laços que nunca havia conseguido antes, pois apesar de viver ao lado da Escola e de conviver comigo e com Werner, que também vive aqui dentro, não tinha ainda se relacionado com uma interna da maneira como faz com Sabrina. Ela, uma menina do interior do Mato Grosso do Sul, que no primeiro ano se aproveitou de uns quantos velhacos que também se aproveitaram dela, agora namora com o Godo, que nunca tinha demonstrado lá grandes intenções de querer uma namorada.

A presença de Sabrina na vida de Godo não nos impede de dar seguimento ao plano que começamos no ano passado, entre queda e outra do banco de madeira que nos faz cair com a parte de trás da cabeça no gramado. Antes de qualquer coisa, precisamos discutir o nome do grupo de teatro. Antes mesmo de saber se podemos criar um grupo. O banco cai, e cai outra vez, rimos até doer a barriga. Preciso de mais tempo, digo a ele. Acho que eu também, ele me diz.

No dia seguinte, hora do lanche, Godo à espera, andando de um lado para outro. Diz que pensou em alguma coisa, mas quer conversar. Digo que também pensei, e que temos que conversar. Alguém diz Entreaspas.

— Por quê?

— Porque todo grande pensamento está —

Nossos rostos virados num sorriso grande. É necessário ir atrás da professora Amanda para anunciar que temos um grupo de teatro, que precisamos registrá-lo, que já temos os integrantes (mentira), que já temos o texto (mentira), que temos o controle de tudo (mentira, mentira, mentira).

Os dias que se seguem são dedicados a isso: criar um texto dramatúrgico, arrumar gente para o grupo. Na função da escrita, apenas Godo e eu. Queremos algo sério, complexo, uma boneca russa à maneira de como entendemos superficialmente a filosofia de Berkeley, e mais ou menos assim: um escritor, que está em pleno processo de escrita, se apaixona por uma de suas personagens. Como essa relação é impossível, e porque a personagem nem sequer percebe a *existência* do escritor, ele se vinga: acaba por destruir a vida da personagem matando o homem que ela ama. A personagem resta absorta, mas logo arquiteta sua vingança contra seu criador. No entanto, justo quando vai executar essa vingança, o escritor lhe garante que não é culpa dele, que há um criador maior por trás dessa criação. Assim, personagens e escritor vão atrás do criador maior, um escritor que escreve a história do escritor que é perseguido por suas personagens.

Há diversas questões aqui, pois o escritor maior é Deus, o mesmo Deus de que fala o pastor Amâncio nas reflexões de quarta-feira. Refletimos sobre o quanto nosso texto pode ser compreendido como um texto ateu, e floreamos até que seja possível lê-lo apenas como um texto metafórico.

Escrevemos e reescrevemos, de novo e de novo, enquanto convencemos as pessoas mais próximas a aderirem ao Entreaspas e abandonarem os grupos de teatro de que fazem parte. Convencemos Bianca e Juliana, Branco e Ezequiel — o colega de aula insuportável que ninguém sabe como veio parar aqui.

As cenas são rápidas, mas são muitas. Dar conta de destrinchar a ideia e fazer as pessoas compreenderem (didática do teatro?) do que estamos falando tira o sono de Godo, tira meu apetite. Começamos a ensaiar ainda nos dias quentes de verão, avançamos pelo outono: a seleção será logo antes das férias de inverno, quando acontece a Gramoteva.

Por não ter como fazer diferente, Branco e Juliana são um casal no palco por causa de uma cena de beijo que criamos. Bianca e eu somos também um casal. Godo é o escritor maior, aquele que, no fim de tudo, será confrontado com sua loucura, a de criar mundos e não se responsabilizar por eles.

Nessa cena, Godo é interpelado por todas as personagens que aparecem durante a peça. Sucumbe à insanidade, ao desvario, grita para que o deixem em paz, mas as personagens não o abandonam.

Elas nunca nos abandonam.

64.

O tanto que estou acostumado a ver o corpo de Bianca corretamente coberto com roupas, não estou a vê-lo descoberto, mesmo que meus dedos tenham feito avanços sinceros nestes últimos tempos: na praça do Feminino, os dedos não se limitam mais a sentir o calor e a umidade através do algodão. Entre as evoluções ondulantes do corpo de Bianca junto do meu, eu tateio seus humores, suas dobras e seus líquidos, e empurro primeiro um, depois dois dedos pélvis adentro fazendo sair de sua boca um protesto choroso, uma bênção engolida, um gemido e um sopro.

Quero dizer Pega no meu pau como eu acaricio a tua buceta, mas as palavras não vêm, muito menos a coragem de dizê-las.

Minha sorte é a presença de Branco, que tem mais coragem, mais audácia e é mais inteligente do que eu.

Foi de tanto visitar Juliana no quarto que ela divide com Bianca que Branco descobriu como fugir e como voltar sem dar bandeira. Logo, me associo a ele, mas não exatamente por bondade: Branco imagina que Juliana não *se solte* porque Bianca está no mesmo quarto pequeno e pode ouvir tudo. Por isso, ele precisa de uma distração para Bianca, e por isso me chama a participar de suas incursões ao Feminino. É o que fazemos tantas vezes que se torna rotineiro. As olheiras dos quatro cada vez mais marcadas, como se sempre tivessem estado ali.

Saída engenhosa: a pivotante do banheiro do primeiro andar do Masculino. Depois, caminhar até o muro, pular para fora, percorrer a calçada rente à Escola até alcançar os fundos do Feminino, pular para dentro, encarar o prédio enorme e calcular as janelas: o quarto de Bianca e Juliana é aquele, sexta janela da direita para a esquerda. Não há numerais nas janelas, infelizmente.

Entramos. A janela sempre entreaberta. Tiramos o grosso da roupa para nos deitarmos com nossas amadas. Ninguém conversa, não estamos ali para isso. Começam os beijos, os afagos. Bianca com esse pijama de malha fina que permite adivinhar seus seios, suas carnes todas, seus pelos. É somente aqui que ela cede e também me procura: um momento, um fino momento em que a vontade extrapola a consciência. Os dois nos masturbamos como rebeldes em busca da redenção, como náufragos que já desistiram de uma ilha. Gozamos como quem se importa, entre beijos e carinhos.

Eu quero te sentir por dentro, Bianca, deveria ter dito, mas não sei ainda ordenar essas palavras.

Certa vez, choveu uma chuva de dias. Branco não quis desistir do plano e por isso fomos mesmo assim. Janela do banheiro, muro para fora, muro para dentro, lado de fora do Feminino, contagem das janelas. Logo que entramos, vimos que não era aquele o quarto nem eram aquelas as nossas gurias. As meninas que ali dormiam não nos ouviram entrar e não nos ouviram sair pela porta e adentrar o quarto ao lado, o de Bianca e Juliana. Foi numa noite de terça-feira.

Na manhã seguinte, à espera da entrada para o café, uma tensão pegajosa fazia todos se manterem em silêncio, amontoados perto da porta.

Perguntei o que estava acontecendo.

— Parece que invadiram o quarto da Amábile e da Franciane.

— E como ficaram sabendo disso?

— Quando a Norma foi dar bom-dia pras gurias, viu as marcas de lama nas janelas e no chão do quarto. Daí ela começou a gritar com elas.

— E as gurias?

— Tão chorando até agora, mas parece que não sabem de nada.

De fato, elas não sabiam. Não era preciso gritar com elas. Bastava terem reparado a tempo os fundos do Feminino para evitar a lama, bastava terem marcado nas janelas os números das portas dos quartos.

65.

No primeiro ano, fomos a um concerto da Orquestra Sinfônica de Porto Alegre. Era domingo e era um concerto de demonstração, de apresentação da orquestra e dos instrumentos que a compunham. O meu preferido é a viola, disse o maestro, ela tem o som mais bonito da orquestra. Não foi pensando em outra coisa que, no meu momento de escolher um instrumento para tocar, lá no primeiro ano, disse preferir a viola ao violino. Eu sempre pensei que aprender a tocar um instrumento não fosse nada enfadonho, mas o método da laranjada doce,

la-ran-ja-da-do-ce,

somado às partituras que tínhamos que solfejar, era de dar asco. Não disse nada sobre laranjadas ou solfejos a Maristela, a novata que tive no segundo ano e que se mostrou, desde o primeiro contato, uma pessoa muito especial, mas quando ela me contou que estava em dúvida sobre qual instrumento começar a tocar, não pensei duas vezes. Escolhe a viola, disse a ela, a viola tem o som mais bonito da orquestra. E assim ela fez.

Hoje voltamos a Porto Alegre, mas para um concerto diferente. Quem se apresenta é um violinista estrangeiro, e a exibição acontece numa igreja nos arredores da rua da Praia. Vou de mãos dadas com Bianca, e defronte à igreja ela olha os sobrados carcomidos pelo tempo e me diz que eu deveria morar num sobrado daqueles.

— Ah, é? Por quê?

— Porque deve ser assim a casa de um poeta.

A pergunta a seguir, simples e tão direta, não me passa pela garganta. Não gostaria de saber que ela não estava pronta para me dizer que não, não viveria comigo uma vida dessas, não moraria nunca num sobrado desses.

O concerto é bonito, embora eu somente pense na paisagem que Bianca me apontou, naquilo de ser poeta, em sua mão posta na minha, o calor, as pulsações. Enquanto retornamos, no momento em que o ônibus passa sob uma passarela ao lado da rodoviária, olho para cima e vejo três figuras tão conhecidas e tão fora do lugar naquela paisagem que dou um salto no assento.

— Bia, olha ali!

Ela tapa a boca com as mãos e ri.

— São eles? Será?

— Parecem muito!

Depois eu soube que era dia de jogo do Grêmio, que os guris tinham saído para ver, que o Grêmio afinal tinha ganhado a partida e que ali, naquele momento, eles comemoravam: na passarela, vemos Branco, Cleber e Tarso, que além de gremista é filho de Goldameir, e também uma bandeira e uma toalha de banho (?) com a insígnia do tricolor porto-alegrense.

No dia seguinte me contaram como a noite terminou: tendo subido no último ônibus para a Escola, Cleber e Tarso deitaram Branco no assento do fundo do veículo, o coitado mal conseguia se manter em pé, e dele se esqueceram até surgir um rastro de líquido que ia para a frente e para trás no piso do coletivo, e que cheirava mal: Branco precisou de ajuda até mesmo para vomitar.

Chegaram à Escola com Glório já no portão à espera deles. Tarso foi para sua casa, no térreo da Casa 1, enquanto Cleber foi advertido de que, caso não ajudasse Glório a dar um banho no coitado do Branco, sua situação ficaria ainda pior. Foi a segunda vez que Glório deu banho em Branco.

66.

Conseguimos juntar as melhores pessoas em torno do Entreaspas, até quem não sabia nada de teatro ou de arte ou de qualquer coisa, como o Cleber. Fato é que precisávamos de quórum, e que ele fosse diverso: meninas e meninos, velhacos do terceiro, do segundo, e novatos. Conseguimos. Somos, sem dúvida, as melhores pessoas. Resta apenas conseguir montar o melhor espetáculo.

Ezequiel, o xarope do violino, dá mais opiniões do que lhe é autorizado. Foi chamado para preencher uma lacuna, porque passava pelo corredor no exato momento, algo parecido. O nome da peça, que veio antes de o texto ficar pronto, é *Será?*, mais uma alusão à Legião Urbana, e o refrão da letra da música é o que dá a ignição para o restante do conflito.

Temos dois caminhos desde quando isso começou: pode dar muito certo ou pode dar muito errado, mas a cada visita da professora Amanda e a cada vez que seus olhos se abrem enquanto falamos do que pretendemos fazer, vejo que estamos no caminho certo.

Acontece que não entendemos nada de teatro.

Mas temos vontade. Vontade basta? Temos que derrotar os outros grupos da Escola que estão montando seus espetáculos agora mesmo, mas mais: precisamos inscrever nosso nome no panteão dos grupos de teatro da Evangélica que foram à Gramoteva.

Nunca houve esse panteão.

Seguimos construindo o texto. São tantas cenas, e tão quebradas, que parecem cenas ruins de uma novela a que ninguém assiste. Godo diz que é assim mesmo, que as pessoas precisam exercitar a cabeça. Não podemos entregar algo fácil.

— Não podemos entregar nada fácil — ele repete, volta e meia.

Godo tem mais necessidade de ver isso dar certo do que eu. Ele se esforçou um tanto para ir à Excursão Artística e foi tão cretinamente excluído dela que entendo seu esforço para fazer desse espetáculo a nossa própria excursão.

67.

Branco insiste para que eu vá com ele à cidade de seu pai, um município desses que tenta ser europeu mesmo que cravado na América Latina. Uma desgraça. Diz que haverá um show e poderemos ir. Dois shows: Legião Urbana e The Doors cover. Como é também a cidade de Bianca, e ela viajará para casa naquele feriado, eu aceito a proposta. Parece bom.

Quando chegamos à casa dele, do seu Rufino, não é à toa que Branco dá um passo atrás e me deixa sozinho de frente para a porta, que é aberta por sua madrasta, uma senhora de sotaque carregado e olhos engrandecidos pelas lentes dos óculos.

— Branco, tu trouxe uma amiga! Que linda!

Respondo dizendo Olá, eu sou o Rafael. Ela desfaz o sorriso generoso de antes para emendar outro, forçado.

— Ah! Rafael! Entra, entra. Seja muito bem-vindo — o sotaque alemão me fazendo retornar direto para a Escola e para a cidade onde eu nasci.

Tirando a primeira refeição, em que todos riem sempre que o velho mais velho, pai da madrasta de Branco, diz *Frau, Frau* e alguma coisa, a viagem tem um gosto bom.

Nosso primeiro destino é Maratá, um município muito pequeno que também tem uma festa muito famosa e onde é difícil chegar de ônibus. Ninguém avisa que o mais difícil é sair de lá. Vamos porque apareceu mais esse show da Cidadão Quem, uma das bandas que toca na rádio e que nos desperta, vez ou outra.

Há alguns internos por aqui, entre os quais a rainha da festa, que veste uma fantasia de princesa, dessas que as rainhas de festas de interior usam. Branco e eu somos os únicos do terceiro ano. Bianca está aqui também, com outras gurias de sua turma; o interior parece maior que o mundo nessa hora. O show da Cidadão é uma pena, porque ninguém ali, nem nós, conhece as músicas. A única vez que todos cantam é quando a banda toca o sucesso da Nenhum de Nós, "Paz e amor", a febre da época.

Eu sou gamado na baterista da Cidadão de um jeito inexplicável. Acho que Bianca fica com ciúme de como eu encaro a moça.

Bebemos, e bebemos muito. É noite e a festa está vazia — sem Bianca, sem as gurias, como isso foi possível? Procuro por Branco do lado de fora da cerca que divide os pagantes dos demais. Há um carro de polícia indo em velocidade de um lado para outro. Numa ponte, em cujo parapeito há flores plantadas, encontro Branco, que arranca as flores e as atira no rio que passa embaixo. Penso que não devo atrapalhar esse processo. Vou atrás de uma parada de ônibus onde me sentar.

Não era esse o plano? Voltar para casa?

Da parada de ônibus, vejo o carro da polícia ir na direção de Branco. É ele quem procuram? Difícil. De repente, um, dois tiros atravessam a noite e a viatura policial vai verificar de onde saíram. Branco, que havia descido o barranco ao lado da cabeceira da ponte, reaparece.

— Vamo nessa, piá? — Minha voz não demonstra o medo que sinto dele agora.

— Pra onde, seu merda? Só se for pro inferno!

Concordamos que o melhor talvez seja caminhar: não vai haver ônibus antes que o dia amanheça. São mais de trinta quilômetros. Conseguimos carona na caçamba de uma caminhonete que nos deixa, apenas por acaso, na casa dos internos que havíamos encontrado na festa, algumas horas antes. Somos bem recebidos, até. Branco não bebe mais até a hora de o ônibus passar.

Na noite seguinte, depois de dormir o dia inteiro, vamos ao tal show improvável das bandas cover de Legião Urbana e The Doors. A mistura dá certo, embora a primeira banda me toque mais que a segunda. Bianca está ali, novamente com outras gurias, e estamos todos um pouco bêbados. Peço a ela que alongue a noite com a gente, Branco e eu, mas ela precisa ir para casa.

Bianca sempre precisa fazer alguma coisa que não seja ficar comigo. Mas isso, penso, é coisa menor perto de até onde chegamos: temos um namoro, temos nossas mãos a serviço de nossas vontades, temos unhas e dentes para gritar e grafar no outro o que as palavras não conseguem.

68.

O que a Escola parece ter de séria no que diz respeito a nos manter longe do álcool — embora essa seriedade esteja focada em nos fazer parecer distantes —, não tem em nos pôr a serviço dele. Os guris que trabalham no restaurante conheceram, sabe--se lá por quais vias, os donos de uma distribuidora de bebidas que fica perto da Evangélica, e dali veio o primeiro convite para trabalharmos no Kerbfest.

O Kerb é uma dessas festas comuns em zonas de imigração alemã: música ruim, chope barato, pessoas que em geral são muito sérias e caladas se deixando levar pela embriaguez até a primeira briga, até o contato do rosto com o chão de brita.

Somos contratados aos bandos, os guris da Evangélica, para servir o chope. Alguns enchem os copos, outros os entregam aos pagantes, que nos entregam uma ficha de papel suada, rasgada, rota, enfim, em troca de um copo de bebida. A frase mais ouvida aqui é Sem colarinho, porra!, enquanto os responsáveis dizem para manter o colarinho, que é dali que vem o lucro. Quanto mais tarde, mais alto os clientes gritam e batem com a mão no balcão, e mais alto respondemos que o chope Tá certo, é isso aí, e eles se viram, revoltados, e esquecem a revolta tão logo metem a boca na borda do copo de plástico e o líquido é entornado goela adentro. Até que acabe o copo, há silêncio, para depois recomeçar a reclamação. Sem colarinho, porra!

Ganhamos vinte reais por noite. Na hora do retorno, Glório nos espera para ver se não bebemos enquanto trabalhávamos.

69.

As coisas vão bem. Ou as coisas iam bem. As coisas, na verdade, deixaram de ir bem nesse fim de semana. Como é comum, quem mora mais perto vai para casa pelo menos uma vez por mês. Nós, do terceiro ano, vamos o menos que podemos. Nisso, acontece de Bianca avisar em cima da hora que vai para sua cidade, que seus pais querem vê-la.

Ok, Bianca, faz o que tu quer.

Feriadão.

De repente, começamos a enxergar quem até então não tínhamos visto: um novatinho com os dentes muito tortos, uma novata com quase dois metros de altura e Vitória. Mas eu já havia reparado em Vitória, muitas vezes, sempre o olhar perdido na novata que é irmã de Paula, que deixou a Escola ano passado e com quem o Schnapps namorou.

Um feriadão de quatro dias dentro da Escola equivale a semanas. Assim imagino. Foi por isso que tudo aconteceu de forma tão rápida: a imagem de Bianca, que havia deixado a Evangélica na véspera, já era algo borrado na quinta-feira. Na sexta, o tempo que temos livre nos feriados, tirando a escala de trabalho, permite uma aproximação: Quem sabe a gente não senta no gramado para conversar? Quem sabe a gente não sai depois da janta? Quer ler meu caderno de poemas? De repente, Vitória não sai do meu lado, embora ainda como bons amigos. As pessoas devem reparar, devem pensar em Bianca. Eu não penso.

Vitória é o oposto de Bianca: morena, cabelos negros encaracolados, desinibida, olha forte nos olhos e pronuncia as palavras com um sotaque do Espírito Santo através de seus dentes grandes e lábios grossos.

No sábado, nos provocamos com olhares desde a hora do café até o meio da tarde, quando eu, com meus freios puxados, sou puxado pela mão por ela, que me diz que sabe o que eu quero.

— Vem cá. — A mão na minha mão, o ímã mais forte que pode haver neste momento.

— Mas tá de dia! O que tu tá pensando em —

Vitória me beija com uma força que até então eu nunca tinha experimentado. Ela continua a me puxar pela mão: subimos uma escada lateral do Prédio Central e nos sentamos diante da porta, protegidos lateralmente pelos batentes e frontalmente por uma folhagem alta que está ali para esconder essa porta, há anos inutilizada.

Voltamos a nos beijar, e é tudo muito rápido. Sua mão dentro da minha calça, minha mão dentro do seu short, meus dentes contra seu pescoço, suas unhas contra o meu. A surpresa com seu short já completamente molhado passa rápido. Invisto com um dedo, dois dedos para dentro, e ela me guia a mão, diz para investir ali, assim: Vai e vem, vai e vem! Em um minuto ou dois, Vitória goza lindamente em meus dedos, em mim todo, na tarde de um sábado que terá ainda uma noite de trago e um domingo pela frente.

Quero que Vitória goze todo dia comigo.

Imediatamente, ela me afasta pelos ombros e me diz, séria, Ninguém pode saber que isso aconteceu.

Pergunto O que ninguém pode saber?, e ela aponta o chão úmido: Isso!

Desperto cedo para o café. Talvez Vitória também apareça e possamos repetir a dose, mas não. Aguardo até a hora do almoço, quando ela sai do internato. Não nos beijamos em público. Ela me diz que não quer problemas, eu entendo. Que é novata, eu entendo. Não vai ter problema nenhum, Vi, te garanto.

— Mas e a tua namorada? Bianca, né?

— Nisso eu dou jeito.

A Vitória de hoje não é a Vitória de ontem. Digo a ela que não vai ter problema nem com velhacas, nem com Bianca, com ninguém! Ela acredita a ponto de caminhar comigo pela Praça Central, e me assusta quando põe sua mão na minha, dedos entrelaçados. Olho para ela perguntando Mas que porra?!, e é justo quando os pais de Bianca entram de carro na estradinha trazendo a filha de volta para a Escola. Domingo. É aqui que as coisas realmente começam a dar errado.

70.

Godo está mais puto comigo do que as gurias, amigas de Bianca — Sabrina aí incluída —, com a minha traição. Traição humilhante, na frente dos pais, para quem ela sempre falou bem de mim. Mas ele está realmente puto por causa da peça. Não pode dar errado, não pode!, e eu concordo movimentando a cabeça e falando, ao mesmo tempo: Não vai dar errado. Deixa que eu conserto essas coisas.

O par romântico que eu fazia com Bianca muda de configuração. Decidimos isso entre nós e somente informamos: quem vai fazer o papel do Rafa é o Werner; o Rafa, daí, vai no papel do Werner e tá tudo certo. Bianca assente com desdém, um tanto faz que machuca mais pelo não do que pelo dito.

O que tinha para ser resolvido, resolvido está. Eu estou solteiro e sei que nenhum amigo meu resolveria investir em Bianca. Mas o contrário não é uma verdade.

Quero mostrar a ela que eu também sei espezinhar, e assim o faço.

Bianca forma parte num grupo de quatro gurias: ela própria, que até pouco tempo atrás namorava comigo; Sabrina, que namora há pouco tempo com Godo; Juliana, que namora e também transa com Branco, e Helena, a mais misteriosa das quatro, que nunca ficou com nenhum guri da Escola. É irmã de uma ex-aluna, vem de longe, tem um sobrenome nobre, embora seja bolsista como todos nós, e tem os incisivos centrais levemente encavalados, o que lhe dá uma certa graça.

Minha técnica de aproximação vem sendo a mesma desde o primeiro ano: empresto meu caderno de poemas, todos muito ruins para serem chamados poemas, e em seguida o tomo de volta. Como ninguém ali se dá conta de que são poemas ruins, esse empréstimo acaba funcionando como um ativador da curiosidade alheia: Por trás desse guri de cabelo comprido, vários brincos nas orelhas, alguma rebeldia e essas coisas de quem é jovem, existe um coração latejante etc. Cafonices dessas que sempre dão certo. Tinha dado certo com Vitória, que depois de afrontar Bianca com nossas mãos dadas, não quis mais saber de mim, e deu certo com Helena, que não calculou muito antes de nos beijarmos num fim de tarde, quase à vista de todos, inclusive de suas amigas Bianca, Juliana e Sabrina. Não corre riscos, as gurias não tentarão nada contra ela. Mas com certeza se utilizarão da melhor arma que têm, e Helena agora não estará mais naquele grupo; não estará mais em grupo algum. Essa arma costuma ser a mais efetiva.

71.

É fim de tarde de um dia frio. Entro no 10 depois de ter me encontrado com Godo e o que vejo ao acender a luz é Branco sentado em sua cama, na parte de baixo do beliche. Ele levanta a cabeça em direção à minha voz sem entender direito o que acontece.

— Ô piá! Tá vivo?!

Não responde.

— Vai tomar banho antes que te vejam nesse estado.

— Apaga a luz, piá — diz num balbucio de ébrio.

Apago a luz e vou para o banho. Dali a dez minutos, quando retorno, vejo as costas de Branco, deitado de lado, apoiado num dos cotovelos, no esforço abdominal do vômito, e o filho da puta está vomitando entre a cama e a parede.

Entre a cama e a parede!

— Ô seu bosta! Vomita pra cá! Aí não dá pra limpar, caralho!

Branco responde com mais vômito, com mais espasmos abdominais, nem uma palavra.

— Eu quero essa merda desse quarto limpo quando eu chegar da janta, tá ouvindo?

Ele faz que sim com a cabeça.

Todos os guris já tínhamos vomitado umas quantas vezes em função de bebedeira. De vinho, de cachaça com Coca-Cola, de vodca, de vermute, de qualquer coisa que embriagasse. Mas vomitar no quarto era diferente. No chão do quarto.

Branco deu seu jeito. Enquanto jantávamos, ele se empenhou, à sua melhor maneira, em limpar com um pano úmido o piso de tacos. Quando volto da janta, me recebe com um sorriso humilde. O quarto recende a um perfume vagabundo que ele havia ganhado de presente de sua mãe.

— De alguma coisa serve esse perfume — me diz.

— Pois o vômito cheirava melhor — respondo.

— É só deixar a janela aberta.

— Pra te atirar por ela, só se for.

72.

Meu romance com Helena dura o tempo que tinha que durar: quase nenhum. Sinto falta de Bianca, mas sinto mais falta da intimidade que havia conquistado com ela. Não é isso que segura os casais? Depois da janta, nos sentamos, Helena e eu, no muro da calçada que leva às Casas 3 e 4. Digo a ela que tenho algo muito importante para falar. Ela me diz que também. Digo a ela que comece — de alguma forma adivinho o que está por vir —, e após uma pausa dramática Helena solta, como num suspiro:

— Eu tô realmente gostando de ti.

Pronto. Era o que eu jamais queria ouvir. Era o que não poderia ser dito, mas dito foi. Era o que eu adivinhava nos olhos misteriosos de Helena.

— E tu, o que tu tem pra me dizer? — Em suas palavras há, mais que tudo, coragem.

— Eu vou ser sincero. Eu gosto de ti, mas eu ainda gosto muito da Bianca. Não dá pra conciliar essas duas coisas. E eu não quero mais atrapalhar a amizade de vocês. Eu prefiro que —

Helena se levanta do muro e sai caminhando em direção à entrada do Feminino sem olhar para trás. Enquanto mulher, ainda que adolescente, já sabe que minhas palavras não têm nada de verdade. Talvez Helena tenha ouvido o que eu realmente dizia com meu tiroteio de palavras: Eu quero comer Bianca e venho trabalhando nisso há tempos, e eu sei que vai demorar ainda mais tempo pra isso acontecer contigo.

E o tempo, a essa altura, já se sabe escasso.

Não demora para que a notícia se espalhe. Talvez Helena tenha chegado chorando ao internato e alguém tenha lhe perguntado o que tinha acontecido, e assim ela respondeu que havíamos terminado, que eu havia terminado com ela, e de boca em boca a notícia chegou aos ouvidos de Sabrina, que viu na ocasião grande oportunidade de restabelecer a ordem das coisas, e Sabrina deve então ter falado com Juliana, colega de quarto de Bianca, e assim as duas conversaram.

Se até ontem Bianca nem sequer olhava em minha direção, o dia hoje começou diferente. Trocamos olhares no café da manhã, nos esbarramos indo para as aulas, mais olhares trocados antes da entrada para o almoço, e durante o almoço, para no fim da refeição eu finalmente ter certeza de pronunciar a ela algumas palavras: Vamos conversar?

— Depois.

— Depois quando?

— Na hora do lanche. Agora preciso varrer o internato.

— Tá bem.

O simples fato de ela aceitar uma conversa já revela que podemos nos reconciliar. Não, claro, sem antes haver queixas, lágrimas, um soco leve, embora furioso, no meu peito, e um beijo molhado para demonstrar que nos amamos — à maneira dos adolescentes, com tesão e fúria, mas isso também é amor, ninguém ouse dizer o contrário.

243

A partir de então, os ensaios para a peça voltam a ser fluidos, as bebedeiras de sábado à noite voltam a ser divertidas, as tardes de violão e descanso voltam a ser familiares. As gurias meio que se reconciliam com Helena, que não ficará com mais ninguém até terminar o ano (depois, já não sei), e acabará encerrada nos mistérios que carrega, no mistério que ela própria é.

73.

Sábado à tarde. Werner e eu decidimos fazer a mistura alquímica: um litro de Coca-Cola, um litro de cachaça. Bebemos no 10, e entre gole e outro uma ideia muito, muito boa.

— Vou furar minha orelha, me ajuda.

— Mas já tem seis furo aí, quer mais pra quê?

— Me ajuda, ô bosta!

O plano: esquentar uma agulha de costura na chama de uma vela e atravessar a cartilagem num golpe só.

O plano não dá certo: a agulha emperra antes mesmo de atravessar a orelha. Não vai nem pra frente nem pra trás.

— Deixa que eu tiro — digo.

Arranco a agulha com dificuldade.

— Vamo fazer uma tatuagem, então — digo.

— Como? — A pergunta de Werner é legítima.

— A gente esquenta a agulha e põe contra a pele.

— Acho boa ideia, mas primeiro vamo esterilizar.

— E como vamo fazer isso?

— Com a canha, oras.

Werner pega a garrafa de cachaça e deixa correr um pouco na agulha, outro tanto na minha perna, do lado de dentro da panturrilha, onde decidi fazer uma marcação.

— O que tu vai tatuar?

— Uma cruz virada.

— Tchêêê, isso aí não sei, não.

— É só uma cruz virada, tem nada de mais.

— Então eu também vou tatuar. Mas uma cruz pra cima.

Eu, mais embriagado que ele, começo a função. Quando a agulha está bem vermelha, Werner a manipula com o pano que serve de proteção para os dedos que a seguram e a coloca contra a minha pele. Tudo fica muito claro, depois escurece. Faz primeiro a linha horizontal, mais curta. Em seguida, torna a aquecer a agulha. Dessa vez, faz a linha vertical, mais longa e mais dolorida. Tudo clareia rapidamente ao toque do metal na pele para logo voltar a escurecer.

— Agora vou fazer a minha.

— Quer que te ajude?

— Não. Eu dou conta.

Assistir à bizarrice dói mais do que a pele que ainda queima. Werner se dedica a fazer uma cruz à maneira cristã, e enquanto assisto não largo a garrafa de Coca com canha, bebendo goles mais largos do que a necessidade. Acho que é para aplacar a dor. As dores, a minha e a dele.

Quando termina, o vermelhão do entorno mal permite ver o que foi feito: é uma cruz menor que a minha, mas com mais detalhes. Digo a Werner que não estou bem, que não estou nada bem. Ele pergunta o que precisa fazer. Peço apenas que me ajude.

Werner, mesmo sendo filho do pastor, não tem autorização para estar ali dentro.

— Ajudar como?

246

— Segura o meu cabelo.

Pego uma das lixeiras do quarto. Em todas as habitações, as lixeiras são latas de margarina de dezoito litros que tiveram a parte superior cortada. São duas: uma para lixo orgânico, outra para lixo seco. Pela ordem, escolho a amarela para vomitar dentro.

Werner senta-se ao meu lado com seu corpanzil de atleta. Enquanto deixo escorrer minhas tripas para dentro da lata, seus dedos, que têm a grossura do meu punho, fazem esforço para retirar mechas do meu cabelo fino da frente da minha boca, da frente dos meus olhos. Depois, obedientemente, mesmo que não tenha sido pedido, vai lavar a lata no banheiro. Quando retorna, estou na cama.

— Quer que eu fique te cuidando, Cabelo?

— Não precisa. Logo já vamo jantar.

— Então fica bem aí, que depois a gente se vê.

— Vai lá, piá. Obrigado.

— Tamo sempre aí pro amigo.

Os amigos, sim. Os amigos.

74.

Nosso dia chega. O dia da apresentação de *Será?*, do grupo Entreaspas, para meia dúzia de pessoas: Goldameir, Glório, Norma, pastor Amâncio e sua esposa, Ingrid, e a professora Amanda, esta nossa advogada frente a uma parede de jurados, melhor dizer juízes.

Encenar nosso texto, ainda que tosco, para essas pessoas tem um gosto muito especial. É como se respondêssemos a uma pergunta até então não feita mas que está sempre pronta para ser enunciada: O que fazem esses guris nas horas vagas? Eles enfim podem descobrir, e deixam cair seus queixos enquanto percebem que temos porões, e abaixo deles ainda outros porões, e que merecemos respeito pelo que construímos.

Será? termina com todos sorrindo diante de um auditório enorme e vazio, com apenas aquelas seis cadeiras ocupadas. Pastor Amâncio sorri também, mas acho que por um cacoete nunca sanado. Amanda sorri amarelo, e sei que cabe orgulho em seu sorriso. Os demais têm ponderações: a cena do beijo deve ser retirada — um beijo entre Branco e Juliana, o casal criado pelo escritor que é criado por outro escritor, e isso e aquilo precisa ser melhorado. Tal diálogo não está claro. O resto está bom.

Não sabem dizer Parabéns, que peça do caralho!

Deixam o auditório enquanto desmontamos os refletores, e Amanda nos procura no palco para dizer que é grande a probabilidade de que sejamos nós os escolhidos: as demais peças não chegam perto. Têm temáticas infantis ou são releituras de outras peças. *Será?* é a única original. Disso Godo e eu sabemos desde que caímos com o banco na grama pela primeira vez.

Quando sai o resultado, anunciado para todos os grupos de teatro dentro do auditório, gritamos e pulamos como em final de qualquer campeonato. Fingidos, muito fingidos. Já sabíamos. Sempre soubemos. Ver na cara de mais de sessenta colegas a decepção não nos demove da comemoração necessária e justa.

75.

Esse olhar que volta e meia percebo em meus colegas do terceiro ano quando estamos em sala de aula ou no refeitório, eu conheço muito bem: já tinha visto esses olhares perdidos no primeiro ano e no ano passado, sempre nos velhacos do terceiro, e não sabia do que se tratava. Seria preocupação? Estariam assim por notas? Será a pressão do tal pré-estágio, que desde o ano passado nos assombra mesmo que ainda não nos tenha sido realmente apresentado?

Minha imagem no espelho não me permite identificar o olhar que vejo nos outros. Ele só aparece quando as pessoas estão desatentas.

Até que, numa roda de violão, Godo me interpela:

— Que que deu, piá? Que tá pensando?

— Ué, por quê?

— Tá com esse olhar de peixe morto.

— Tô nada, me deixa.

O olhar, enfim, me toma. Sei bem o que quer dizer: o tempo está passando e eu não sei como fazer para emperrar os ponteiros, para atrasar as horas; o tempo tem voado sob nossos pés e é preciso agir para que ele não cresça e nos atropele sem aviso.

— Tô pensando na peça. Tu não tá?

Godo ri.

— Claro que tô. Mas já tá tudo certo. A gente trabalhou direitinho.

A Gramoteva acontece numa cidade distante, Venâncio Aires, na escola evangélica de lá. Ficamos todos hospedados nas casas de famílias de estudantes; Godo e eu, na casa de uma menina que nada tem a ver com teatro. Bianca e os demais, todos se espalham pela cidade. Na primeira noite, vamos a um bar. Nossa anfitriã dá em cima de mim de um jeito constrangedor, mas Bianca e eu nos acertamos — depois de tudo que fiz —, e o cálculo de perdas, aqui, se sobrepõe ao cálculo de qualquer possível ganho efêmero. O amor, dizem. Digo também.

No dia seguinte apresentamos nossa peça. Branco está mais branco do que costuma ser: ressaca. A apresentação é trivial e quase não arranca aplausos do público. Ponho a culpa no calor e na falta de ventiladores no auditório. Godo entende aonde quero chegar e me diz para ficar parado: se não aplaudiram foi porque não entenderam. E não era isso que a gente queria?

Resta ainda um dia de espetáculos, o domingo. Apesar do cansaço do fim de semana de peças estudantis, jogos teatrais, dinâmicas em grupo e todo tipo de chatice, todos assistimos atentos às apresentações que seguem. E somente aqui me dou conta de que a Gramoteva é de fato uma mostra, não uma competição, e que o único lugar em que competimos é na Evangélica.

Mas a reflexão vai adiante.

Competimos para levar uma peça para uma mostra e, de quebra, fazer propaganda da Escola.

Ou seja: lutando contra a Escola, estamos a favor dela, e não contra, como supúnhamos.

Isso eu não tenho coragem de dizer a Godo, mas tenho certeza de que ele já alcançou essas mesmas palavras e também não tem coragem de pronunciá-las para mim.

76.

Godo não dá atenção à lista da Excursão Artística do nosso terceiro ano, eu tampouco: trabalhamos muito nos últimos meses, pensando e montando nosso espetáculo. As gurias, Bianca e Juliana, estão na lista, e eu morro de ciúme de Bianca sozinha com alguns dos meus colegas. Como Werner é um dos eleitos, peço a ele que fique de olho em algum aproveitador.

Passo as férias em casa sem contatar ninguém, ou quase ninguém, porque Bianca me procura assim que chega em casa. Diz que sente saudade. Digo que também.

Também não soube de nenhuma movimentação para a guerra de travesseiros. Não somos pacíficos, não nos tornamos jovens de bem, mas essa belicosidade e a tensão em torno dela nos tomam um tempo precioso quando temos muito mais em que pensar. O fim do ano, por exemplo, e tudo que ali termina, e tudo que ali pode começar.

Tendo passado o Grêmio para os novatos numa eleição pacata, tampouco restam responsabilidades para com alunos ou para com a Escola. É como se os laços fossem, de maneira planejada, sendo enfraquecidos.

77.

O segundo semestre deste último ano traz consigo as marcas do fim. Marcas do que antes eram apenas premissas. Em sala de aula, todo dia, a sombra do pré-estágio, que funciona assim: cada aluno do Magistério precisa passar por um período em sala de aula, a fim de conseguir se formar (com um diploma de Ensino Médio) ou concluir o curso, depois de um estágio longo, de seis meses a um ano, e levar o diploma de professor de séries iniciais. Esse estágio, só conclui quem consegue ficar às voltas com a Escola, quem mora perto ou quem consegue se sustentar por esse tempo longe de casa, coisa que está fora das minhas possibilidades.

Mas se o estágio é opcional, o pré-estágio não é. Por isso Branco, Ezequiel e eu formamos nosso trio de estagiários e começamos a montar nossa estratégia para atender uma turma de terceira série de uma escola municipal bem perto da Evangélica, para a qual somos designados. De alguma forma, sentimos que estamos ali para sermos vigiados de perto.

Incrível como as aulas observadas até aqui — antes de dar aula, é preciso observar umas quantas horas delas — não deram o estofo necessário para entrar em sala e criar algum vínculo com as crianças ou adquirir algum respeito da parte delas. Elas têm nos olhos uma fúria que muito bem pode ser vista como uma pulsão incontrolável de vida, mas essa vida, neste momento, está contra nós, três estagiários docentes, jovens, sem experiência alguma.

Temos uma semana para fazer as coisas darem certo antes da visita da professora de didática da matemática, que nos supervisiona. A cada dia, porém, o barco está mais fora de rumo e a paciência mais afundada diante da impossibilidade de retomar as rédeas da situação. A cada fim de tarde, depois da aula, nos sentamos no boteco mais próximo.

— É difícil, cara. Olha a situação deles: o Francisco, o Antônio e a Maria são irmãos. Eles são em sete irmão e três deles tão na nossa sala!

Francisco é incontrolável, e é quem destrói sem nenhum esforço nosso planejamento de aula.

— E se a gente der fim nele?

— Nele quem?

— No Francisco!

— Mas do que tu tá falando?

— A gente promete a ele um sorvete. O guri nunca tomou sorvete na vida. Daí a gente leva ele ali pra beirada do arroio e dá com uma pedra na cabeça do moleque.

— Mas do que tu tá falando, bicho?

— Não vai mais incomodar, e ninguém vai dar falta.

— Ah, isso é. Ninguém vai, mesmo.

Ninguém, no entanto, tem coragem para encostar em Francisco. Se a imaginação voa alto, é porque aprendemos a viver assim nesses últimos anos. No entanto, o temor dos olhos invisíveis nos observando é grande. Insuportável. E talvez seja por isso que sempre pedimos mais uma:

— Opa! Desce uma Brahma!

Assim, a imagem de Francisco morto com um golpe na cabeça se desfaz numa nuvem de álcool. Sempre uma nuvem de álcool a desfazer as imagens mais nefastas.

Enquanto voltamos à Escola, Ezequiel lamenta que não vá dar certo. Tropeça pelo calçamento irregular das ruas.

— Antes de lamentar, tu precisa aprender a andar direito — reclama Branco.

— Mas o que nós vamo fazer, home? Aquele piá não deixa a gente dar as aulas!

— Vai dar certo, caralho — afirmo, eu também embriagado.

— Mas ninguém vai tocar no guri, né.

— Cala a boca, Eze.

— Bote várzea! — esse seu maldito bordão. — Eu achei que vocês tavam falando sério.

Branco e eu nos entreolhamos. O guri só está entre nós porque não havia outra pessoa para pôr em seu lugar. À noite, sonho com o plano que construímos para assustar Ezequiel. Nele, Francisco morria na primeira pedrada que eu lhe acertava na cabeça.

A notícia da reprovação no pré-estágio surge como uma bomba que vinha caindo havia tempos e só então alcança o solo e detona: tão óbvia. Recalculamos rota e nos separamos: cada um de nós vai cuidar sozinho de uma sala de aula na própria Evangélica. Tão incrível a mudança: crianças de banho tomado e bem alimentadas, crianças que não veem os próprios dejetos escorrendo pelos fundos de suas casas simples, crianças muito brancas e muito educadas, com mães e pais e babás e professoras auxiliares do que seja. Uma semana depois, sou aprovado com louvor.

Tão fácil quando se tem tudo.

78.

Te amo, piá de bosta!

Essa é nossa frase depois do quarto ou quinto gole, depois da primeira metade da garrafa de qualquer coisa.

Te amo, piá!

Ou simplesmente, do nada, um encontrão que se pretende um abraço: Meu amigo!

A maneira como os homens se amam é no mínimo curiosa.

É fim de tarde, estou sentado à minha mesa — tábuas fixadas à parede e com uma divisória: o lado direito é meu, o lado esquerdo é de Branco. Pela testa franzida, estou estudando matemática, e devo estar estudando para uma prova dessa matéria cretina. Branco entra no quarto fazendo barulho, pega a escova de dentes e vai para o banheiro. Retorna fazendo mais barulho. Peço que fique quieto.

— Tá brabo, Cabelinho? Tá brabo por quê?

— Cala a boca, merda. Tô estudando aqui.

— Não fica brabo, Cabelinho. Olha aqui, ó. Olha aqui pra mim.

Eu não olho.

— Olha aqui, Cabelinho.

Então o desgraçado vem em minha direção segurando a escova de dentes e, com o polegar, retrai as cerdas ainda molhadas, fazendo as gotículas virem direto para o meu rosto.

Quando levanto da cadeira, já não sou o Cabelinho. Vou para cima dele, o empurro contra a porta, ao lado da porta ficam os interruptores da luz, que é apagada. Não tenho chance se lutar de pé, Branco é mais forte do que eu. Enquanto tento levá-lo ao chão, ele me arranca uns brincos e me segura pelo cabelo longo. Nos derrubo no chão enquanto trato de me enroscar nele como uma cobra, com a diferença de ter braços com os quais consigo enforcá-lo com força.

— Para ou eu te mato, piá.

— (…)

— Para de tentar lutar ou te mato, tá ouvindo?

A mão dele bate três vezes contra o chão, código mundial da derrota.

Relaxo a pressão dos braços contra seu pescoço para que nos levantemos. De pé, Branco vem para cima de mim, ensandecido. Dou-lhe um soco no peito e faço a pergunta definitiva:

— Quer apanhar mais?

Ele desiste.

A maneira como os homens se amam costuma ser triste.

79.

O encontro de ex-alunos de 2001 é o mais curioso e melancólico dos três que presenciei. Não é o primeiro em que aparece gente conhecida, mas é o primeiro em que nossos velhacos do segundo e do terceiro ano de quando entramos aqui se reencontram, e o fazem com amizade, um reconhecimento de quem está perdendo um jogo cujas regras, pode-se ver na expressão deles, ainda não sabem.

Ninguém mais sabe as regras. As únicas que valem, mesmo para eles, que estão fora, são as regras aqui de dentro. Exatamente as que não têm validade lá fora. Estarão presos a um código do qual não necessitam? Esse é o dilema, parece: conseguir sair da Escola depois de ter deixado a Escola. Um olhar atento pode até perceber alguma deferência dos antigos velhacos do segundo ano para com os antigos velhacos do terceiro ano. Mas à primeira vista, essa diferença inexiste. É como se todos fizessem parte de uma mesma classe, que não pode ser denominada apenas a classe de ex-alunos, como a Escola prefere; é outra coisa ainda o que acontece. Estão todos um pouco órfãos e um pouco livres, sim, mas estão todos, ao mesmo tempo, ainda presos entre esses muros, cercas, árvores, prédios, horários, regimes, hierarquias e costumes.

E se abraçam, e sorriem, e nos ignoram, a nós, internos, porque não vivemos ainda o que eles vivem.

80.

Depois da história da janela, ficamos em silêncio, embora continuássemos visitando o Feminino duas a três vezes por semana. Mas não iríamos nos entregar, por óbvio. Goldameir fez aquela cena que já conhecemos bem e encerrou a todos no auditório, depois da janta, sob a ameaça de que somente sairíamos dali quando os culpados fossem descobertos. Ninguém abriu a boca.

E pode ser que ninguém tenha aberto a boca, até que abriu. As circunstâncias são desconhecidas, nunca ninguém me contou nada a respeito, mas eu imagino a cena: Glório entra no 18 e conversa com os guris:

— Mas vocês não viram nada? Nada de nada?

— Nada, professor — um deles responde.

— Mas nem a sombra? Não deu tempo de ver?

— A sombra sim, professor — e é Ezequiel quem responde. Conheço bem sua voz.

— E com quem parecia essa sombra?

O resto foi como foi. Um dia, no meio da aula, Goldameir me chama em sua sala. Faltam três meses para acabar o ano, é claro que não vai me expulsar. Mas isso não significa que não possa fazer coisa pior.

Por ser o último ano, eu queria passar meu aniversário com meus amigos, com Bianca, com suas amigas, até com Helena. Não tem feriadão, pois 9 de setembro cai num domingo. Mesmo assim, teríamos o sábado para beber e o domingo para estarmos juntos. O meu dia, juntos. Entro na sala da direção.

— Rafael, eu vou ser curto e grosso — diz Goldameir, como se houvesse outro modo de agir além daquele. — Eu sei que tu e o Branco quebraram a janela. Eu não vou cobrar isso de vocês, até porque ela já foi consertada, mas vou te suspender. Não te quero aqui no fim de semana do dia 9.

As últimas palavras, Não te quero aqui no fim de semana do dia 9, não são uma reprimenda, mas uma vingança, e é possível saber disso na forma como as palavras são pronunciadas: com gosto. Tento fazer a minha parte de argumentar, mas é em lágrimas que recorro ao emocional de um inimigo perverso.

— Mas, professor, não tenho dinheiro pra ir pra casa agora. A mãe não vai ter dinheiro pra comprar essa passagem.

— Tivesse pensado nisso antes. Aqui na Escola é que tu não vai ficar. E não me venha com saída pra casa de algum amigo. Eu te quero longe, te quero lá em Blumenau.

A vontade é de lhe atacar na garganta e, entre músculos e gordura, conseguir acertar a jugular para sujar toda aquela sala de sangue. Mas não ouso: abaixo a cabeça e me retiro. Chorando como se tivessem me roubado um ano de vida. Sabendo que me roubaram.

81.

Retorno do meu aniversário em Blumenau ainda ofendido — a mãe ficou feliz com a minha presença, mesmo tendo tido que desembolsar a grana da passagem em cima da hora. As viagens eram noturnas, então deixei a cidade domingo à noite para alcançar a Escola na segunda de manhã, entre sonolento e mal-humorado. Tomo a tarde para dormir e durmo cedo à noite. No dia seguinte, já me sinto novamente envolvido pelos braços carinhosos da Escola.

A terceira aula é educação física e, como é comum, deixamos a quadra mais cedo para tomarmos banho antes de retornarmos para as duas últimas aulas da manhã.

O saguão do Masculino está abarrotado de gente assistindo à televisão catorze polegadas que fica grudada no canto da parede. Há um imenso prédio fumegando, o repórter fala em Torres Gêmeas, ninguém entende o que ele fala.

Não dou interesse e vou ao quarto pegar roupão, sabonete e xampu. Tomo meu banho, retorno ao quarto, me visto, e quando reapareço no saguão, já são dois os prédios fumegando. Logo não haverá mais prédios, penso.

Um guri, o Gigante, diz que o Pentágono caiu.

Ele não sabe o que é o Pentágono.

Todos falamos disso durante todo o dia. Mas com tamanha falta de informação, tudo que dizemos é vago, ralo, inexato e tosco.

À noite, por precaução, telefono para casa.

— Mãe, tu não acha que eu devo ir praí antes que estoure a guerra?

— Não vai ter guerra. Teu irmão falou aqui que não vai ter.

Eu, que sempre acredito no que meu irmão diz, aceito a sentença. Não sem lamentar uma primeira vez, depois de tanto tempo, que esteja certo. O fim que se anuncia aqui dentro soa mais terrível do que ver a guerra acontecer, mesmo que pela televisão, como nos acostumamos.

O fim que nos engolirá a todos.

82.

Fiz de tudo um pouco quando saí da Escola. Lavei carros caros na concessionária onde o marido de minha irmã trabalhava — até bater um deles, coisa feia. Depois da idade de quartel fui procurar emprego, qualquer emprego, e o que me ofereciam parecia pouco. Acaso eles não sabiam que eu havia passado três anos afogado entre sonatas e sonetos, leituras e escrita, teatro e amores?

Entreguei panfletos, fui subgerente de uma videolocadora, ingressei no serviço público — na guarda de trânsito de Blumenau — como agente administrativo enquanto observava uns pobres-diabos à minha volta exercerem uma autoridade que a farda lhes dava mas que não era de seu direito. Fiz isso por quase dez anos até decidir largar tudo, mudar de cidade, viver um relacionamento efêmero com uma mulher efêmera, e finalmente decidir viver para escrever.

Mas passados alguns anos, vejo que não há mais espaço para aquela melancolia de antes. Hoje ainda continuo me encontrando com alguns dos guris da Escola, embora esses movimentos sejam em ondas: mensagens de voz para Godo falando de como Werner é feio e incompetente (mesmo que não seja, e não é), ligações para os Estados Unidos, onde Branco mora há anos com sua família (E a mãe? E o teu guri? Como é mesmo o nome da tua irmã, aquela?), mensagens esparsas para Werner, porque no meu cálculo das coisas há que se incomodar menos quem parece mais atarefado. Ou seja: ainda estamos aqui e ainda nos reconhecemos, mesmo que nos raríssimos encontros tudo soe estranho nos primeiros momentos para em seguida darmos lugar ao que para nós é antigo e conhecemos tão bem.

Eu não sei o que os outros guris têm, mas eu tenho fotos. Desde aquelas tiradas com a Yashica que herdei de casa e levei para a Escola — filme de trinta e seis poses e doses altas de esperança —, até as de depois, nas câmeras digitais que tive. Duas vezes consegui repetir fotos com dez, doze anos de distância no tempo: aquela que mostra Tadinho e eu num ônibus rumo a Gramado, e outra, em que aparecemos Fofão, Branco e eu numa das calçadas da Escola. A que estou com Tado, dez anos depois, tiramos durante um encontro de ex-alunos, na Evangélica. A que estou com Fofão e Branco, tirei na Redenção, em Porto Alegre. Olhando assim, fica fácil saber que somos iguais, apenas dez anos mais velhos. Mas olhando de perto, bem de perto, vê-se que nunca mais seremos os mesmos.

E desde essas fotos, as segundas fotos, já se passaram outros dez anos, e não há maneira de nos reunirmos hoje para tornar trípticos os dípticos que tenho, porque a distância, os filhos, as esposas, os compromissos e todas essas questões sempre tão adultas que sempre invejei e das quais sempre mantive distância por mera ojeriza e desprezo, por pavor a tudo que é, como dizem, direito e de bem.

Me acostumei a acreditar que era por falta de opção que havia me tornado o homem que sou hoje, sobretudo falho, sobretudo estranho, com poucos amigos, amores fajutos e textos por escrever. Na verdade, foi escolha. O que não é escolha, nem nunca terá sido, é essa forma belicosa de encarar o mundo como se com uma navalha na mão, à procura de inimigos tantas vezes inexistentes. Tenho inimigos, sei que sim, mas também tenho amigos, acho, ou os tive, e o mais difícil é saber identificar a linha que separa o que é do que já foi, há muito tempo, de verdade.

Então esse apartamento comprado com o dinheiro de um prêmio literário, quarenta e sete metros quadrados de segurança — será? —, convites para eventos, traduções, licenciamentos para o cinema, outros livros por serem escritos, uma inquietação que não permite o descanso se não houver a promessa de novos incômodos; afinal, o que dá livro e o que não dá? Claro que eu não pensava nisso dentro da Evangélica. Ali, naqueles corredores, naquelas calçadas, naqueles gramados, eu escrevia linha por linha, com muita atenção e sem nenhum cuidado, o meu próprio livro, aquele que somente poderia ser lido por mim.

83.

A canção que apresentei no Show de Talentos do segundo ano, sei tocar até hoje. São duas estrofes com um refrão entre elas, que se repete no final. A canção que compus para Bianca a fim de apresentar no Show de Talentos do terceiro ano, essa eu esqueci com o tempo. No entanto, posso dizer que era melhor que a anterior.

A isso de apresentar canções para as meninas fomos apresentados no primeiro ano, ainda, quando os velhacos do segundo batiam na nossa porta muito cedo, antes do café, e nos diziam que haveria serenata e que ficássemos prontos em dois minutos. Serenata: íamos nuns quantos guris para a porta principal do Feminino, um de nós sempre tocava violão, e apresentávamos umas quatro ou cinco músicas. A mais tocada do Nenhum de Nós, a mais tocada de outras quatro bandas, e por aí vai.

Quanto a essa tradição, a mantivemos nos dois anos seguintes. Logo, nos tornamos os velhacos batendo na porta dos novatinhos para lhes avisar que têm dois minutos, que haverá serenata. As gurias nunca sabem, mas esperam, porque sempre entre os cantores há um menino apaixonado que, enquanto canta, olha diretamente para seu par pretendido ou já consumado.

É uma cena bonita: antes mesmo do fim da primeira música, as gurias já tomam a escada para o segundo piso do Feminino, as poltronas da sala de espera, o chão, e porque não cabem todas ali, naquele saguão, é que algumas simplesmente permanecem em seus quartos, despertando lentamente à espera do dia que está por começar.

Depois de um fim de semana com chuva, sem reúna, quando o que havia de bom para fazer era ver algum filme na sala de vídeo, tive o grande azar de assistir a *10 coisas que eu odeio em você*, onde há aquela cena em que o [agora] finado Heath Ledger canta "Can't take my eyes off you" para a personagem de Julia Stiles com direito a fanfarra e a coisa toda.

A partir disso, eu crio um plano: não chamar os guris para uma serenata. Vou eu mesmo fazer uma serenata para Bianca, e não será na porta do Feminino, mas diretamente na frente de sua janela, aquela por onde eu sempre entro para passarmos a noite.

Divido a ideia com Werner e Godo, com Branco não. Werner diz que me ajuda: ele tem a guitarra e a caixa de som. Amós, um guri do segundo ano, tem o microfone, o pedestal para microfone e a estante de partituras. Resta conseguir uma extensão para ligar tudo isso na energia. Amós pergunta se tenho certeza. Respondo que ensaiei bastante.

Mas ensaiei sozinho, no meu quarto.

Antes mesmo que eu termine de montar o cenário — era para ter um tapete no chão, como Gessinger fez em *Filmes de guerra, canções de amor* —, algumas janelas já estão abertas. Primeiro, as das novatas, no segundo piso.

Tenho três músicas para apresentar: "O mundo anda tão

complicado" e "Quase sem querer", da Legião Urbana, e "Por você", do Barão Vermelho.

Quando toco a primeira introdução, já todas as janelas do segundo piso estão abertas. Os guris, escorados no prédio, me olham com apreensão. Somente na metade da música é que Bianca abre a sua. Olha para mim, sorri.

Mas é um sorriso de pena que traz no rosto. Pena e preocupação.

Termino a primeira música e já poderia ir embora, mas não: o nervosismo exige que eu vá adiante, mesmo sabendo que um buraco me engolirá alguns segundos depois. Bato com a boca no microfone e ele quase cai. Olho para Bianca, que me olha dizendo que tudo bem se eu parar por ali, ela já se sentiu amada nessa manhã.

As gurias do andar de cima vão esvaziando as janelas para seus afazeres matinais: escovar os dentes, lavar o rosto, dirigirem-se para o café.

A diretora Norma aparece, algumas daquelas janelas são as de sua residência. Os guris dizem a ela que já está terminando.

Quando começo a tocar a última música, até mesmo Bianca se despede com um beijo, como se estivesse diante de um naufrágio. Crio coragem para parar de tocar e os guris me acodem.

— Vamo levar essas coisas de volta, Cabelo — diz Amós.

— Foi bom? — pergunto, um pouco pálido, um pouco triste.

Amós não responde, preocupando-se em carregar a tralha. Werner tenta, enquanto enrola a extensão:

— Ela não vai terminar com o amigo por causa disso.

84.

Conforme o final do ano se aproxima, as regras todas da Evangélica, e nosso temor a elas, vão se dissipando. E não pode haver nada mais perigoso que isso, não ali. Um dia, depois do almoço, quis fumar, mas já era hora de estudos, então tentei acender um cigarro dentro do armário do meu quarto. Uma, duas tragadas, cigarro apagado (que ideia péssima) e a porta do 10 foi aberta de súbito, como era costume.

— E esse cheiro aqui? Tu tá fumando? — Era o Plantinha.

— Não, professor. Que isso! O cheiro veio da rua.

— Mas tá forte esse cheiro, hein. Tá muito forte.

E porque eu não conseguia segurar o riso, repeti que não vinha dali, não, mas de fora, e segui rindo até que ele fechasse a porta atrás de si e me deixasse sozinho.

Lembrei disso por causa do que aconteceu hoje.

Há, para ser objetivo neste ponto, dois tipos de internas: as que perderam e as que não perderam a virgindade. As primeiras tendem a ser mais desenvoltas, o peito inflado como se de orgulho ou apenas cheias de conhecimento de si, enquanto as demais são ainda apenas meninas que não experimentaram o sexo. O mesmo vale para os meninos, mas enquanto homens em construção, essa distância entre virgens e não virgens é outra: quem já transou, procura mais gente para transar, e quem ainda não, faz de conta que sim, sempre.

É exatamente o que eu faço.

Hoje é sábado e uma garoa fina cobre a cidade, talvez o mundo. O clima frio nos pede que bebamos algo quente, e assim fazemos antes do meio da tarde. O local escolhido, a praça ao lado da igreja, que por sua vez dá boas-vindas a quem se dirige para a Escola. É um projeto de Burle Marx ou coisa parecida e tem três níveis — o que nos permite ficar ali sem sermos vistos da rua de baixo, da rua lateral e da rua de cima, além de ter uma boa quantidade de plantas e um banheiro público.

Entre nós há uns guris, umas gurias e Débora, que ocupa uma categoria muito própria entre as internas por não ser mais uma menina virgem talvez desde quando entrou na Escola, ano passado, e menos ainda depois do tempo que permaneceu nela. É alta, tem o corpo desenvolvido, as coxas grossas, os peitos apontados para quem ela desejar. É Débora quem deseja os rapazes, não o contrário. É ela quem toma iniciativa. E isso nos amedronta a todos, nos afugenta e nos envergonha.

Talvez seja a dormência que o trago traz consigo para a minha cabeça, porque eu tenho uma namorada a quem digo que amo, então nem deveria estar pensando nesse tanto de coisas enquanto bebemos juntos.

Também não deveria responder ao olhar de Débora me pedindo para ficar quando a chuva engrossa e os demais desarmam acampamento para retornarem aos limites secos da Escola.

Sem dever, sem poder — o amor, o amor, o amor que vá pro cacete —, entro junto com ela no banheiro fedendo a amônia e nos agarramos como dois bichos prontos para a cópula. Ela veste calça jeans e me pergunto como faremos. Ela abre o botão de minha calça e enfia ali a mão inteira à procura de meu pau, que lateja, enquanto eu tento buscar o que nela é úmido e mole, seus líquidos, suas carnes de dentro.

Débora morde os lábios enquanto eu tento dar conta de abraçar seu corpo mais alto, mais largo do que o meu. Vai rolar, penso. Vai rolar e eu não serei virgem depois de comer essa baita dessa gostosa, mesmo que eu não saiba como fazer isso.

Débora geme em meu ouvido o que poderia ser um Me come, um Me fode, um Mete em mim, mas em vez disso ela somente emite um gemido que diz Tem camisinha? Respondo que não, e imediatamente ela se distancia, passa as mãos pela camiseta que veste a fim de desamassá-la, passa ainda os dedos pela boca para tirar a saliva que ali se acumulou e diz que não é possível ir adiante.

Saímos um depois do outro do banheiro da praça. Ela sai na frente, eu espero uns minutos e saio atrás. Combinamos silêncio. Débora e eu entendemos de calar o que não precisa ser dito, e fica tudo por isso mesmo. Na hora da janta, já melhor da bebedeira, curo a culpa nos braços de Bianca, que não entende por que hoje estou tão disposto a descansar em seu colo.

85.

Godo e Werner, como a maioria dos estudantes do Ensino Médio, já vão adiantados no debate sobre que faculdade devem fazer, que profissão querem ter no futuro, e essas coisas todas que sempre soam tão certeiras. Já nós, do Magistério, tendo passado os últimos três anos sendo preparados para lecionar para crianças do primeiro ao quinto ano, podemos pensar em quê?

E quem já sabe que não fará o estágio e sairá da Escola com um diploma específico, o que é que faz?

— Mas, mãe — eu insisto no telefone —, daqui eu posso virar professor, vai ser uma boa.

E se tivesse adivinhado meu futuro, poderia ter dito também:

— E não vou precisar lavar carros em Blumenau, arrebentar as costas, bater um dos automóveis contra a fachada da loja e pensar pela primeira vez em me atirar de algum lugar, mesmo que seja da ponte de ferro aí do centro da cidade.

Mas nada disso adianta, então acompanho os guris em seus planos: estudar para o vestibular, fazer a prova, aguardar o resultado, criar uma carreira, virar alguém na vida. Coisa que nunca me acontecerá.

Branco é uma exceção bonita: ao contrário de Tado e de mim, que voltaremos para nossas cidades, ele vai fazer o tal estágio para sair da Escola com diploma de professor de séries iniciais. E ele acaba de passar pela segunda tentativa de pré-estágio, em que, como Ezequiel e eu, foi aprovado sem nenhuma ressalva.

— A gente podia dar um jeito de tu morar lá em São Leo comigo — ele me diz.

— Poderia, mas não vai rolar.

— A gente pode até dividir o quarto, sei lá. Daí tu faz o estágio e pelo menos sai com um diploma que valha alguma coisa.

— Poderia, bicho. Poderia, sim. Poderia, mas não vou. Custa entender?

— Podia tentar, pelo menos.

— Ô Branco, olha aqui. — Ele olha. — Vai tomar no teu cu. — E ele silencia.

86.

É depois do almoço. Trabalhei novamente na função de enxaguar panelas e pratos na linha de produção do refeitório. O dia é nublado, com um frio fora de época que me é incômodo. Bianca me espera, como eu também a espero quando trabalha nas refeições. Nos abraçamos ali no corredor. Ela me diz que estou quente.

— Eu consigo te ver bem velhinha — digo, omitindo que a vejo deitada, flores em volta da cabeça, véu sobre a face pálida — e tenho certeza de que vou te amar até lá, até a hora em que um de nós morrer.

Bianca se espanta. Diz que eu posso estar com febre, mas não deixa de responder.

— A gente vai se amar pra sempre, ué. — E ri mostrando os dentes separados. — Mas agora vou te levar na dona Gelci pra gente medir a tua temperatura.

Trinta e oito e meio não é bem febre, diz dona Gelci, e por isso tenho que ir à aula. Mas não vou. A imagem de Bianca morta me causa uma comoção desproporcional.

Parece uma repetição da peça: uma história dentro de uma história dentro de uma história, e ninguém sabe onde isso vai parar.

87.

Um clima de férias toma conta dos velhacos do terceiro ano. O pré-estágio foi terminado com maior ou menor sucesso, as notas das demais matérias vão sendo alcançadas com maior ou menor esforço, e o que nos resta é desafiar a Escola, os olhos de Glório, a raiva de Goldameir, os ouvidos atentos das paredes. Quando alguém teve a ideia, não nos furtamos a persegui-la: alguém desenhou uma camiseta do grupo Los Ébrios com os nomes de todos os guris, e também decidimos fazer uma festa para comemorar a confecção dessa camiseta.

Entre nós há alunos do Normal e do Ensino Médio, mas há também as gurias que namoramos e um que outro novato do segundo ano — nenhum do primeiro —, o que soma gente suficiente para comprar muita cerveja, uns quantos pães, muita carne. A data marcada é um domingo, este domingo, e logo depois do café nos colocamos à disposição da festa.

— Já compraram tudo, já tão bebendo. Vão pra lá.

São nove horas da manhã.

Os engradados de garrafas foram deixados na casa de Gerson pelos funcionários da distribuidora de bebidas que nos contratava para os Kerb. Deixaram de nos chamar depois que Branco chegou à Escola daquela maneira deprimente como sempre ficava quando bebia, e Glório teve que fazer algo, optando pelo mais fácil: a proibição total daquele tipo de trabalho.

Gerson, filho mais velho de Planário, aluga uma casa de madeira com uma sala de quatro metros quadrados, quando muito, e ali tem banheiro e quarto, se alguém precisar. Mas o mais importante é que tem um quintal na frente e um descampado ao lado da casinha. É no quintal que se faz o fogo para o churrasco. As cervejas gelam por lá também. Desde as dez da manhã nos juntamos para beber cerveja rapidamente, como fazem os meninos, e vamos nos embriagando não como gente que precisa fugir da vida, os ébrios experientes, mas como quem quer exatamente alcançar a vida apesar de sinuosa, apesar de rala.

Antes do meio-dia eu encasqueto com a placa de trânsito que está no outro lado da rua, em frente à casa de Gerson. Vou para lá sozinho, mas logo uns guris vêm em apoio, e tentamos por toda lei arrancar a placa do chão. É uma placa de limite de velocidade, se não me engano. Lutamos, lutamos ainda mais, mas o fim da haste de metal está concretado meio metro abaixo da terra. Desistimos quando chegam as gurias.

Gerson tem uma banda que toca, ou tenta tocar, heavy metal, e eles se apresentam lá naquela sala. Nos empoleiramos todos para assistir. Bianca está bêbada, mas não tanto quanto Sabrina, que já cai pelas tabelas. Godo, que não sei onde está, ouviria agora minha advertência de pedir a ela que desacelere no trago.

É quando alguém irrompe na casa, aos berros, dizendo que Planário vem vindo.

Todos — somos quantos? — nos metemos cômodos adentro. Eu me escondo no banheiro com Bianca, mais cinco pessoas. A porta entreaberta para ouvir melhor o que acontece.

— Gerson, eu estou decepcionado.

— Mas, pai, é só uma confraternização.

— Confraternização? Vamos ver: uma caixa de cerveja é uma confraternização. Duas caixas de cerveja é uma confraternização. Três caixas? Quatro? Ainda é confraternização. Cinco caixas, Gerson, é pra confraternizar. Seis, sete, tudo bem. Mas OITO? Oito caixas de cerveja já não é mais confraternização, é uma irresponsabilidade.

Dado o sermão, Planário vai embora e a festa é retomada de onde havia sido interrompida, porém sem banda. Godo segue desaparecido, portanto não está por perto na hora de ajudar Sabrina a vomitar toda a cerveja, pães com salsichão e sabe-se lá o que mais que tinha no estômago. Não sei de Bianca por um tempo, também. Não sei de mim, também. É finalmente como se não existisse Escola e Fora da Escola, internato Masculino e Magistério, casa, pai e mãe. Tudo que precisa ser visto está à altura dos olhos: os guris, as gurias, o trago.

Retornamos à Escola aos poucos, em pequenos grupos, a tempo de pegar a hora do banho. Tem gente que não retorna. Teve gente que nunca retornou.

88.

Não pode ser que nunca tenhamos atentado às novatices dos meninos e das meninas que chegaram à Escola depois de nós. A verdade é que, sim, é possível notar como vão se entregando às regras, aos horários, à hierarquia e aos amores sem nem perceber que afundam. Daqui de onde estou, gostaria de poder avisar a todos para que tomem cuidado, que prestem atenção no que está por vir: da biblioteca ao teatro, das refeições aos gramados, tudo está minado de impossibilidades para o depois.

Não haverá depois.

O depois será um lugar turvo por muitos anos.

O depois será sempre e de novo este mesmo agora, mas com outras personagens.

E por aí vai.

O Internacional de Porto Alegre estava às vésperas de vencer o Mundial de Clubes de 2006 quando me hospedei, com aquela ex-namorada do show do Pearl Jam, no apartamento de Sabrina e Godo, que estavam morando em Novo Hamburgo. Um casal que durou após o fim da Escola, era nisso que sempre pensava com alguma inveja. Bebi como um irresponsável na noite anterior ao grande jogo e voltei para casa aos empurrões que Godo me dava para cima dos arbustos que ladeavam a calçada, sem nem conseguir reagir, apenas ria da situação. Ninguém ali dava atenção ao que estava por vir: Godo era gremista, Sabrina não era nada e eu era catarinense, aquele conflito não nos pertencia.

Acordei com uma ressaca dolorida, a cabeça por explodir. Deve ser assim um derrame cerebral, pensei. Era metade da cidade, era metade do Rio Grande do Sul gritando a vitória de um de seus times que acontecia lá no Japão. Não era o prédio caindo, não era o fim do mundo, era apenas uma final de campeonato.

Quando o barulho cessou e estávamos todos mais ou menos recompostos, Sabrina veio falar comigo sobre a noite anterior. Dali partiu o pior sermão que ouvi em anos. Porque veio de uma novata, porque veio de uma mulher, porque veio da namorada de um dos meus melhores amigos, que ontem me empurrava para cima de arbustos e ria da própria embriaguez e da alheia.

Sabrina me disse que eu precisava deixar a Escola, que já era hora, que não dava pra viver o resto da vida como um adolescente. Concordei, claro, ainda que ofendido, e quando tentei responder enquanto velhaco dela, sua resposta veio antes: E não me vem com papo de velhaco e de novato que aqui ninguém mais tá na Escola.

Não?

— A Escola terminou, Rafa. Ter-mi-nou. Tu vai passar quantos anos ainda pensando o contrário?

Ela falava com um desempregado que havia desistido da faculdade de letras e perdido, com isso, o pouco dinheiro que ganhava com bolsa de estudos e bolsa de trabalho.

— Tu acha isso de mim, Sa? Tu acha que eu ainda não saí de lá?

— Tu claramente não saiu. E eu espero, pro teu bem, que tu descubra o caminho pra fora da Escola. Tem um mundo inteiro do lado de fora; tu tem uma vida inteira do lado de fora. Não acha uma perda de tempo passar esses anos esperando por algo que não volta mais?

Encerrei o assunto com um muxoxo quando deveria ter apenas pedido:

— Então me ensina!

89.

Estamos finalmente com os pés postos no século XXI, e agora estamos por pisar o mundo fora da Escola como ex-alunos. Antes, no entanto, tem a formatura.

Se uma escola qualquer é formada por ritos e a Escola é formada pelos seus próprios, o advento do fim nos coloca passos acima dos degraus imaginários que subimos. Impossível dizer que ninguém nos detém, porque ainda há respeito aos professores, mesmo que esse respeito venha não da consideração, mas de um temor plantado dentro de cada um de nós. O caso é que até o respeito vem rareando.

Os olhos que viam a paisagem da Escola como uma velha conhecida já se demoram em identificá-la.

Assim, a distância inevitável proporcionada pela proximidade do fim se instala: as aulas são mera conveniência, as tardes passam lépidas e quentes, a hora de dormir é ocupada com carteado e risadas. Insistir em incomodar Glório a essa altura é nossa resposta por nunca termos ido morar nas casas. Se quis nos manter no Masculino para nos diminuir, então agora perderá suas noites de sono tentando nos controlar. E assim se faz.

Essa sensação de liberdade não é nova. Penso que acompanha cada um desde o primeiro ano de Escola. Mas agora, mas aqui, toma outras proporções: o final do primeiro ano foi o do grande retorno para casa para assumir o posto de velhacos do segundo ano; o final do segundo, o retorno para assumir o posto de velhacos do terceiro; este final, tão próprio, é para retornar para casa e nunca mais pôr os pés aqui. Assumir posto nenhum na vida que, lá fora, continua de algum lugar sem ponto de partida.

Um trem que descarrilou e reencontra seu caminho. Acaso isso existe?

Vem daí a ternura pelos rituais. As portas sendo abertas pela manhã, os Bom dia, guriçada, de Glório, nos acendendo para uma quarta-feira que, sabemos todos, não será tranquila, pois nada é exatamente tranquilo nesse dia da semana. A hora de estudos noturna, que começa às sete e meia, e cada professor abrindo as portas para nos dar boa-noite e perguntar se vai tudo bem com os estudos, menos Goering, que somente cumpre horários. Os meninos que lamentam a falta do pai e depositam isso na figura dos professores. Eu todo.

Fujo da Escola, e pela primeira vez nestes três anos a fuga não tem a adrenalina de sempre. Não tem nada. Encontro Godo e Werner [e Ezequiel, sempre o idiota útil do violino] na casa de uma externa quase ao lado da Escola. Ela está dando uma festa e nos demoramos um pouco por ali antes de irmos para o bar de costume. Ali estão ex-alunos. Alfred, o irmão de Godo, e Leo, que é de muito longe e aluga com outros rapazes de seu ano uma quitinete na cidade. Leo não quis retornar para sua cidade para terminar os seus estudos e acha que aqui tem mais oportunidade de fazê-lo.

Werner e Godo desistem da bebedeira antes que a chuva comece. Alfred desiste também, mas sai correndo no meio da tempestade. Leo continua falando comigo, que já não respondo por tanto álcool no sangue. Quando estia, não consigo mais ficar de pé e Leo me arrasta até o muro da Escola. O plano é simples — os planos sempre são simples — e basta executá-lo. Ele me ajuda a subir no muro, onde resto quase desmaiado, e empurra meu corpo esperando uma resposta minha, que não vem. Ouço sua voz, Tá bem? Tá bem?, e logo ele pula o muro atrás de mim, me levanta — meu braço direito está sangrando — e me ajuda a subir até o segundo piso da Casa 5, onde bate numa porta qualquer e pergunta se eu posso ficar ali até clarear o dia. Alguém responde que sim.

Quando acordo, cabeça doendo mais que o braço ferido, ainda não é dia. Penso que deve ser um bom momento para retornar; quem pode estar acordado a essa hora? Levanto do colchão e desço as escadas de mãos dadas com a minha embriaguez, e enquanto caminho para o Masculino (havia deixado as janelas abertas), há somente um quarto com a luz acesa. Não consigo contar as janelas nesse estado. Continuo caminhando. É o 10, é o meu quarto que tem a luz acesa. Às cinco da manhã? Foda-se, penso, quero dormir na minha cama, tirar essa roupa suada. Basta empurrar essa folha da janela, que esteja ali Glório, que esteja o Goldamerda, que importância tem a essa altura?

Empurro a folha, salto para dentro, os olhos se acostumando à claridade. Não é Glório, não é o outro, é Godo quem está ali sentado em minha cadeira, o aquecedor ligado em cima da mesa de estudos, as meias sobre o aquecedor, os tênis diante dele.

Branco não está na Escola hoje.

— Que isso, piá? Que susto! Que que deu?

— Nah! Essa vida de merda.

— Deita aí na cama do Branco, de manhã tu vai embora.

— Que merda, Cabelo. Que merda.

Ele calça as meias úmidas e os tênis encharcados e sai pela janela por onde entrei há pouco, suponho que no intuito de voltar para sua casa. No dia seguinte nos vemos somente pela tarde, e não pergunto o que houve. Nunca perguntarei.

90.

Sem dúvida é sábado e o final do ano se aproxima: o gosto de liberdade faz travar a língua. Godo e eu procuramos alguém para nos entreter depois do almoço, e nada. Vamos até o Feminino atrás das gurias. Da porta do internato, perguntamos a quem passa onde estão Sabrina e Juliana — Bianca foi para casa na sexta-feira, depois do almoço —, e a resposta é vaga e preguiçosa, mas diz que estão lá fora tomando sol. Fora onde?

O nome do arquiteto responsável por construir esta Escola não aparece, mas deveria, como o de um homem muito sábio. Enquanto no Masculino tudo é exposto — as janelas pivotantes dos lavatórios dão para a calçada externa do prédio, assim como as janelas dos quartos —, no Feminino tudo é cuidadosamente escondido: os chuveiros ficam no andar de cima, impossível espiá-los. E não há calçadas que passem rente às janelas dos quartos das gurias. A única calçada é a que faz o caminho do corredor do refeitório em direção à entrada do Feminino, à praça com cheiro de bucetas jovens e, dali, em direção às duas casas de velhacas do terceiro ano. O Feminino é uma ilha. Porém, como uma boa ilha, esta também tem um balneário. E é aqui que estamos agora, Godo e eu, admirando os corpos das gurias que tomam sol: Juliana, Sabrina e Helena.

Esse gramado, quase escondido e difícil de encontrar, só é alcançado dando-se a volta na casa dos funcionários, nos fundos da Evangélica, no nosso caso, ou simplesmente pulando a janela do primeiro andar do Feminino, coisa que elas fizeram, levando consigo uma toalha para cada uma. Vestem shorts e a parte de cima de seus biquínis.

Godo namora Sabrina tem uns meses, e duvido que tenha afundado a cara nos peitos dela como a maioria dos guris já fez com suas próprias namoradas. Eu apenas olho para Juliana e penso que com um corpo daqueles, uns peitos daqueles, ela poderia ter qualquer cara da Escola e de fora dela, caras melhores que o Branco, mais cuidadosos com ela, com seus peitos, suas coxas, que saibam lhe dar cuidado e carinho.

Ali, à espreita, enquanto observamos os contornos das coxas e o pêndulo dos seios — as três estão de bruços, apoiadas nos cotovelos, tomando sol nas costas —, pensamos na finitude, e não sabemos que pensamos os dois na mesma coisa porque temos de fazer silêncio para que não nos percebam. Mas eu tenho certeza de que, sim, é nisso que pensamos.

Faço sinal a Godo para retornarmos. Por quê?, ele pergunta. Vamo dar um cagaço nessas guria, digo. Mas de que jeito, piá? Encontramos dois baldes nos entornos da caldeira do Feminino e os enchemos com água. Piá, tá pesado!, reclama Godo. Vem!, digo. E quando retornamos ao ponto de observação, apenas aponto: Tu vai pela esquerda, eu vou pela direita. E não tenho que dizer Não é pra despejar toda essa água nas gurias, porque é exatamente o que Godo faz ao sair correndo sem nem o sinal que eu imaginei ter pronto na boca. Saio atrás, correndo como ele, desajeitado por causa dos chinelos, os dois gritando AAAAAAAAAH.

Rolo antes, mas dá tempo de mirar a boca do balde numa delas, acho que Juliana. Godo acerta Sabrina e Helena em cheio com a água. Caídos, os dois, apenas rimos. Helena está lívida com o susto. Sempre lívida, sempre Helena.

As três ralham conosco, ofendidas, violadas em seu esconderijo imaginário. Pedimos desculpas e repetimos, uma vez atrás da outra, que não vamos fazer mais. Acontece que repetimos nossa operação duas ou três vezes ainda. Juliana, enfurecida, a toalha pingando, levanta-se para torcê-la. Helena a imita. Sabrina apenas olha para Godo como quem diz Depois a gente conversa.

Minha barriga dói de tanto rir.

Se pelo que houve de tarde, se pelo que vem acontecendo desde sexta ao meio-dia com a ausência de Branco e de Bianca, as gurias nos dizem que têm um plano: e se eu levasse Godo para dentro do Feminino uma primeira vez? Que eu me lembre, ele havia entrado no Masculino apenas uma, duas vezes, com e sem o consentimento do professor de plantão. Nas duas vezes eu morava no quarto 10.

— É aqui que tu mora! — Os olhos vidrados em cada pequeno detalhe.

— Aqui é onde eu aguento o Branco, tu quer dizer.

Rimos juntos.

Mas isso de levar Godo ao Feminino é imenso para nós dois, que a essa altura nos preocupamos mais em garantir memórias do que em passar de ano ou imaginar como será o próximo ano.

A ideia vem de Juliana, mas a porta-voz é Sabrina, que a comenta comigo tendo a amiga a tiracolo no final da janta de sábado. Cachorro-quente, sempre. Digo que a operação não é simples, por Godo morar fora da Escola, mas é possível. Elas aceitam de toda forma e dizem que vão nos esperar no quarto de Sabrina, cuja janela dá exatamente para aquele gramado onde elas tomavam sol.

Saímos para beber alguma coisa, Godo e eu, e explico o plano: Tu dá jeito em casa, diz que vai pra algum lugar. Isso antes das dez da noite. Depois, tu vem pro internato comigo e depois a gente foge.

Godo entende cada palavra. Vai ter uma noite de interno uma vez na vida. A única, acho.

Nos separamos às oito e meia, e em menos de meia hora ele reaparece.

— O que tu disse pra tua mãe?

— Que eu ia vir pro internato, que ia fugir, que ia pro Feminino.

— Como assim, piá?

Godo ri.

— Mas depois eu disse que ia pra casa do Werner jogar cartas.

— E ela acreditou?

— Isso já não sei.

Dez pras dez entro no Masculino com Godo. A essa hora, o internato ainda está vazio: estão todos à procura de um beijo, uma promessa de amor, essas coisas que terminam às dez da noite. Como o horário de sábado é diferente e as luzes devem ser apagadas às dez e meia, demora uma eternidade para que o professor Mauri chegue e diga seu boa-noite.

Deixo a veneziana fechada. Godo está de pé entre meu armário e a janela. Fica ali até que o rito noturno termine. Quando o professor abre a porta, já estou deitado no escuro. Grande erro. Logo eu, com a minha fama, sendo o bom menino. A luz é acesa, e consigo ouvir o esfíncter de Godo se comprimir. Tá tudo bem por aqui? Tudo em ordem?

Respondo que sim.

— Tudo certo, professor. Só uma dor de cabeça.

— Qualquer coisa, só chamar. Vou ficar até tarde no saguão corrigindo provas.

— Obrigado, professor. Qualquer coisa eu chamo.

A luz é apagada. Com o movimento de fechar a porta, a última luz vinda do corredor adentra o 10. Godo pergunta, num sussurro risonho, o que foi aquilo. Digo que relaxe: como eu, tem mais uns quantos guris para Mauri ver. No fim da ronda, já terá esquecido de mim e de minha dor de cabeça.

A mudança de quarto, do de Juliana, que semanalmente alcanço com Branco, para o de Sabrina, onde nunca estive, complica um tanto as coisas, mas não as torna impossíveis. Difícil é fazer a travessia com Godo, pela inexperiência dele.

Crença minha.

Antes de viver na casa ao lado da quadra de esportes, Godo viveu aqui dentro. Exatamente nessa Casa 2 pela qual passamos depois de termos pulado pela pivotante do banheiro do térreo do Masculino. Por toda parte há um silêncio profundo que os passos ora sobre a grama ora sobre as calçadas não dão conta de abater. Godo me diz para me abaixar, e o faço. Me diz para seguir, e sigo. Existe uma força aqui, um arrepio na nuca, como se os meninos fôssemos capazes de tudo, tudo!

A casa de Glório está realmente vazia, com todas as luzes apagadas. Desconfiei na janta, por conta de sua ausência na refeição, mas agora está claro. Depois da casa de Glório, que marca o final do Masculino, resta apenas a saída — pular o muro para o lado de fora, caminhar tranquilamente pela calçada — e a reentrada. Já não tremo como o fiz quando da história do ônibus. Não sei se Godo tem medo, mas acho que não.

Entramos antes do habitual, num lugar onde ainda não há muro, mas uma cerca de arame capenga e que faz um barulho desgraçado. Godo vai antes. Se for pego, pode dizer que estava tentando fazer um atalho para chegar em casa. Depois de seu pulo, sem nenhuma luz de alerta acendendo em volta, é minha vez.

Do lado de cá do Feminino, ou melhor, do lado que dá para o corredor central e para a casa de um funcionário, há menos janelas. Mesmo assim, as gurias deixaram aberta aquela por onde devemos entrar. Godo entra e dá um beijo triunfal em Sabrina. Eu apenas cumprimento Juliana com um aceno, sem conseguir desviar da protuberância de seus mamilos marcando a malha fina do pijama curto. Sabrina e Godo sentam-se na cama dela, ela cochicha alguma coisa com ele, que não só não escuto direito como percebo a reação nada amistosa de Godo, enquanto me mantenho sentado numa cadeira que encontrei me esperando.

Sabrina toma a frente:

— A gente vai juntar as camas. Não cabe todo mundo deitado porque elas são muito estreitas.

Que desculpa! Alcanço a razão da cara feia de Godo já com essa frase, e me levanto disposto a colocar uma das camas ao lado da outra. Faço um sinal de cabeça para Godo me ajudar. Ele reluta, mas cede.

A ordem dos deitados: Godo e eu nas laterais, as gurias no meio. Sabrina de frente para Godo, Juliana de bunda para mim.

Eu não tenho onde meter os braços.

— Ju, posso colocar meu braço aqui? — digo, quase tocando seu ouvido.

Ela assente com um hum-hum úmido enquanto eu a abraço na altura das costelas. Como se eu a tivesse puxado, Juliana faz um movimento lento, porém firme, de garantir que seu corpo esteja junto ao meu. De que sua bunda esteja rente ao meu pau escondido sob o jeans.

Godo e Sabrina se beijam com gosto, é possível ouvir, e é possível entender por que se mantiveram naquela posição. Os estalos fazem Juliana rir, e quando ela ri sua bunda se mexe ainda mais em direção a mim. Essa movimentação dura mais de uma hora.

Quando o casal para e enfim vem a hora de dormir, o corpo de Juliana é tomado por uma onda que o faz se aproximar novamente do meu. Começa nos pés, alcança as pernas, a pélvis, a barriga, o peito, e sua cabeça é jogada para trás, contra a minha. Acontece uma, duas, quantas vezes?, e minha mão já toma a liberdade de apertá-la no exato limite do início da curva dos seios.

Eu quero mais.

Juliana quer mais.

Meu pau dentro do jeans e, tenho certeza, sua buceta molhada, todos queremos mais, e sei que podemos ir adiante, que podemos ir agora mesmo ao seu quarto, ali em frente, cruzando o corredor, onde deve haver camisinhas, uma cama só para nós, arrependimento algum no fim do sexo.

Minha mão vagueia por sobre o corpo dela até alcançar a lateral de sua bunda. Quantas vezes admirei esse par de coxas e esse par de seios nesses dois anos? Quantas vezes Juliana esteve presente nas minhas punhetas — que batia trancado no quarto enquanto Branco geria o Grêmio — para não levar adiante uma sacanagem, uma noite de chupar e ser chupado, ter esse par de peitos sendo alçado e depois confrontado com a minha face?

Mas Branco.

A melhor noite de todas as noites passadas na Evangélica não acontece por causa dele. E por minha causa. Por causa desse estranho sentimento de fidelidade, honra, garantias de coisa alguma no mundo real mas que tanto nos valem entre estes muros.

Mas eu, mas Branco.

Os homens amam-se de formas misteriosas.

91.

Vi Maristela duas vezes depois da Escola. Na primeira, em Blumenau, ela viera para um concerto. Lembro de termos atravessado a ponte de ferro que fica no centro da cidade. A pasta com as fotos chama-se A Vertigem de Maristela, e está no meu Facebook até hoje. Na segunda vez, nos cruzamos em Porto Alegre para um café. Falávamos de nossas vidas: ela no doutorado; eu com dois ou três livros publicados.

Maristela era um desafio desde os tempos da Escola, desde antes de eu lhe dizer que o melhor som da orquestra era o da viola. Não parecia se afetar, não parecia levar nos ombros o peso daqueles prédios, dos horários, das ordens, das hierarquias e tudo quanto nos soterrava. Sei que fez amigos, porque do contrário não teria alcançado terminar o terceiro ano. Mesmo assim, algo nela sempre me inquietou a ponto de, nesse nosso último encontro, tem uns anos já, eu tomar a liberdade de lhe perguntar:

— Como é pra ti?

— O quê?

— Como é pra ti não estar mais lá dentro?

Maristela sorriu aquele sorriso largo de olhos verdes. Os olhos sorriem mais que seus dentes e gengivas.

— Posso te contar um segredo? — me disse, e percebi que a xícara de café tremia na minha mão.

— Claro que pode. Só vai com calma!

Rimos juntos.

— Eu nunca estive realmente lá dentro.

Disse que me explicasse, e foi o que ela fez, afirmando que havia entendido que se tivesse se permitido entrar na Escola, talvez nunca mais saísse dali. Porque a Evangélica era uma rota de fuga, mas que ia dar onde? Por isso, manteve sempre os pés no chão. Não sentia saudade, não sentia tristeza, mas se negava a dizer que não sentia nada.

— E como é? — perguntei, afinal.

— Raro — me disse. — É apenas raro.

92.

Se nas escolas convencionais o final do ano faz tudo se aproximar ainda mais do caótico, quando os docentes já não conseguem ameaçar seus pupilos com notas ou coisa parecida, na Evangélica o sentimento é outro; talvez respeito dos docentes por termos chegado até aqui, talvez piedade da parte dessas professoras e professores que se veem em nós, a maioria deles também egressos dessa Escola.

O mundo, nosso mundo, a dois passos de se esboroar.

Agora, as aulas são mera formalidade: um dia, paramos para falar sobre o ano que vem (?); no outro, recebemos nossa camiseta de formandos: laranja, desenhada com bonecos-palito trazendo embaixo o nome de cada aluno. O meu boneco tem duas curvas que saem de cima da cabeça, em sentidos opostos, e volteiam até a linha do que seriam os ombros [inexistentes] da figura. Em outro dia, vestindo essa camiseta, vamos para a Praça Central a fim de tirar uma fotografia oficial da turma.

Por conta dos cadernos com poemas que passei de mão em mão nesses últimos anos, sou escolhido para escrever a mensagem dos alunos no dia da formatura. Apesar daquele detalhe burocrático de eu não terminar o estágio e sair daqui com um diploma de Ensino Médio, ainda assim tenho direito a essa noite. Passo dias escrevendo, e não vou falar sobre a formação, sobre engrandecimento de espírito e outros temas que cairiam tão bem aos ouvidos das professoras e dos professores famintos por palavras de sabedoria que estarão na plateia.

O texto fica assim:

Amigo,

quando aqui nos encontramos, há um certo tempo, e eu nem sabia o teu nome, o que sabíamos fazer era chorar. De saudade, medo, raiva até, por não nos levarem de volta, por não ouvirem nosso pranto angustiado, por não entenderem a dor que sentíamos estando longe de casa, por estarmos num lugar estranho, com costumes estranhos e pessoas mais estranhas ainda.

Então, aprisionados e sozinhos, sem ter a quem clamar em nosso momento de dor, nos vimos um ao outro, dispostos a deixarmos ao longe nosso sofrimento e começarmos a construir juntos a nossa amizade. E assim foi, pois não poderíamos sofrer para sempre. Foi assim que nos apoiamos um no outro sendo, ao mesmo tempo, apoio e apoiado.

Lembro-me das vezes em que, chorando, pedi para nunca nos separarmos. Mas agora que é inevitável essa separação, não sei como será adiante sem a tua amizade, sem a tua companhia. A quem direcionarei meus sorrisos de alegria se esta, por um acaso, vier a ser comigo? Que outro ser me proporcionará tão belos momentos como os que me proporcionaste? Imagino como serão minhas manhãs sem teus "Bom dia!" e meus sonhos sem teus "Boa noite!". Aonde irei com segurança se não estarás a zelar por mim? E quem me desejará "Boa viagem!" quando eu estiver por partir? Espero que entendas meu desespero, mas não quereria que o sentisses como eu. Como não lamentar tua perda se já és, bem dizendo, uma extensão de mim?

Se ainda tivéssemos a certeza de um reencontro, mas nem isso! Daqui pra frente o mundo abre seus braços e o que nos resta fazer é tomar um de seus tantos caminhos. Ah, como eu queria poder guiar-te ao caminho mais certo, a fim de tua vida ser repleta de sucesso e felicidade. Como queria que tu me guiasses à plenitude...

Como seria bom se pudesses encobertar meu medo e extingui-lo. Consegues? Tenta me dizer que a vida nos será branda, que conseguiremos realizar nossos sonhos e que teremos sempre ao nosso lado as mulheres que amamos. Tenta me explicar os mistérios da vida! Tenta, amigo, me proteger da dor da separação e do medo da distância.

Perguntaste a mim, certa vez, por que a vida era sempre tão difícil. Lembras o que te respondi? Pois te recordo: "Se fosse fácil, que graça teria?". Talvez isso nos sirva de consolo, tanto que precisamos ser consolados.

Já somos grandes para saber de certas coisas e para suportar outras tantas. Nos despedimos, hoje, quem sabe para sempre e, confesso, entender é por demais difícil.

Que perda estar longe de ti: queria ver-te casar, presenciar teu crescimento como pessoa, pai, amigo... Queria receber com dedicatória um teu livro e ouvir as ótimas recomendações do excelente profissional que serás. Gostaria que tu estivesses comigo para aconselhar-me em minha vida, como até então tens feito, como até hoje tens me ajudado.

Sabemos tanto um do outro que já não somos "eu" e "tu" indivíduos únicos, mas somos "nós", uma extensão de nosso ser. Continuará sendo assim com o passar dos anos? Temo que, com o tempo, mudemos a ponto de não nos reconhecermos ao nos reencontrarmos.

Já pensaste quando nossa turma for homenageada num encontro de ex-alunos? Quando estivermos acomodados em nossos quartos, onde até hoje moramos, virás me visitar durante a noite para falarmos sobre nossas vidas, para contarmos histórias, como até hoje fazemos? Ou será que eu terei de calçar meus chinelos para ir até teu quarto? Talvez fiquemos cada um no seu lugar, calados, lembrando, apenas, dos tempos de alegria e glória que vivemos lado a lado.

Que canções cantaremos quando nos reencontrarmos? As mesmas que cantamos hoje? Lembrarás da música que eu gostava? Lembrarás meu nome, amigo? E se eu me esquecer do teu? Não, não fiquemos magoados. É que o tempo passa, admitamos, e às vezes o que é mais importante num dia pode não ser no outro. O mais importante é que num abraço, num grande e apertado abraço, lembremos quem éramos e o quanto éramos um para o outro.

No fim, nossa história coincide em tristezas: chorando nos conhecemos, chorando nos despedimos. Não deixemos as lágrimas, essas nossas insistentes lágrimas, tomarem conta de nós. Já passamos tão bons momentos juntos. Juntos já demos tão belos sorrisos. Mas eu sei, é tão difícil.

Tenho medo de dizer "Adeus" e que este "Adeus" seja para sempre, que nunca mais nos reencontremos ou, pior, nunca mais tenhamos notícias um do outro.

Agora que nos vamos, tenhamos cuidado: a vida é dura para aqueles que amam, para aqueles que sentem. Tudo de bom na vida, amigo! Que esta nossa despedida seja apenas mais um marco na nossa amizade, a qual, a partir de agora, ruma para a eternidade. Vivamos nossas vidas, que é para isso que estamos aqui, mas nunca, nunca nos esqueçamos dessa nossa amizade que nos uniu, que tão belos momentos nos rendeu e que agora, inevitavelmente, nos leva a chorar.

[aplausos]

93.

Passo mais tempo com Bianca, agora. O segundo ano também está liberto de umas quantas responsabilidades e anseia, como ansiamos àquela altura, pela coroação como velhacos do terceiro. No mesmo banco que sempre pertenceu a Godo e a mim depois do lanche, Bianca tira uns cravos do meu rosto enquanto estou deitado em seu colo.

— Agora que a gente chegou aqui, eu vou embora.

— Aqui onde?

— Nesse ponto de tu espremer os meus cravos.

Ela silencia. Eu me levanto para ficar sentado ao seu lado, de frente para ela.

— Vamos fazer uma promessa.

— Eu não sei se é hora — ela diz.

— Aconteça o que acontecer, a gente vai se amar. De algum jeito, a gente vai se amar. E quando a gente se reencontrar, um dia, qualquer dia, daqui a dez, vinte anos, a gente vai se reencontrar com um beijo, mesmo que a gente já tenha casado, tenha filhos, essas bobagens todas.

O sorriso de Bianca nasce antes nos olhos para depois irradiar pelo resto de seu rosto, do corpo, e assim ela sorri, o espaço entre os dentes visível, seus olhos que encaram tudo ao redor para terminarem definitivamente em mim.

— Prometo!

94.

Não sinto falta de ninguém que estava no terceiro ano quando eu estava no primeiro. Acho que nenhum de nós sente. Lembrando, hoje, como caminhavam por estas calçadas e atravessavam estes gramados, como se sentavam à mesa e levavam a comida à boca, só vêm à mente suas caricaturas: o sujeito de pés equinos, a moça de dentes protuberantes e franja sempre arrastada para trás das orelhas, o sujeito de dentes apodrecidos, a velhaca mais gostosa de todas, a que diziam apanhar do namorado — também interno —, o de dois metros de altura e musculoso, o afeminado, e seus apelidos: o Frufru; o Grutamontes, porque parecia saído de uma caverna e era forte; a Diva, porque poderia ser uma super-heroína que lutaria com as carnes que lhe sobravam agarradas aos ossos. Apenas isso, caricaturas e apelidos.

Os que estiveram no segundo e depois no terceiro enquanto nós estivemos no primeiro e no segundo, esses não deixaram nem rastro. Pelos outros, havia alguma admiração, já esfumaçada. Destes, que vimos ser humilhados por quem mandava e que nos humilharam o mesmo tanto, não restam cinzas na memória que permitam reconhecer que ali houve pelo menos um corpo.

Também ninguém entra aqui para deixar um legado e, se deixa, este é rapidamente esquecido, como são esquecidos primeiro os nomes, depois os apelidos, depois os rostos. Qual presidente do Grêmio fez isso ou aquilo? Qual aluno conseguiu tocar o sino e promover uma guerra de travesseiros de verdade? Quem se importa com isso?

O laço, agora consigo ver, é entre uns poucos meninos que viveram esses três anos juntos. Eu e os meus poucos, eles e os poucos deles, elas e assim por diante: pequenos amontoados de células que não chegam nunca a formar um organismo mas não podem ser descartados por não terem vida, é isso que somos. Três anos estudando por obrigação as disciplinas do magistério — mesmo os que já foram convencidos de que querem ser professores sentiram-se obrigados —, vivendo as leis aparentemente brandas desta Escola (tudo que não está escrito em lugar nenhum, é nisso que esses putos se baseiam) e que pesam sobre as nossas cabeças desde que as levantamos do travesseiro, quando as levantamos, porque até mesmo as noites infrutíferas com as gurias — falo de mim, claro, não de Branco — são parte constituinte desta Escola cafona que ainda põe um pastor e os mais importantes docentes para assistirem a uma peça de teatro e aprová-la para ser apresentada numa mostra onde, com certeza, os daqui sempre passarão vergonha; Escola que só servirá para dizer, com o passar dos anos, onde estivemos entre ano tal e ano tal, e por que não estivemos em nossas cidades, ou por que exatamente nunca retornamos a elas.

Branco, Godo, Werner, Fofão, Tadinho, é sobre esses nomes que depositarei meu tempo de começar a fazer da Escola um cemitério de memórias enterradas vivas. Um tempo que está por começar.

95.

Foram dois os cadernos de poemas que colecionei na Evangélica. O primeiro nunca é aberto, pois foi no segundo que restaram riquezas: os antigos números de telefones fixos de uma dúzia de residências identificadas pelo nome de seus moradores e pelo DDD de cada cidade gravado na terceira capa. Também uma série de comentários iniciados sabe-se lá como em referência àqueles textos pobres, um deles de Bianca. Os demais, de Branco, de Ezequiel (?), de Werner e de Godo. Na última página, retiradas não sei de onde, duas cédulas de dinheiro brasileiro grampeadas em apenas uma das laterais: os cinquenta cruzados novos (com carimbo de cinquenta cruzeiros) de Drummond e os cem cruzeiros de Cecília Meireles.

Se os tenho em casa ainda hoje é por esses sinais de que o que houve foi verdadeiro e intenso. E mutável. Como os números de telefone — alguns que nunca disquei —, que agora são bem outros e que guardam do outro lado da linha outras pessoas, com histórias divergentes (Que terá havido com aqueles meninos?, me pergunto, e a resposta é nada amistosa ou bonita).

Depois de tantas revoltas surgidas dentro das Forças Armadas contra o Estado, passaram a proibir que subtenentes, sargentos e oficiais se criassem no mesmo quartel, perto de casa, perto dos seus, e por isso, parece, surge essa máxima vista nos quartéis: Exército Brasileiro — Fator de Integração Nacional. Terá sido esse o ensinamento que a Evangélica tomou para si? Dividir para enfraquecer? Se nos mantivéssemos juntos, o que pensariam que poderia acontecer? Tomaríamos a Escola para escorraçar Goldamerda no meio da Praça Central e ali estripá-lo?

Claro que não.

Fato é que já viemos separados, tivemos algum tempo juntos, e então retornamos à separação daquelas paralelas que se curvaram até a aproximação, quase se tocaram (ou se tocaram, os dedos dentro, as unhas dentro), e de repente se distanciaram para nunca mais. Ou quase.

Sempre houve na Evangélica casais mais ou menos felizes que continuaram suas histórias de amor adolescente. E eles fizeram faculdade, se casaram, tiveram filhos, financiaram um carro, uma casa, e agora caminham por aí sem que ninguém lhes pergunte de onde vieram, porque essa informação não interessa em vista dos cidadãos exemplares que se tornaram — usualmente, uma professora, um diretor, uma diretora-geral. Que importa o passado de uma pessoa dessas?

Já eu, eu ainda tenho que responder de onde venho. E mesmo que eu diga Sou de Blumenau mas moro aqui em Florianópolis, mesmo assim as pessoas retomam a pergunta, como se fossem imbecis (e são): Mas tu é do Rio Grande, né? Então respondo com uma das três respostas que aprendi a dar: (a) é uma longa história, houve uma escola e…, ou (b) sim, sou, ou (c) [silêncio constrangedor].

Também preciso explicar às pessoas onde foi que tudo deu errado. Anos e anos tentando encontrar uma maneira simples de explicar. Acontece que eu não tenho a menor ideia. Sei que houve uma escola (é evidente que sim), que houve umas quantas pessoas — algumas poucas com quem ainda mantenho contato —, há fotografias, há as cartas de Branco, Tadinho, Werner.

E há as redes sociais que me mostram os rostos de algumas dessas pessoas. Bianca usou aparelho nos dentes, o diastema já não existe. Queria ouvir a sua voz de hoje, mas não o faço, não me dou permissão para isso. As vozes dos guris ainda recordo: telefonei umas vezes para Godo enquanto escrevia esta história, mais para saber dele do que para obter informações. Liguei para Werner também. Tentei Branco, mas por uma questão de fuso horário não foi possível conversar aquele dia. Não quis falar com Tadinho por uma questão de sotaque: antes de falar como a maioria das pessoas à volta, falava como ele, com o sotaque dele.

A verdade é que sinto falta dessa gente, de quem estava perto e de quem se manteve distante de mim todos os três anos da Evangélica. É uma pergunta recorrente: por que nunca trocamos uma palavra? Tão vã como esta: por que nunca nos sentamos a uma mesa de bar para falar mal da vida, maldizer o amor, lamentar apenas, sem alvo, atingindo quem quer que estivesse num raio de dez mil quilômetros?

Não há, em volta, fotografia alguma daquele tempo. É uma medida de segurança. Uma das que encontrei. Disse ao Erwin, professor Erwin, que era possível que eu passasse pela cidade um dia desses, perguntei se poderia passear pela Escola. Claro, ele me disse, quando seria? Respondi Não sei. E continuo não sabendo — e isso não tem a ver com data, dinheiro para viajar etc., mas com a coragem necessária para abrir a ferida (de novo) e colocar a mão inteira lá dentro (da ferida, não de Bianca) para procurar o que parece ter se perdido para sempre: um não sei quê, uma coisa, um sem nome de coisas, coisa nenhuma.

Godo, um dia, anos depois da Escola, quando eu contei a

história que vivi com Zérrenato (estávamos num bar de gambás em Porto Alegre), ficou puto por eu não ter contado a ele que saía com homens [eu só tinha saído uma vez, aquela vez], mas seu tom não era de fúria por eu ter saído com dois homens, senão por eu não ter lhe contado. Isso foi depois de eu ter reconhecido, pela janela do apartamento de Oscar e Michel, Godo e Sabrina chegando. Vinham com mais alguém, não importa. O tempo de eu entrar no elevador, acionar o botão do térreo e descer foi o tempo de eles entrarem no prédio, e quando a porta abriu, eu já estava no chão, chorando feito um desgraçado, porque se a saudade dói, não tem nome essa força surgida na iminência do reencontro.

Tadinho apareceu nesse meio-tempo, enquanto eu habitei os apartamentos dos guris sem pagar um tostão do aluguel e comendo as marmitas que a mãe de Branco preparava para ele. Depois desse encontro, do qual restam acho que duas fotos, nunca mais o vi. E Branco teve a sua própria história contada e recontada, com contornos cômicos ou trágicos, a depender de quem detinha a narrativa. De todos nós, Werner foi o que seguiu o melhor caminho, parece. Eu digo que, de todos, não fui eu. Mas isso nunca é fácil calcular.

96.

Nesse último dia não há aula. É sexta-feira, e passamos a semana encaixotando nossas coisas. A partida será no sábado, mas até lá há os protocolos, a começar pelo culto desta manhã, que, claro, é realizado pelo pastor Amâncio e suas derrotas diante das tentativas de interação com os fiéis. Fiéis que não somos. O culto dura hora e meia, e é para todos os alunos. Uma forma de fechamento do ano letivo ou coisa que o valha.

Minha família chega no meio da tarde. Mãe, irmã, cunhado. A mãe traz umas roupas simples que devo vestir na formatura logo mais à noite: camisa de mangas compridas, calça social, sapatos. Traz também um ferro de passar. Ela e minha irmã se hospedam no Feminino, enquanto o cunhado fica no Masculino, em algum quarto de novatos que deixaram a Escola a partir do meio-dia, quando do fim oficial do ano letivo.

A formatura ocorre igualmente na igreja ao lado da Escola. É o único lugar capaz de comportar tantos estudantes e tantos convidados. Tem gente que traz os parentes de van, de ônibus, de avião acho que não. A celebração fica, em parte, a cargo do pastor Amâncio, mas também de professoras e professores que dizem o quão valorosos somos, agora, formados.

Enfim, chega o momento de eu ler meu texto. Não posso me dizer um dissimulado, mas aquelas palavras são apenas letra morta perto do que observo: as lágrimas de minha mãe, as lágrimas de Bianca — o mesmo jeito de chorar, chacoalhando os ombros —, o olhar contumaz de ódio do diretor Goldameir. Olhos vermelhos, irritados, coléricos.

Os aplausos vêm, alguns colegas se levantam para aplaudir de pé. Alguns professores também aplaudem.

Após a minha fala, nos reunimos todos ao redor do púlpito para cantar "Por enquanto", de Renato Russo, mais uma tradição que ninguém sabe de onde veio e que esse lugar mantém de forma doentia.

> *Se lembra quando a gente*
> *Chegou um dia a acreditar*
> *Que tudo era pra sempre*
> *Sem saber*
> *Que o pra sempre*
> *Sempre acaba?*

Aqui o nó comprime a garganta, mas ainda temos o que fazer esta noite: beber, comemorar, amassar nossas namoradas (uma última vez?) e ir dormir.

Tado se esfumaça nesse momento. Não o vejo mais, não sei dele. Talvez já tenha ido embora e preferiu não se despedir. Entendo. A contragosto, mas entendo. Espero que esteja bem, apenas.

O quarto 10 gira, tudo gira quando coloco a cabeça no travesseiro. Por onde andará Branco, que não está no andar de baixo do beliche?

* * *

Acordo cedo. Minha família decidiu ir a Gramado novamente, aquela cidade pra lá de cafona que tanto lembra a Blumenau que deixei e para onde retorno em breve. Bianca vai junto. O plano é almoçarmos em algum lugar, tirarmos umas fotos e retornarmos em seguida. Seus pais prometeram buscá-la no meio da tarde.

Nada de Branco. Não estava no quarto, nem no nosso nem no de Bianca e Juliana — foi a primeira pergunta que fiz a Bianca depois do beijo de bom-dia. O plano segue: embarcamos os cinco no carro em direção ao alto da serra. Tiramos fotos. Bianca e eu. Minha família e eu. Ninguém sabe exatamente como sorrir.

A distância entre Gramado e a Escola é de pouco mais de sessenta quilômetros, coisa de mais ou menos uma hora se o trajeto for feito de carro. Em cada uma das curvas da estrada eu vou me remexendo por dentro — não se trata de enjoo, mas de outra coisa — e de repente estamos de volta: o totem, a estradinha de calçamento. O cunhado para o carro na vaga de visitantes. Há quem nos espere: os guris estão por ali, também umas gurias. Vou em direção a Godo e Werner.

97.

Fui até a Evangélica reencontrar Godo — e me hospedar em sua casa; Werner e as gurias já não estavam ali — e tentar reencontrar o que eu havia perdido. No corredor entre o Masculino e o Prédio Central, ele reaparece — vermelho, furioso, investindo sua raiva contra mim, de novo, e me dirige impropérios que definitivamente não me pertencem mais. Eu queria ter dito Não faço mais parte dessa porra!, e não disse. Talvez somente tenha metido a cara contra a parede, o cheiro de tinta adentrando as narinas, ferindo a sensibilidade das células olfativas.

Havia na Escola uma figura central, ignorada até aqui: a do professor Tallmann. Foi ele quem trouxe a Evangélica para cá, neste terreno imenso, com prédios imensos e a coisa toda. Antes, a Evangélica era um par de prédios numa cidade próxima que volta e meia era assolada por enchentes. A ideia de Tallmann foi trazê-la para cima dos montes, viabilizar dinheiro para isso, dirigir a Escola por muitos anos, até sua aposentadoria, ninguém sabe exatamente quando.

Depois da agressão, mais uma, de Goldameir, e por eu ter aprendido a escrever um pouco melhor do que fazia antes, enviei uma carta a Tallmann ainda no ano de 2003, quando cumpria meu segundo ano fora da Evangélica. Não lembro o que escrevi, mas guardei a carta com a resposta, digitada numa folha branca e simples.

18/04/2004

Prezado Rafael:

Há pouco mais de um ano recebi sua carta com carimbo do correio de 09/04/2003, uma carta bastante comprida e detalhada, em que você faz algumas referências aos anos que passou na Evangélica, companheiro e amigo do Godo. Você falou de suas experiências marcantes — ligadas à Gramoteva, à publicação de um trabalho na Zero Hora. Não deixou de mencionar algumas experiências desagradáveis ou até frustrantes, inclusive com críticas, algumas veladas, outras diretas, aos "velhos" daqueles anos, professores e diretor.

E você me enviou o volume I da Coleção Prosa & Verso, publicado em maio de 2002, em que encontrei reproduzidos três poemas de sua autoria, "Resumo", "Sereia", "Tuas mãos nuas". Lendo-os e lendo alguns dos outros — confesso que não investi tempo suficiente para ler todos, uma vez que tive dificuldade de entender alguns deles —, constatei logo que você escreve com clareza, revela sensibilidade formal pela "arquitetura" de uma peça poética e consegue que o leitor se emocione. Não sei o que na época levou a redação da Zero Hora/Folha Literária a publicar seu trabalho. Lembro-me vagamente de uma referência — não recordo se foi de um professor ou do próprio diretor Goldameir — que mencionou esse fato com alguma satisfação.

Não me lembro se tive contato pessoal com você durante os três anos que passou na Escola. Lembro-me vagamente de seu nome, talvez com relação a cartas dirigidas a entidades eclesiásticas na

Alemanha, cartas que passavam por minhas mãos. Mas quero finalmente — antes tarde do que nunca — agradecer pela remessa de sua carta e do livrinho. Peço desculpas pelo meu longo silêncio. E espero que numa próxima manifestação — sugiro que seja dirigida à redação do Jornal dos Ex-alunos — conte algo do que está fazendo, além de ser poeta: estudo ou atividade profissional.

Quero voltar a algumas críticas que você levanta, e me parece que até guardou algumas mágoas em sua memória. Pode ser que, com o distanciamento dos seus anos da Escola, você hoje já tenha mudado de opinião. Que um ex-aluno da Evangélica guarde mágoas, para mim não é novidade. Entristeço-me apenas quando tal mágoa perdura por anos e até decênios e leva uma pessoa a voltar as costas definitivamente, não querendo saber mais nada de sua ex-Escola. Creio que isso com você não acontecerá, pois duas vezes qualifica sua presença nela como "os melhores anos de minha vida". Desejo-lhe que viva anos ainda mais gratos, melhores do que estes três.

Seja como for, é bom que não aceitemos tudo que nos é oferecido, nem da Escola, nem num eventual curso superior, nem na profissão, nem na sociedade, desde que a gente se lembre também dos pontos positivos.

E uma última constatação: parece-me bom que decepções, mágoas venham à tona. Veja xerox anexo de um artigo — esqueceram de colocar que fui eu o autor — publicado no Jornal de Ex-alunos n. 13, dezembro de 2002.

Desejo-lhe sucesso em suas atividades futuras.

Cordialmente,
Professor Tallmann

Perdi o xerox e nunca soube o que o velho Tallmann quis dizer com ele.

98.

Se fosse descrever o que sinto daqui, passados tantos anos, diria o seguinte: ninguém sai exatamente da Escola. Nunca saiu. Que ela não sai de nós, isso está mais do que evidente. Basta tocar no assunto com quem quer que tenha passado seus anos lá dentro para ter a confirmação: E o professor fulano? E o professor sicrano? E a dona Gelci?

É bem verdade que, chegada a hora, os internos fazem suas malas e vão em direção a um lugar novo — mesmo as casas que deixaram três anos atrás, tudo é novo —, um lugar para chamar de seu, onde fincar bandeira, onde exercer identidade. Alguns conseguem num piscar de olhos: estavam dentro, agora estão fora, e é isso, simples assim. Mas há os que se demoram, levam anos tentando deixar aqueles muros, aquele corredor extenso, as mesas de oito lugares e o piso sextavado vermelho, que nos serviu de aterramento aqueles dias todos.

A chegada tem um roteiro, a saída também. Mas agora posso dizer o que sinto: no momento em que passamos pelo portão da frente, por onde saem os carros, por onde sai quem deixa a Escola a pé, uma parte daqueles meninos e meninas fica. Maior ou menor, essa parte se desprende do corpo de seu dono, como uma assombração, talvez, como um ente, e não dá o passo seguinte, o de passar pela portaria, mas volta-se novamente para dentro e ali reconhece os seus: são milhares de meninas e meninos que ocupam as áreas abertas, do campo de futebol de terra até o final da área de atletismo, os imensos gramados entre o Masculino e as casas 1, 2 e 5; também ocupam a Praça Central e a outra, sem nome, com seu gramado apetitoso e as sombras das poucas árvores.

O corredor é tomado por esses jovens que continuam a ir e vir com destino certo, embora não tenham mais destino, sequer certeza, mas continuam: entram e saem dos quartos, das salas de aula, do refeitório. Sentam-se aqui e ali. A maioria sorri, posso ver. E estão libertos dos horários de aula, das horas de estudo, das horas das refeições, das meditações de quarta-feira com o pastor Amâncio. Pela quantidade, é possível dizer que houve e há em cada um que aqui viveu uma parte importante que não quis deixar este lugar, este tempo — exatamente este tempo — e por isso caminham ainda pelas calçadas com seus cortes de cabelo de época, vestindo pijamas, os olhos tranquilos de quem não precisa se desesperar diante de um futuro incerto.

Ninguém pode vê-los, nem eu.

99.

Hoje vai haver a formatura do Ensino Médio e eu não poderei comparecer, ainda que Godo e Werner (e os internos imbecis do Ensino Médio) vão se formar. Olho para trás, para a família, e pergunto se existe a possibilidade de irmos embora no dia seguinte, no domingo. A resposta é negativa. Claro que é.

Pergunto se vai ter janta de comemoração. Godo confirma.

— Aproveita lá, piá. Usa os talher pra comer, não me vai comer com as mão.

Rimos o sorriso amarelado dos farsantes.

Branco ainda não apareceu. Tadinho segue esfumaçado.

São duas ou três idas até o quarto 10 para trazer roupas, caixas com papéis, aparelho de som, livros e tudo quanto existe de meu por lá. O carro fica cheio, mal há espaço para minha mãe e para mim no banco de trás.

Na calçada defronte à porta para o corredor central estão Bianca, Sabrina, Godo, Werner, Cleber. Todos têm olhares de pesar. Godo chorou enquanto eu enchia o carro com minhas coisas, posso ver. Werner também. Bianca tem os olhos vermelhos, mas não chacoalha os ombros. Penso que vai deixar para chorar depois. Abraço um a um, da esquerda para a direita. Bianca é a última da fila, e ali me demoro. Retorno aos abraços em direção ao outro lado: preciso garantir que os guris saibam que estarei à disposição sempre que precisarem.

Posamos para uma foto. Aquela foto.

Quando termino essa peregrinação entre corpos, Branco e Juliana surgem pela porta do corredor.

— Tava indo embora sem se despedir, Cabelinho?

A força colocada nesse abraço poderia servir para derrubar Branco novamente, se o caso fosse de briga. Mas não é. Pela primeira vez desde ontem me permito chorar. E choro com a liberdade dos que têm liberdade para fazê-lo.

Minha família já está no carro. Há uma porta aberta e é por ali que devo entrar.

Refaço o trajeto dos abraços uma última vez, agora as lágrimas molhando camisetas, rostos, cabelos, e quando me viro em direção ao carro — estávamos de costas, o carro e eu —, já não consigo olhar para trás.

Oito passos contados até a porta do automóvel. Quantos minutos de pé diante dela?

Minha mãe, impaciente, me pede que acelere.

— Entra, Rafael, a gente tem que ir.

Minha irmã, no banco da frente, apazigua:

— Deixa. Quando ele quiser, ele entra.

Entro sem querer, a visão borrada pelo choro incontido, a voz muda pelo grito que eu quero dar e não posso. Deve ser assim presenciar uma morte, uma tragédia, um...

Meu cunhado dá ré. Vejo todos pela janela. Em primeira marcha, o carro deixa a vaga de estacionamento e faz uma curva à esquerda. Para. Novamente uma curva à esquerda. Segue. Segunda marcha. Minha cabeça contra o vidro, os olhos semicerra-

dos, o peito a ponto de explodir. Tudo tão intenso, tão desgraça-
damente verdadeiro, que não chego a prestar atenção no instante
em que acontece, tampouco chego a dar falta, no exato momento em que passamos pelo portão, da parte de mim que fica.

ESTA OBRA FOI COMPOSTA PELA ACOMTE EM ELECTRA E IMPRESSA
EM OFSETE PELA GRÁFICA PAYM SOBRE PAPEL PÓLEN NATURAL DA SUZANO S.A.
PARA A EDITORA SCHWARCZ EM JULHO DE 2025

A marca FSC® é a garantia de que a madeira utilizada na fabricação do papel deste livro provém de florestas que foram gerenciadas de maneira ambientalmente correta, socialmente justa e economicamente viável, além de outras fontes de origem controlada.